「閱讀是人類所能想像最美好的事情，
讓我們可以領略無限多維的各異人生！」

三國配角演義

THE ROMANCE OF THE SUPPORTING ROLES OF THREE KINGDOMS

讀小說
Reading Novel

三國配角演義

馬伯庸——著

瑞昇文化

目錄

《三國配角演義》導讀——李柏
陰謀論惹人厭，但三國的不會　008

歷史縫隙中的細節　017

歷史呈現給我們的，永遠只是一些不完全的片段與表象，在這些片段的背後和間隙究竟存在著什麼，卻有無限的可能性。

街亭　023

剛從死亡邊緣逃出來的馬謖是茫然無措的，失去了地位和名譽的他不知道何去何從，也不知道該如何是好。那時候，他的心態就好像是剛剛從籠子裡逃出來的野兔，只是感受到了自由，但對自己的方向十分迷茫，未來究竟如何，他根本全無頭緒。不過，現在他的人生目標再度清晰了起來，他知道自己該做什麼了。

我在滿足之餘，卻還帶著淡淡的遺憾，有一個疑問始終在心中揮之不去——難道《孔雀》真的只是一曲小人物的悲歌嗎？焦仲卿和劉蘭芝，真的只是亂世之中的一粒不為人知的沙子嗎？

我們的演員們終於紛紛退場，只剩下《洛神賦》流傳至今，叫人嗟歎不已，回味不休。千載之下，那些兵戈煙塵俱都散去，只剩下《洛神賦》和賦中那明眸善睞的傳奇女子。世人驚羨於洛神的美貌與曹植的才氣，只是不復有人瞭解這篇賦後所隱藏的那些故事與人性……

曹操大宴於許都，天子在席。宴酣之時，操持酒樽趣帝前，醉聲曰：「陛下可知，設若無孤，天下不知幾人稱王，幾人稱帝？」天子亦大醉，對曰：「袁本初、孫仲謀、劉玄德，與朕而將四矣！」二人大笑，暢飲竟夜。次日醒覺，皆醺醺然，盡忘前事。左右無敢告之者，君臣親善如初。

三國志・步幸傳

391

十二年，太祖欲征北郡烏丸，問計於郭嘉。嘉深通有算略，勸公出，又密召幸，摒退左右，曰：「曹公即往北征，公宜早行，偽投烏丸，則我軍勝矣。」幸踟躕不決，嘉再三逼之，乃從。嘉甚喜，攜幸北上，軍至柳城，嘉病篤。

《三國配角演義》導讀——李柏

陰謀論惹人厭，但三國的不會

馬伯庸先生著作繁浩而我所讀有限，尚不敢就其人其風格妄為一般的評論。僅就我所讀過幾部通俗三國小說而言，馬先生的創作兼具歷史智性與小說娛樂性，其治史駁雜而細，常能自吾人已熟悉的史料中發掘新材料、新觀點；而其小說節奏明快、人物鮮明，重點是構想清奇，往往於不疑處生出陰謀論來。

陰謀論人人愛，然而現實世界中搞陰謀論累人累己，讀三國搞陰謀論卻是再恰當不過。這部《三國配角演義》包括了〈街亭〉、〈白帝城之夜〉與〈官渡殺人事件〉三篇中短篇小說；〈宛城驚變〉、〈「孔雀東南飛」與建安年間政治懸案〉與〈風雨「洛神賦」〉三篇陰謀論歷史科普雜文；另有〈三國新語〉數十則，是仿正史筆法的笑詼文。

我受邀為此書做導讀，實則作者已為每篇作品提供相當完整的史料說明，推論過程也交待清楚，容無旁人多嘴的空間。以下謹在不爆雷的前提下，就每篇作品做簡要介紹。

〈街亭〉

這是這本集子中篇幅最長的作品，題名為〈街亭〉，實則故事中結合了兩個主要的歷史事件：西元 228 年的街亭之戰，以及 253 年的費禕刺殺案。

「街亭之戰」發生於諸葛亮第一次北伐時，當時諸葛亮率主力西出祁山，分兵使馬謖駐守街亭，以阻擋魏將張郃所帶領的援軍。結果馬謖違背指示，於山上紮營，被張郃切斷飲用水源，導致蜀軍大敗，第一次北伐功敗垂成。

做為諸葛亮生涯第一場明確、無可卸責的敗仗，「街亭」於是成為三國討論的熱點之一。某些討論聚焦在馬謖與諸葛亮的關係、檢討諸葛亮的用人方式；某些則藉助電子地圖、甚至實地造訪街亭今址，以檢討馬謖的戰術優劣。「誰守不守得住街亭」並且是個長青網路迷因，「蔡英文守不守得住街亭」、「LeBron James 守不守得住街亭」、「大王具足蟲守不守得住街亭」之類的標題都能吸引大量的留言。

在〈街亭〉這篇小說中，作者試圖重現街亭之戰，為馬謖的戰術做出解釋，馬謖「依阻南山，不下據城」的佈陣是對是錯？馬謖放著水源不顧，導致軍隊缺水，純粹是他蠢，或是另有原因？

本以為故事便止於「揮淚斬馬謖」，想不到情節一轉，劇情竟一路延伸到25年後的費禕之死。費禕是繼諸葛亮、蔣琬後蜀漢的一把手；史書記載，姜維提議大舉北伐，但費禕不同意，給姜維的兵力通常不到一萬人。253年，費禕在一場宴會上被曹魏降將郭循刺殺，姜維從此失了節制，開始他的北伐大業。

馬謖之死與費禕之死究竟有什麼關連呢？這是這篇故事有趣的地方。

〈白帝城之夜〉

這篇故事發生在劉備死後、劉禪即位之前，主角是蜀漢益州治中從事楊洪。史載，劉備於223年4月24日病逝於白帝城，太子劉禪留鎮成都，並未隨侍，大家所熟悉的劉備遺言「勿以善小而不為，勿以惡小而為之」等語，其實是以遺詔的方式傳達給劉禪的。弔詭的是，劉備的另外兩個兒子劉永與劉理卻早早到了白帝城，並伴隨劉備臨終，這其中有什麼文章呢？

至於楊洪先生，我想即便問到「三國達人」，認識楊洪的機率大概也只有一半。史載，楊洪是益州本地人，負責管理成都所在的蜀郡。劉備爭奪漢中時，楊洪卻力主益州一定要戰到最後一兵一卒；夷陵戰後，劉備病危，劉備的舊部黃元因為恐懼諸葛亮當權而造反，被楊洪迅速弭平。

楊洪的記載只有這樣，《三國演義》對此人也未有做著墨，Koei的三國志系列甚至多代根本沒這號人物。這樣一個「配角」在混沌未明的「白帝城之夜」能扮演什麼角色呢？

這篇故事另一個重要的角色是簡雍，相信大家對他便熟悉許多，畢竟是與孫乾、糜竺並稱「劉備前期文官三本柱」的男人。他追隨劉備比誰都久，看著數十年的故主兼老友過世，簡雍將有何感想呢？

〈官渡殺人事件〉

〈官渡殺人事件〉取自《三國志．許褚傳》中的一小段記載：曹操與袁紹在官渡僵持的時候，以徐他為首的幾位老牌侍衛官陰謀刺殺曹操，他們趁許褚休假時帶刀潛入曹操營帳；許褚卻不知怎的第六感靈動，主動跑回曹操帳中，正巧將這些叛徒逮個正著，曹操由此更加依賴許褚。

歷史記載沒有告訴我們徐他等人謀逆的動機，關於徐他的個人資訊也付之闕如，我只能說，連「時常從士」都造反，足見官渡之戰曹操是打得如何煎熬。

這個故事的主角是任峻，他同樣是個低調但重要的角色，他算是相當早加入曹操陣營的地方勢力，曹操還將一位曹家的姑娘許配給他。任峻的強項是後勤，「屯田制」便是在他手下發揚光大；官渡之戰時他負責運糧，他成功組織護糧的部隊，確保糧道安全。

〈官渡殺人事件〉的時間點為曹操於官渡一戰大勝之後，曹操找來一直不在前線的任峻，要他找出徐他一案的幕後真相。全案最特別的疑點便是許褚那不自然的第六感，究竟是什麼促使許褚恰好在那時間點想要回曹操身邊看看？名偵探任峻將為你找到真相。

〈宛城驚變〉

這篇短文試圖解釋 197 年差點害死曹操的「宛城之變」。當時曹操初迎立漢獻帝，隨即親率大軍征討盤據於宛城的西涼軍殘部張繡。張繡自知不敵投降，但曹操卻得意忘形，企圖染指張繡的叔嬸、也就是已故西涼軍將領張濟的妻子鄒氏，張繡於是叛變，奇襲曹操，最終曹操雖逃得一命，但他的長子曹昂、姪子曹安民、猛將典韋均喪命其中。

最終張繡仍投降曹操，在率西涼軍為曹操打贏官渡之戰後，傳聞張繡被曹丕脅迫自殺；矛盾的是，張繡的大謀士賈詡卻成為曹操的大腦之一，並在之後曹魏政權中飛黃騰達。這應該如何解釋呢？

〈「孔雀東南飛」與建安年間政治懸案〉

《孔雀東南飛》講的是萬古難解的婆媳問題。身為公務員的焦仲卿與劉蘭芝結婚，但焦媽媽不喜歡這位「新婦」，逼兒子離婚另娶；焦仲卿權且將妻子送回娘家，但劉小姐條件太好，回家沒幾天，縣令、郡太守都來提親，劉家大哥最後將妹妹改嫁給太守的兒子，劉蘭芝在婚禮時自殺，焦仲卿也跟著殉情。

《孔雀東南飛》應是成文於魏晉南北朝年間，詩首特別交待這是「漢末建安中廬江府小吏焦仲卿」的故事，有時、有地、有官銜，故事便多了真實性。「建安」是曹操奉迎漢獻帝後所立的年號，是三國故事最熱鬧的年代，那些捭闔縱橫的英雄事跡，與焦仲卿劉蘭芝的愛情悲劇，能有什麼關連呢？

這篇文章還提到另一首漢魏古詩《陌上桑》，也就是「羅敷有夫」這句成語的來源。《孔雀東南飛》中，焦媽媽要兒子另娶的是位名叫秦羅敷的女孩，而《陌上桑》中，拒絕州府求婚的小姐也叫秦羅敷。這是同名同姓？或是兩者間存在什麼巧合呢？

這篇文章大約是馬氏陰謀論的極致，如作者自己寫的，「認真你就輸了」。

〈風雨「洛神賦」〉

曹丕、曹植、甄宓的三角戀大家應不陌生。簡單來說，甄宓本是袁紹之子袁熙之妻，袁家戰敗後，曹丕強娶甄宓，生子曹叡，但曹植卻似乎對大嫂頗為用情，其作品《洛神賦》據說便是以讚揚洛神為名，實則抒發對甄宓的情意。這樁三角戀中的角色的下場都不大好：甄宓失寵，受郭女王所讒，被曹丕賜死；曹植爭位失敗，遭軟禁於封地，抑鬱而終；曹丕雖然登上皇位，但未滿40歲便過世，還活不過曹植。

馬先生的〈風雨「洛神賦」〉發微於一則小八卦：216年，曹操東征孫權，曹操的老婆卞夫人、長子曹丕、長孫曹叡、孫女東鄉公主均隨行，只有兒媳甄宓因為身體不適而留在鄴城。一年多征戰回來後，卞夫人見甄宓「顏色豐盈」，便問她難道不擔心兩個孩子嗎？甄宓回說：「有婆婆照顧他們倆，我有什麼好擔心呢？」

這篇記載放在現代實是再正常不過，任一位媽媽脫離小孩一整年，理論上都會回春、容姿煥發。但這則記載可議之處在於它沒寫到的部分：留守鄴城的還有曹植。

只是男女私情嗎？或是涉及更大的陰謀呢？三國陰謀論之有趣便在於此。

導讀／李柏

1981年生，本名李柏青，台灣台中人，台大法律系畢業，台灣推理作家協會會員，理想是以作家為職業，法律為副業，不過現實正好相反，曾旅居瑞士，目前已回台灣定居。寫作以推理與歷史領域為主，出版有歷史作品《滅蜀記》、《橫走波瀾—劉備傳》、《亂世的揭幕者—董卓傳》，以及推理作品《親愛的你》、《最後一班慢車》、《歡迎光臨康堤紐斯大飯店》、《婚前一年》。

歷史縫隙中的細節

歷史呈現給我們的，永遠只是一些不完全的片段與表象，在這些片段的背後和間隙究竟存在著什麼，卻有無限的可能性。

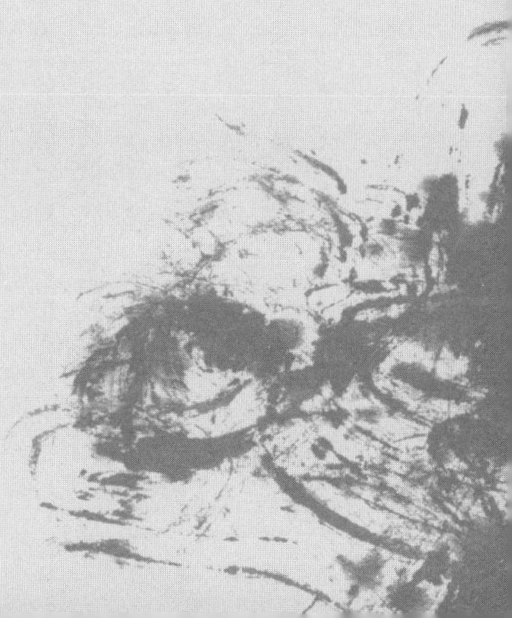

小時候最崇拜的就是三國英雄，對其中的名將謀臣如數家珍。當時我深深地相信，「智」的最高境界是諸葛亮，「武」的最高境界是關雲長，「勇」的最高境界是趙子龍，「仁」的最高境界是劉玄德，再加一個大反派曹操，餘者碌碌，乏善可陳。

後來我發現，和我有同樣想法的人不在少數。一部《三國演義》，成就了幾個經典角色，但同時也鎖死了我們對三國時代的視野。自《三國演義》以降，舉凡小說、評書、戲劇、丹青乃至後來的電視劇、電影，我們會發現，反反覆覆說的總是劉關張、曹劉孫、諸葛亮，講的總是他們官渡之戰、火燒赤壁、六出祁山的故事，彷彿整個三國時代除了這幾個人、這幾件事，就沒有其他值得說的東西了。

《紅樓夢》講的是一個家族的興衰，《水滸傳》講的是綠林好漢的傳奇，《西遊記》講的是師徒四人的遊記，都是微觀視角。《三國演義》跟它們卻不同，描繪的是宏觀的整整一個大時代。在這個時代裡，既有大人物的風雲際會，也有小人物的喜怒哀樂；既有扭轉乾坤的宏大敘事，也有跌宕起伏的個人奮鬥。

這些海量的細節填塞在大時代的骨骼之中，使之有血有肉，生動無比。

我們關注的，往往是這個時代最宏觀的部分，以及那幾個時代的驕子。更多的微觀細節，則被忽略掉了，淪為無足輕重的背景。

這是一件非常遺憾的事。

這也是這本短篇小說集的創作初衷。

三國並不是只有主角，還有許多配角和小人物。他們的故事同樣精彩，只不過被埋於歷史的夾縫中，不為人知罷了。我的任務，是通過文學藝術的手段，讓那些配角走向前臺，哪怕只是在短短幾千字的篇幅裡，也要綻放出如同主角般絢爛的光彩。

這幾篇基於三國背景的小說並沒有嚴謹的歷史考據，也並非單純的文學創作。如果要把它強行歸入一個類別，那麼它應該屬於一種對歷史的再想像。

歷史呈現給我們的，永遠只是一些不完全的片段與表象，在這些片段的背後和間隙究竟存在著什麼，卻有無限的可能性。

我的工作，是從一句微不足道的史料記載或一個小小的假設出發，把散碎的歷史片段連綴成完整的鏈條，推演出一個邏輯可信的故事，讓讀者意識到，在他們所熟知的英雄們奮鬥的同時，還有許多卑微的配角為了自己的理想或利益而掙扎著。這種「再想像」介於真實與想像之間，與其說是為了還原歷史背後的真相，毋寧說是以歷史片段為建築材料，來構築自己理想中的往事宮殿。

從一段史實出發，中間是最狂野的想像，但最終又可以落實到另外一段史實上，讓首尾彼此應和。這對我來說，是一個無上的樂趣。

比如《官渡殺人事件》，它的核心是官渡之戰期間發生的謀刺曹操事件，這是一件真事，但在史書上的記載非常簡單：「時常從士徐他等謀為逆，以褚常侍左右，憚之不敢發。伺褚休下日，他等懷刀入。褚至下舍心動，即還侍。他等不知，入帳見褚，大驚愕。他色變，褚覺之，即擊殺他等。」這起足以改變歷史的刺殺事件，根本沒人知道，如果不是陳壽順手記下來，這一段早就被人淡忘了。我看到這段史料的時候，忍不住浮想聯翩，想像刺殺曹操的徐他是怎樣一個人，他為什麼要刺殺曹操，刺殺的準備又是如何進行的，會不會有在水下悄無聲息卻驚心動魄的激烈交鋒……

再比如《孔雀東南飛》，它是一首中國古典敘事長詩，歷來傳誦的人很多。但很少有人注意過，這首詩的序言裡說得明白，這個故事發生的時間是「漢末建安中」，簡簡單單五個字，就把這個悲劇的愛情故事與三國前期那波瀾壯闊的群雄爭霸聯繫到一起。那麼，兩者之間究竟會有怎樣的聯繫？焦仲卿和劉蘭芝的悲劇，是否還有背後的隱情？哪位三國名人和他們能有來往？

這都是一個小說創作者所感興趣的細節。

還有著名的「馬謖失街亭」。《三國演義》裡說諸葛亮揮淚斬馬謖，史書裡卻給出截然不同的答案：馬謖是死在了監獄之中。那麼這個矛盾的背後，代表了諸葛亮的什麼心思？馬謖的結局到底是什麼？街亭是否有什麼不得了的真相被掩蓋了？我很想替古人擔憂一下。

這些三國的配角就在這樣一連串的刨根問底中逐漸活躍起來，在大時代的陰影下演繹了自己的一段人生，讓這個時代變得更加豐富、更加完全。

在這本小集子裡，還附有《三國新語》若干則。它在體例上模仿《世說新語》，利用三國的一些史實逸事穿鑿附會，嫁接翻轉，聊為一樂，不要當真。

馬伯庸

街亭

剛從死亡邊緣逃出來的馬謖是茫然無措的，失去了地位和名譽的他不知道何去何從，也不知道該如何是好。那時候，他的心態就好像是剛剛從籠子裡逃出來的野兔，只是感受到了自由，但對自己的方向十分迷茫，未來究竟如何，他根本全無頭緒。不過現在他的人生目標再度清晰了起來，他知道自己該做什麼了。

街亭敗戰

一陣清涼的山風吹過，馬謖拍了拍胯下的坐騎，下意識地屏住了呼吸。

對習慣蜀中溫濕氣候的他來說，這種陌生的氣候雖然感覺很愜意，但仍會讓他的身體產生一絲微妙的不適。這種不適既是生理上的，也是心理上的。

湛藍的天空沒有一點雲彩，陽光十分耀眼。從山嶺的這個高度回頭望去，遠方是綿延逶迤的秦嶺山脈，起伏不定的山脊彷彿一條藏青色的巨龍橫臥在這雍涼大地上。

在馬謖的身後，是兩萬多名蜀軍士兵，他們三人或四人一排，組成一條長長的縱隊穿行於狹窄的山路之間。士兵們各自扛著手中的武器或旗幟低頭急行，相較於躊躇滿志的指揮官，他們似乎更加專注於腳下的道路。以這種速度在崎嶇的山地急行卻仍舊可以保持隊列整齊劃一，足以顯示出這支部隊良好的素質。

在隊伍的前頭飄揚著兩面大纛，一面寫著大大的「漢」字，一面寫著大大的「馬」字；兩面旗幟就像它們所代表的主帥一樣躊躇滿志，迎著風在空中飛舞，金線做成的穗尖在陽光下閃閃發光。

忽然，一騎斥候出現在隊列的正前方，負責前哨的裨將李盛迎上前去問了幾句，立刻策馬來到馬謖身邊，向他彙報道：「馬參軍，前面斥候回報，已經看到斷山了。」

馬謖「嗯」了一聲，點了點頭，做了一個滿意的手勢，說：「照目前的速度，日落之前就可以抵達街亭，很好，按現在的速度繼續前進。」

「是，那麼斥候還是在隊伍前三里的範圍內活動？」

「把巡邏範圍擴大到五里。要接近街亭了，守軍數量還不清楚，謹慎點比較好。」

李盛說了一聲「得令」，剛撥馬要走，又被馬謖叫住。

「前軍多打起幾面旗幟，我要叫他們早早發現我軍的存在，然後望風而逃。」

說到這裡，馬謖的嘴角微微上翹起來。他儘量不動聲色地下著指示，想使自己看起來更加鎮定自若；不過內心的激動始終還是難以壓抑，一想到即將到達街亭，他白淨的臉色就微微泛紅，雙手習慣性地攥緊了韁繩。

馬謖的激動不是沒有理由的。長久以來，雖然他一直格外受諸葛丞相青睞，但始終不曾單獨指揮過一支一線部隊。這個缺憾令馬謖在蜀漢軍界總無法受到與其他將領一樣的尊敬。很多人視其為只會對著地圖與文書高談闊論的高級文官，這讓以「智將」自居的馬謖耿耿於懷。

軍隊與廟堂不同，它有著自己的一套獨特哲學與道德評判。這是個經常要跨越生死的團體，務實的思維模式使得軍人們在評價一個人的時候，只會看那個人做過什麼，而不是他說過什麼。這種評價未必會見諸正式公文，但其無形的力量在軍隊中比天子賜予的符節更有影響力。一名沒有實績的軍官或許可以在朝廷獲得褒獎，但絕不會得到同僚與下層士兵發自內心的尊敬與信賴，而這種信賴在戰爭中是至關重要的。

馬謖對這一點瞭解得很清楚，也正因為如此，他變得格外敏感。別人的眼色與竊竊私語總令馬謖如芒在背，先主去世前一句「馬謖言過其實，不可大用」給他帶來的心理陰影甚至抵消了諸葛丞相的褒獎。馬謖是如此迫切地渴望出戰的機會，他太需要一次勝利來證明自己的存在了。

終於，他得到了這個機會，因為蜀漢的北伐開始了。

蜀漢的這一次北伐聲勢驚人，自從先主死後，蜀漢還從沒組織過如此宏大的攻勢。甚至追溯到高祖劉邦以後，兩川都不曾對中原發動過這麼大規模的軍事行動。諸葛丞相從五年前就一直在為此籌劃，現在時機終於成熟了。

建興六年（228年）春，蓄勢待發的蜀漢精銳軍完成了動員，北伐正式開始。近十萬名士兵自漢中出發，猶如一部精密的軍事機器，在從祁山到秦嶺的漫長戰線上有條不紊地展開，緩慢而有秩序地露出銳利的鋒芒，直指魏國的隴西地區。「恢復漢室」的夢想，從益州盆地熊熊地燃燒到了雍涼的曠野之上。

戰事開始進行得非常順利。趙雲、鄧芝軍團成功地讓魏國大將軍曹真誤判了漢軍主攻方向，把他和他的部隊吸引到了箕谷（現陝西褒城縣西北）一帶。而在雍州主戰場，漢軍的政治攻勢與軍事打壓配合無間，兵不血刃即迫使天水、南安以及安定三郡宣佈脫離魏國的統屬，向漢軍送來了降表。

在很短時間內，隴右地區大部分已經被諸葛丞相控制，震驚的魏軍守備部隊只能龜縮在上邽、冀城、西城等幾個孤立的據點中，等待著中央軍團救援。

接下來的問題，就是如何儘快清除魏軍在隴西殘餘的防禦力量了。而為了達成這一目的，必須控制住街亭，讓魏國的支援部隊無法及時進入隴西地區。

對於究竟派誰去防守這一要地，在統帥部中爆發了一場爭論。

諸葛丞相提議由他一直看好的馬謖肩負阻援的任務，這個提議遭到了大多數幕僚的反對。就像馬謖自己感覺到的那樣，他們對他並不信任：「這樣一項重要的任務，應該交給魏延或者吳壹這樣的經驗比較豐富的宿將，而不是一個從來不曾上過戰場的參謀。」這個理由是如此尖銳，以至於馬謖不需多少洞察力就能覺察到其中對他的蔑視——甚至有人搬出了先帝的那句評價，暗示諸葛丞相用人之偏。

那次會議中，面對著諸人的爭論，馬謖保持著難堪的沉默，任由周圍蜀將的眼光掃在自己身上。他有些憤怒，又有些沮喪。他再度抬起頭來的時候，發現諸葛丞相意味深長地看了自己一眼，他明白如果繼續低頭下去，機會就會從手中溜走，於是他站了起來。

丞相似乎對剛才的爭論沒有任何的感想，慈祥的臉上看不出一絲端倪。

等到諸將的爭論暫告平息，他才把頭轉向馬謖，徐徐問道：「幼常，你能做到嗎？」

「能！」馬謖大聲說道，這是回答丞相，也是回答在場所有的人。

丞相點了點頭，緩緩從桌上取出一支令箭，放在手裡摩挲，彷彿那支木製的小小令箭有千斤之重。

「魏軍在隴西的實力不可小覷，城小堅固，需要文長（魏延表字）與子遠（吳壹表字）這樣的大將。阻援的任務，只需擋魏軍於隴山（今六盤山）即可，還不至於動員我軍的主力。幼常雖然經驗不多，但是跟隨我多年，熟讀兵法，我覺得他是能夠勝任的。」

丞相頓了頓，似是不經意地說道：「不把刀放進口袋裡，是無法知道它到底有多鋒利的。」

諸葛亮用古人的一個比喻結束了這次爭論。於是這次軍事行動的指揮官人選就這麼確定了，沒人敢對諸葛丞相的決定多說什麼，因為再繼續反對就等於挑戰丞相的權威。但反對者們並不心服，甚至有人私下裡認為，這是諸葛丞相扶植自己親信的一種手段，這個說法缺乏足夠的證據，卻像一粒種子悄然埋在了每個人心裡。

馬謖滿足地看著同僚們的臉色，那種眼神讓很多人不滿。出於禮貌，馬謖至少也應該表現出一點謙遜或者辭讓；但是現在他把得意之情完全表現在臉上，這是對反對者的一種羞辱。這是他在軍界被孤立的原因之一。

「幼常，街亭雖小，干係重大，不要讓我失望啊！」

丞相意味深長地說了這麼一句話。就諸葛亮一向穩健的行事風格來說，像今天這樣力排眾議的舉動可是非常罕見的。馬謖對於這一點也非常清楚，於是他以同樣分量的自信來回應丞相的這種信任。

「請丞相放心，只要我在，街亭就在！」

丞相聽到這句話，露出滿意的神色，起身將令箭與符節交給了馬謖，然後像平時一樣親切地拍了拍他的肩膀。在正式的軍事會議上，這個舉動絕不尋常，暗示了丞相對這個決定的堅持，於是就連在座最頑固的反對者也都閉上了嘴。

唯一令馬謖不快的是，隨後丞相將裨將軍王平任命為他的副將。

就個人感覺而言，馬謖實在不喜歡王平這個人。這個人雖然舉止穩重，不像一般老兵那樣粗豪無忌，但是性格很狹隘，猜疑之心特別重。反對委派馬謖去街亭的將領之中，他是比較激烈的一個。所以當諸葛丞相宣佈他為馬謖的副將時，馬謖在他的眼神裡看到了不屑、震驚以及惱怒，他黝黑的臉上寫滿了輕蔑。

然而，諸葛丞相有他自己的考慮。這一次派遣沒有實戰經驗的馬謖前往，實質上是一場賭博：魏國的籌碼是整個隴西地區和通往關中的通道，諸葛丞相的籌碼則是十萬蜀軍與自己的政治生命，兩者之間的勝負將取決於馬謖在隴山阻援的表現。

因此，丞相希望盡可能地把勝算加大：王平對於雍涼的事務比較熟悉，而且擁有馬謖所無法比肩的實戰經驗。派他作為馬謖的副手，能夠確保萬無一失。

對於這個任命，當事雙方都通過各自的習慣表達了不滿。這不僅是出於私人方面的好惡，從技術角度來說，馬謖還看不起王平那種平庸的指揮風格，而王平也對這個參謀出身的書生不屑一顧。

但是軍令就是軍令，無論是馬謖還是王平，都沒辦法改變。兩個人領取了丞相親自簽發的符節，一前一後走出了營帳。在大帳門口，王平停下腳步，冷冷地瞥了馬謖一眼，一句話都沒有說便轉頭離開，還故意把自己的鎧甲弄得鏗鏘作響，好像在諷刺馬謖一樣。

一直到出兵之前，他們都沒再說過話。

馬謖把思緒收回來，回首望了望逶迤幾里的隊伍，王平現在負責殿後；這是個兩全其美的安排，兩個人互相見不到，免得彼此尷尬。對躊躇滿志的馬謖來說，這只是些小瑕疵而已，並沒太放在心上。他是丞相親自提拔的人，沒必要與一個二流將領爭無謂的閒氣。想到這裡，他的心情又愉快起來，覺得吹在面上的風也清爽多了。

天空飛過幾隻大雁，他仰起頭瞇著眼睛傾聽著雁鳴，甚至想拿起弓箭射下幾隻，來釋放自己的這種興奮心情。只需要在街亭取得勝利，他從此就會平步青雲。

與馬謖並轡而行的是他的參軍陳松。受到主帥的影響，這個瘦臉寬眉的中年人也是一身輕便甲裝，神色輕鬆自如，好像只是出來踏青一樣。他注意到了馬謖神采飛揚的神情，於是恰到好處地問了一句：「幼常，你看這一次北伐，勝算能有多少？」

「呵呵，我軍現在節節勝利，隴西計日可得。」馬謖揚起手中的鞭子，笑道，「如今只是快勝慢勝的問題，陳兄未免多此一問了。」

「那倒也是，有幼常你在此，又愁什麼呢？犬子將來要是從武，定要拜到參軍門下討教呢！」

馬謖對於這樣的恭維已經習以為常，比起那些總是沒好臉色的將領，統帥部的文職人員對馬謖頗有好感，甚至有著小小的崇拜。他聳聳肩，從容答道：「等令郎長大，天下恐怕已經是一統太平年，還用得著學什麼兵法？倒不如做個史官，不要讓這些事蹟付之闕如的好。」

「呵呵，將軍這街亭之役，到時候值得大書一筆啊。」

兩個人同時笑起來，讓旁邊不明就裡的幾名傳令兵疑惑地交換了一下眼神。

單就氣候條件來說，雍州的春季相當適宜行軍，無論日照時間、風力還是溫度，都讓人感覺到舒適。唯一拖累行軍速度的就是崎嶇的山路。為了確保毫無干擾地抵達街亭，馬謖並沒有選擇天水大路行進，而是沿渭水南岸向東前進，然後渡河循隴山北上。最後，這一支部隊在出發五天後的那個傍晚抵達了街亭。一切都如馬謖事先計算的那樣。

長安至隴西地區被南北走向的隴山阻隔，只有一條坦途大道，只要能扼守住街亭，就等於關上了隴右的大門，讓增援的魏軍欲進無路；漢軍便可從容消化掉三郡，然後以高屋建瓴之勢向關中進發。死守街亭，這就是馬謖此行的任務，也是北伐成敗的關鍵所在。假如他成功的話，街亭就將是蜀漢軍中一顆嶄新將星升起的舞臺。

諸葛丞相是這麼期望的，而主角本人更是已經迫不及待了。

馬謖軍隊進入街亭的時候，並沒有遭到任何的抵抗，魏軍沒料到漢軍的動作會這麼快，駐紮此地的二十餘名魏兵在看到漢軍的大纛後，就立刻棄城向關中逃去。漢軍很輕鬆地就控制了整個街亭。

街亭城的城牆破落，年久失修，顯然沒有什麼太大的軍事價值。馬謖命令另外一名裨將張休率領幾百人進入城中偵察，其他的士兵就在城前的開闊地帶披甲待命。

「披甲待命？」

李盛與王平很驚訝地看著馬謖，然後李盛試探著問道：「參軍說的，不是紮營嗎？」

「對，不是紮營。先讓他們待命，多派些斥候去關中道方向；還有，沒我的命令不許紮營開伙，我另有安排。」馬謖捏著下巴，揮手叫他們儘快去執行。

王平瞪了馬謖一眼，嘴唇動了動，終究還是什麼都沒說，策馬轉身去了後隊。

連續行軍三日的漢軍已經疲憊不堪了，現在即使只是被命令原地待命，也足以讓他們如釋重負。聽到傳令後，士兵們紛紛放下手裡的武器，就地坐了下去。謹慎的指揮官們沒有大意，他們知道這時候的士兵無論意志還是體力都是最低下的，這種狀態非常危險，尤其他們目前所處的位置是敵人的側後，隨時可能會有關中的魏軍大隊趕到。因此他們指派了一批弓弩手駐在大道兩側高處，並且將輜重全都堆放在了道中，以備萬全。

馬謖不需要為這些瑣事煩惱，他與陳松還有幾名護衛離開了本隊，在街亭四周巡視，查探地形。

街亭並不大，本來逶迤於隴山之中的狹窄官道到此豁然開朗，向關中方向一去十里都是寬闊平地，四周都是險峻山川。街亭小城便鎮於道口的南側，城後十里處是一座斷山，這座山拔地而起，高兩百餘尺，獨自成峰，與四周山脈不相連接；山側清水河濤聲訇然，隱約似伏有雄兵百萬，崢嶸群山拱衛之下，自涵一番氣勢。

當馬謖一行走到斷山的山麓時，他忽然勒住馬，側身伸出手指問道：「那裡是何處？」周圍的人循著他的手指看去，看到斷山半山腰處山勢忽然舒緩，向四面伸展成一座山崖。山崖邊側起伏不定，卻看不清頂上是什麼樣子。

「據土人說，此地叫麥積崖。」一名衛兵答道。

「這崖下寬上窄，又層疊起伏，這麥積二字，叫得有理，有理。」陳松聽到這名字，不禁晃著頭讚歎道。馬謖沒有說話，仰頭看了半天，擺了一個手勢。

「我們上去看看。」

於是幾個人順著山坡緩處慢慢上去。麥積崖上樹很少，但草很多，長起兩尺多高，鬱鬱蔥蔥，散發著淡淡草香。爬了兩百餘尺高，就到了山崖頂部。一爬上去，所有的人包括馬謖都是一驚，原來這麥積崖頂寬闊平整，地表半石半土，方圓百丈都是平地，略加整理就足以容納萬人。

馬謖不發一語，背著手圍著崖頂轉了一圈，不時俯身撿起幾塊石頭觀察，或者眺望遠方，顯然陷入沉思。陳松和其他士兵沒多打擾，安靜地站在一旁。

此時夕陽西下，薄雲湧起，天空宛如火燒一般絢爛；隴山的崇山峻嶺雄峙八方，日暮之時越發顯得威嚴肅殺。馬謖自山頂向下俯瞰，街亭城與大道盡收眼底，孔子「登泰山而小天下」的感慨一時橫生胸襟。他看到街亭界碑在大道之上拉出長長影子時，不禁下意識地按著自己的胸口，感覺到自己的心情鼓蕩不已，難以自抑。

「只要站在這裡，勝利就是屬於我的。」

他抬首向遠處視線之外的長安望去，嘴角浮現出一絲笑意。

與此同時，在相反的方向，另外一個人也在望著即將沉入黑暗的隴山沉思，這個人就是魏右將軍張郃。

張郃是魏國軍界的偶像，當年太祖武皇帝麾下號稱「五子良將」的將領中，張遼、樂進、于禁早已過世，徐晃也在去年病死，至今仍舊活躍在一線的只剩下張郃一人，他是魏國太祖時代的最後一位名將。這資歷，在魏軍的高級將領裡是無人能比的。張郃自己也清楚，不過在自豪之餘，他多少有些寂寞。

當諸葛亮在祁山發動大規模攻擊的消息傳到許昌的時候，舉朝譁然。

對心理準備不足的魏國來說，蜀軍的這一次進攻非常突然。魏國的兩個主力軍團此時正駐守在荊、揚兩地以防備吳國的進攻，分身乏術，大將軍曹真又已經前往箕谷，朝廷必須另外派遣一支部隊以最快速度趕去支援薄弱的隴西守軍。

在討論到指揮官的人選時，大家不約而同地想到了這位精神仍舊矍鑠的右將軍張郃。

當時張郃剛從南方回來，正在家中靜養。當別人把廷議的結果告訴他的時候，這位老人沒有想像中那麼高興。他看著敕書上「隴西討賊」四個字，不禁發出一陣物是人非的感慨。

十三年前，他被派去進攻蜀中，結果在宕渠郡被張飛擊敗；九年前，他在定軍山目睹了夏侯淵的死亡；然後他就一直駐守在隴西，後來被調派到長江一帶主持對東吳的軍事行動，從此再沒靠近過西北。張郃想不到自己年近六十，終於還是要回到那片戰場，再次面對熟悉但又陌生的敵人。

傷感終究只是傷感，身為一名軍人，張郃並不會因為自己的感情而耽誤了職責。接到敕書之後，他立刻穿上朝服，進宮面聖，然後就具體的救援計劃提出了自己的建議，並得到了當今聖上的首肯。

皇帝曹叡是最先從震驚中恢復過來的人之一，這個年輕皇帝對於西蜀入寇的驚訝程度，遠沒有他的臣子那麼大。諷刺的是，這種自信是來源於他的年紀——曹叡太過年輕了，對蜀國沒有什麼刻骨銘心的感性認識，而張郃正好相反。

所幸這種自信並沒有演變成自大的情緒，曹叡很清楚自己在軍事上的才能，所以他期待著張郃能有一番大的作為，於是這位老將軍被賦予了「都督中外諸軍事」的權限，也就是全權委任。

魏軍的主力遠在荊、揚難以猝回，根據張郃的建議，朝廷就近動員了四萬名士兵，加上曹叡特意下詔調撥虎賁（近衛軍）一萬人，張郃可以動用的兵力達到了五萬。兵力的集結、輜重的籌備、武械的分配，以及馬匹的調配，所有的準備工作由五兵尚書在七天之內就完成了。魏國的官僚機構在危急時刻的效率還是很值得稱道的。

張郃知道多拖一刻，就多一分被動，多年的戎馬生涯教會他一個簡單的道理——兵貴神速。在部隊動員初具規模後，他就立刻稟明皇帝，將後續部隊的組織工作交給副將郭淮，然後自己帶著剛剛完成動員的五萬人向著隴西急速前進。

臨行前，皇帝曹叡攙著他的手，說：「張將軍，魏國安危，就繫於將軍一身了。」張郃看著年輕的皇帝，只是微微低下頭去，說：「臣自當盡力，不負陛下之恩。」這讓期待著聽到些壯烈言辭的曹叡微微有些失望。

這是一次可以媲美「飛將軍」夏侯淵的行軍，當張郃能望見隴山山脈時，僅僅過去了一個月的時間，而他身後的部隊仍舊有四萬多人。行軍期間有不少人掉了隊，但是沿途的郡縣也相繼補充了一批兵員。

一路上，張郃陸續收到來自隴右諸郡的急報。天水、南安、安定舉城反叛，西城、上邽等地都面臨蜀軍的威脅，士兵們臨出發前的興奮已經逐漸被沉重的戰爭壓力取代，張郃身為統帥，情緒上也稍微受了一點感染，這種狀態一直持續到他進入隴山東麓的略陽地界。

西北的天氣到底還是比南方乾燥很多，張郃一路上總是覺得口乾舌燥。

現在又是這樣，嘴唇感覺要裂開一樣，鼻子也被風沙弄得很不舒服。他看天色已晚，揉了揉被風吹紅的眼睛，把視線從遠方移開，一邊解下皮囊把清水一口氣倒進嘴裡，一邊暗自想自己是不是真的已經老了。就在這時候，護衛報告說前哨部隊截下了二十名退下來的魏兵。

「哦？他們是哪部分的？」

張郃聽到報告，連忙把皮囊放回原處，身體前傾以表示對這件事的關注。

護衛回答說：「他們是街亭逃出來的守軍，據稱街亭已經被蜀軍占了。」

聽到街亭二字，張郃目光一凜。這一處乃是連接關中與隴西的樞紐，如今落到了蜀軍的手裡，這將令魏軍極其被動。他之所以急著出發，就是怕街亭失守，結果還是晚到了一步，被蜀軍占得了先機。想到這裡，他忍不住扼腕歎息，狠狠地拍了拍馬鞍。

不過張郃沒有把自己的失望之情表現得特別露骨，他平靜地對護衛說道：「去把他們叫過來，我有話要問。」很快那二十名魏兵就被帶到了他的馬前，個個神色驚慌，因為他們知道在自己面前的是誰。張郃並沒出言安慰——他認為沒有必要，而是直奔主題：「你們退下來的時候，看到的確實是蜀軍，而不是我軍退下來的部隊？」

這隊魏兵的伍長壯著膽子答道：「回將軍話，正是，我們那日正在巡城，忽然見到隴西道有無數旌旗閃現，然後大批蜀軍就攻過來了。您也看到了，街亭城一共只有我們二十個人，守不住，我們為早點把這軍情報出去，就棄城前來。我看得清楚，蜀軍的旗號和他們的褐衫是不會錯的。」

這名伍長怕擔「不戰而逃」的罪名，因此把當時的情景做了點小小的修改，又特意強調是為通報軍情而來。他這點心思，張郃早就洞若觀火，只是沒必要在此深究。

「那麼……」張郃瞇起了眼睛，嘴唇緊抿，「領軍的大將你們知道是誰嗎，魏延還是吳壹？」在他心裡，能當此任的蜀將只有這兩位。

「只看到大纛上寫著一個『馬』字。」

張郃聞聽此言，本來瞇成一條縫的眼睛陡然睜圓，身子不由自主地在坐騎上坐直。馬？他在腦海裡緊張地搜索，蜀軍之中姓馬的有什麼名將。馬岱？不可能，這個人沒什麼才幹，全因其兄馬超才為人所知。馬忠？也不可能，他是鎮守南中的。那麼……莫非是馬謖？

馬謖這個名字在張郃腦海裡一閃而過，並沒有留下太多印象。張郃來回想了半天，再也想不出其他人選，魏國這幾年對蜀漢的情報工作做得比較鬆懈，他對蜀國軍中的情況實在沒什麼把握。不過無論如何，蜀軍占領了街亭，這個是事實。張郃必須不惜一切代價把街亭奪回來，無論那敵將是誰。

想到這裡，張郃抬起頭，對他們擺擺手道：「你們退下去吧，去伙夫那裡拿些酒肉吃，然後隨隊而行。你，過來。」

被他指到的伍長忙道：「小的在此。」

「吃過飯你來中軍帳中，問書記要筆墨，把街亭四周地理詳細畫張地圖給我。」

「是，是，小的不吃飯了，這就去辦。」伍長看到張郃沒有追究他們棄城之罪，不禁喜出望外，變得格外殷勤。

把這些交代完，張郃又轉過身來，手指一彈，一名傳令兵立刻默契地飛馬奔到旁邊。

「將軍，有什麼吩咐？」

「傳令下去，全軍再前行五里，找個合適的地方紮營，埋鍋造飯，但不准有炊煙。」

「得令。」傳令兵轉身去了。

這支部隊已經經過了連續四五天的急行軍，士兵們均已疲憊不堪。以這樣的狀態，即使強行逼近街亭，也只是強弩之末，因此張郃決定先紮下營來，稍做休整後再做打算。更深一層的考慮是，郭淮以及其他後續部隊也已經開出了長安，落後張郃大約兩日的路程；張郃必須先弄清楚蜀軍的部隊究竟有多少人，然後再決定是以目前的兵力強行突擊，還是會同郭淮的大部隊以優勢兵力平推過去。

張郃不知道，蜀軍也只是剛到，同樣疲憊，並且由於統帥馬謖的一個新想法而耽誤了紮營。假如張郃能夠未卜先知，現在殺過去，也許街亭就會失而復得。可惜的是，張郃的視線沒辦法超越時空，於是魏軍失了第一個良機。

馬謖的這個新想法，就是上山結營。

「將軍要在麥積崖山頂紮營？」

張休、李盛還有黃襲三名副將張大了嘴巴，驚訝地看著面帶微笑的馬謖，王平保持著沉默，只有陳松還是一臉的輕鬆。

「沒錯，街亭城殘破不堪，據城而守，根本沒有勝算；當道紮營也難以制勝，大道太寬了；麥積崖上土地平闊，可以容納萬人，又有泉水。我軍依仗天險，敵人攻不能攻，進不能進。待到丞相的援軍趕到，兩下合擊，居高臨下，勢如破竹，敵人必敗。到時候不要說隴西，就是趁勢殺進關內，也沒人能阻擋。」馬謖滔滔不絕地對著他們講解道。剛才下山的時候，他在心裡仔細推演過好多次，自信是有萬全把握的。

「胡鬧！簡直是胡鬧！」王平聽他說完，終於忍不住了，出口呵斥道，「簡直就是紙上談兵，拿兩萬多人的性命開玩笑！」

他反對，一半是因為這個計劃太過冒險，遠不如當道紮營穩妥，一半是因為提出建議的人是馬謖。

馬謖對他的這種態度早就預料到了，因此也沒發火，只是微笑著對王平說道：「王將軍，我軍此行的目的是什麼？」

「這還用說，守住街亭，不讓魏軍進入隴西。」

「那麼我問你，我軍紮在大道旁的斷山之上，敵人是不理我軍直接從大道前進，還是先來攻打我軍？」

「廢話，當然會先打我部，哪個傻瓜會不顧後方有敵人部隊還繼續前進。」

「既然無論紮營在麥積崖還是街亭城，都能達到阻敵人主力於街亭的目的，那我們為什麼不選一個更加險峻的地方呢？將軍不會連這個道理都不懂吧？」馬謖還是滿面笑容。

「……你……」王平瞪著馬謖，一句話也說不出來。雖然他的實戰經驗在馬謖之上，但是若論兵圖推演，他可不是馬謖的對手，那可是在丞相府中鍛鍊出來的才能。

「可是，萬一敵人切斷我軍的水源該怎麼辦？」在一旁的黃襲提出疑問，「畢竟我們是在山上啊！」

「呵呵，剛才我去實地勘察過了。那山下有兩條明水，還有一條暗流，都是從旁邊清水河來的水源，不仔細看是看不出來的。只要派一支部隊過去護住暗流，就算兩條明水被截，也無所謂。」

「哦……參軍大才，小的不及。」黃襲無話可說，喃喃了幾句客套話，同情地看了王平一眼，坐了回去。

「那麼，可還有其他疑問？」

馬謖望著那幾位將軍，無人再向他發問。看著王平欲言又止的難受樣子，馬謖花了好大力氣才克制住，沒露出得意之色。

「既無異議，那麼事不宜遲，立刻就去辦吧。張休、李盛兩位將軍帶人去麥積崖紮營，山上樹木不少，足敷營地之用了；黃襲將軍，你去我們的來路多紮旌旗，派一千人馬駐在附近山中，好讓敵人以為我軍在街亭以西也有埋伏，不敢輕進。陳參軍，就有勞你去街亭城中慰勞一下百姓。」

馬謖說到這裡，又把視線轉向王平，故意拖著長腔道：「王將軍，我分派給你三千人，你去斷山東邊好好把守那條暗河水源吧。這關係到我軍之生死，將軍之責很重，還請小心。」

「正合我意，謝參軍！」

王平霍地起身，雙手接了令去，那個「謝」字咬得十分清晰。不知道「正合我意」指的是滿意看守水源的職責，還是慶幸不需要跟馬謖天天碰面。不管怎樣，至少馬謖本人對這個人事安排還是很滿意的。

紮營地點確定了之後，整個漢軍部隊就開始連夜行動起來。輜重部隊開始源源不斷地把物資往麥積崖上運送；伐木隊三五人為一組，以崖頂為圓心，開始向週邊砍伐木材；在他們身後，工程兵們已經開始有條不紊地修造營地、寨門、箭樓等必要設施；而伙夫隊的炊煙也嫋嫋地向黑暗的天上飄去。如果從空中俯瞰的話，整個漢軍就好像是一窩分工明確的螞蟻，井然有序。

能夠容納一萬多人，而且要堅固到足夠抵擋敵人的圍攻，這個工程量相當大。幸虧在諸葛丞相的大力提倡之下，蜀漢軍隊頗為擅長這類技術工作，效率比起普通部隊高出不少。當次日太陽升起的時候，主帳旁已高高豎起清晰可見的大纛，而士兵們已經可以聽到來自營地中央的第一通鼓聲了。

太陽光帶來的，不光是蜀漢士兵對自己勞動成果的成就感，還有更加遼闊的視野與隨之而來的戰報。就在漢軍營地剛剛落成之時，前往關中道巡邏的斥候給馬謖帶回了一個消息——「前方十里處發現魏軍動向，有三萬餘人。」

張郃其實在前一天晚上的後半夜就覺察到蜀軍的動靜：遠處山上滿是火把的光芒，派出去的斥候也說蜀軍正在紮營。不過他沒有輕舉妄動，一方面是因為魏軍如今極度疲勞，難以持續夜間作戰；另一方面是他生性謹慎，不想在沒把握好全局的情況下打一場混戰。

第二天是個晴朗的日子，良好的天氣讓視野開闊了不少。張郃在大部分士兵睡醒前就起身了，在十幾名親兵的護衛下冒險靠近街亭觀察敵情，一直深入到與漢軍的斥候相遇為止。雙方各自射了幾箭，就匆忙撤回了。

視察回來以後，張郃陷入了沉思。最初他以為蜀軍會在當道立下營寨，據住街亭城，恃險以阻敵，沒想到他們居然會選擇山頂。

他取出昨天伍長畫的地圖端詳，這份地圖畫得頗為拙劣，但基本的地形勾勒得還算是準確，很快張郃就把注意力集中到了麥積崖。

「蜀軍在這裡紮營，究竟想幹什麼？」張郃拿食指按在地圖上，一邊緩慢地移動，一邊自言自語道。

和馬謖的想法一致，張郃覺得上山紮營確實是個很好的選擇。假如漢軍選擇當道紮營，那麼他大可以放手一搏，與蜀軍死戰拚消耗。因為大路無險可據，營地很難修得特別堅固，雙方正面對敵，勝負在五五之間，而魏國的後續部隊多得很，持久力絕對要勝過蜀軍。

但是敵將居然上山，這就是另外一種局面了。張郃不可能對這股敵人置之不理，自顧西進；如果要清除敵人的話，就必須將其包圍殲滅，以張郃現在的兵力，要做到這一點很勉強。退一萬步說，即使郭淮的部隊今天就與張郃合流，對敵構成七比一的優勢，蜀軍據守的地形仍是十分險要，不花上十天半個月也很難打下來。在這段時間裡，恐怕隴西戰場早就盡為諸葛亮所有了。

想到這裡，張郃搖搖頭，他在讚歎之餘，也覺得十分棘手，這個姓馬的將軍真是麻煩的對手。不過奇怪的是，張郃並沒覺得有多麼緊張，他不知道這究竟是因為多年戎馬生涯使自己早已習慣種種劣勢，還是單純氣血虧虛。總之這個發現並沒對這員老將的節奏有多大影響。

昨天是急行軍，所以今天起營的時間比平時晚半個時辰。魏軍的士兵們在吃早飯的時候驚訝地發現，來往的傳令兵與斥候穿梭得比平日頻繁了不少。於是老兵悄悄地告訴新兵們，敵人就在附近，大戰就要開始了。

通過清晨的一系列偵察，張郃基本上確定了敵人的數量——一萬三到一萬五千人，少於魏軍，以及主帥是馬謖——這讓張郃小小地讚歎了一下諸葛亮的眼光。他決定全軍向街亭進擊，同時傳令讓一千名騎兵在大隊後面故意揚起塵土，好造成大軍壓境的錯覺。

張郃的想法是，先挺進街亭，形成包圍之勢，再視戰局決定下一步走向。據回報，在大道西邊也隱約有漢軍旗號，張郃不想貿然深入。

魏軍發現漢軍的同時，漢軍也覺察到了魏軍的存在。馬謖得知後只是對對手的速度表示出有限的驚訝，他對自己的計劃充滿了信心。

當身著黑甲的魏軍徐徐開進的時候，馬謖正站在山崖上的箭樓裡向下瞭望。陳松剛剛檢視完糧草，手持著帳簿走到馬謖身邊，朝下面望了望，感歎道：「幼常呀，我們居然在魏軍趕到街亭的前一天把營寨紮好了，也真是夠幸運的了。」

「不。」馬謖擺擺手，對這個說法不以為然，「……應該說，魏軍居然比我們結營的時間晚到了一天，他們真不幸，呵呵。」

「你覺得接下來，魏軍會如何做？」

「這個嘛……我也很期待。是冒著被切斷後路的危險通過街亭，還是過來包圍我，打一場消耗戰？」

「無論怎樣，都逃不出參軍你的算計呀。」陳松有著文官比較擅長的敏銳觀察力，懂得什麼時候該說什麼話。

「那是自然。」馬謖對陳松的恭維回答得毫不客氣，他身後一萬漢軍中的精銳已經做好了一切準備。說完這些，馬謖轉身大步流星地回到中軍帳。

陳松隔著柵欄又朝下看了一眼，縮縮脖子，也轉身離開。

開始階段，兩軍誰都沒有干涉對方的行動，漢軍從崖上注視著腳下的魏軍緩慢地展開隊形，先進入街亭城，然後朝斷山移動，接著分散成若干個相對較小的半弧形集團向麥積崖的山麓兩側擴展。

「參軍，要不要在敵人包圍圈形成之前，衝他們一下子⁉」黃襲衝進中軍大帳，大聲對馬謖道，「現在敵人隊形未整，下山突擊應該會有很好的斬獲。」

「不用。」馬謖捏著下巴搖搖頭，同時不耐煩地把毛筆放到桌上，「這點戰果沒什麼意義，他們兵多，很快就能補上，徒傷我軍士兵。」

「可是，現在若能勝上一陣，定能挫敗敵人銳氣，參軍明察。」黃襲有點不甘心地爭辯道。

「你要搞清楚，這是防禦戰！我軍實力有限，萬一你下山被圍，我想救不能救，豈不是陷入尷尬境地？」馬謖不滿地瞪了他一眼，心裡罵這個傢伙太沉不住氣了。

「傳我的命令下去，有擅動者，斬！」馬謖重重說道，拂袖起身走了出去，剩下黃襲尷尬地站在原地。

魏軍的佈圍就快形成，山上蜀軍仍無動靜，只是寨門緊閉，穿著褐衫的士兵站在柵欄後面注視著變化，一動不動。張郃略微有點失望，他本來精心設計了一個陷阱：魏軍的移動雖然分散，但行進的路線讓彼此都能呼應及時，只要漢軍下山衝擊，數個小陣立刻就能迅速合到一起，聚而殲之。不過現在看來漢軍對這個沒什麼興趣。

首先的實質性攻擊是由魏軍挑起來的，地點是在麥積崖坡度比較平緩的北麓。張郃想借這一次進攻，試探一下漢軍的防守程度到底如何。

投入進攻的魏軍有兩千人，他們依山勢向上爬去。開始的階段很順利，魏軍一口氣就向上推進了六七十尺，上面保持著沉默。但當他們爬到距漢軍營寨還有幾十步的時候，忽然一聲號響，柵欄後同時出現三百名蜀軍的弩手，手裡舉著漆成黑色的弩。只聽「啪啪」的一陣弦響，三百支鋒利的箭破空而出，依著高勢直射下去；一瞬間，魏軍爬得最靠前的幾十名士兵發出悲慘的呻吟，紛紛中箭從山坡上滾落下去。

等這陣齊射結束，魏軍再度爬起身來，半貓著腰加快速度向漢軍營寨衝鋒。但是蜀軍的弩手輪換比他們速度更快，前一輪射擊過的弩手把弩機抬起，向後退一步，後面另外一排弩手立即跟進填補空白，隨即又是一輪單發齊射。

這一次因為距離更近的關係，對魏軍造成的殺傷力更大。個別僥倖躲過射擊的魏軍士兵靠近柵欄，卻被柵欄裡忽然伸出的長矛刺中，哀號著躺倒在地。

進攻持續了不到半個時辰，結果是魏軍損失了近二百人，其他人狼狽地退了下來。蜀軍傷亡卻不到十人。

這個結果張郃早就預料到了，攻堅戰從來都不是件容易的事情。他吩咐退下來的魏軍去街亭城休整，同時命令各軍嚴守崗位，不得妄動。漢軍並沒有使用連射，說明他們也知道魏軍這次只不過是試探性攻擊而已。漢軍在弩射方面的優勢是有傳統的，如果說蜀漢軍中有什麼真正讓張郃感到恐懼的，那就是這些閃著危險光芒的東西了。

「張將軍！」

張郃身後傳來一陣馬蹄聲，他轉過頭去，看到兩名都尉騎馬趕了過來。

「稟將軍，兩條水道都已經被我軍切斷了。」其中一名都尉興奮地說道。

張郃沒有對這個勝利做什麼表示，他皺著眉頭想了想，又問道：「你們去的時候，那裡可有蜀軍把守？」

「有，不過不多，看到我們去，立刻就逃散了。」

張郃的眉頭皺得更緊了，敵人的指揮官在上山之前，可能會忘記水源這個基本常識嗎？難道就任由魏軍切斷而不採取任何措施？

「一定還有一條以上的隱藏水道存在！」

張郃得出了結論，同時做了個切斷的手勢。

第一天的包圍就在對峙中落下了帷幕，當夜幕降臨的時候，雙方都各自回營，和平的炊煙在不同的旗幟下升起，甚至還有人唱起歌來，凝結在空氣中的殺伐之氣也被這些小小的娛樂稀釋了不少。

士兵們慶幸的是日落後他們還活著，雙方的主帥所思考的事則更加深遠。

馬謖很高興，雖然他在開戰前確實有點忐忑不安，但那只是因為自己是第一次獨自主持戰鬥。第一天的戰況表明他的計劃很順利，於是他在安排好了巡夜更次以後，特意吩咐晚飯多上半甕在街亭城里弄到的酒，以示慶祝。

而張郃的中軍大帳徹夜不曾熄燈，一部分魏軍也不知道去哪裡了。最初發現這個異常的是張休，他一開始猶豫是否要把這件事通報給馬謖，後來一直拖到了第二天早上，他才邁進了主帥的帳篷，那時候馬謖正在洗臉。

「你說敵人主帥的帳篷一夜都沒熄燈？」

馬謖從盆裡把頭抬起來，拿毛巾慢慢擦起臉來。

「對，而且一部分魏軍從昨天晚上就不知去向。」張休有點不安地說道，雙手搓在一起。

馬謖把毛巾交給旁邊的侍衛，示意再去換一盆清水來，然後背著手在帳中捏著下巴來回踱步。過了一會兒，他方才對張休說道：「不妨事，他們也許是想從小路去攻打高翔將軍的列柳城，所以才開拔的。」

「只怕……」張休還沒說完，就見剛才那名侍衛慌張地跑進營帳，手裡拿著空盆，表情扭曲。一進營帳，他就大叫道：「參……參軍！」

馬謖眉毛一皺，說道：「我們正在商討軍事，什麼事如此驚慌失措？」

「水……水斷了！」

張休「啊」了一聲，把眼光投向馬謖，馬謖的語調變得很不滿。

「水道被截，這早就在預料之中，慌張什麼!?」

「不，不，那條暗水，也已經斷流了！」

馬謖一聽這話，一下子倒退了三步，臉上的表情開始有點扭曲。過了半晌，他嘴角抽動了一下，勉強說道：「帶……帶我去看。」

於是那侍衛帶路，馬謖與張休緊隨其後，其他幕僚聞訊後也紛紛趕來。

一大群人趕到那條暗水的出口處，看到那裡已經涓滴不漏，只有些水痕留在地上。

「也許，只是一時退水，過一會兒就會再通的。」馬謖猶猶豫豫地說道，語氣裡已經沒有那種自信，「還有，給王平將軍放哨箭。」

整個上午過去了，魏軍都沒有動靜。焦灼不安的馬謖並不因此而覺得欣慰，他一直在等著水再流出來，還有王平部隊的回應。結果一直到傍晚，這兩者都全無動靜。

馬謖簡直快要急瘋了，他之所以有恃無恐地上山紮營，就是因為自信有水源保證。如今水源斷絕，整個「恃險而守」的策略，就演變成了「困守死地」的局面。一整天他都在整個營盤焦躁地轉來轉去，一名小校誤掛了旗號，被他大罵一通，拖下去打了四十軍棍，結果誰也不敢再惹這個參軍。而營中的士兵們也為斷水之事竊竊私語，人心浮動。

比起蜀軍，魏軍的心態就輕鬆得多。昨天夜裡，張郃親自率領著三千五百名士兵，命令街亭守軍為嚮導，依著地形搜尋了半夜，終於被他們發現了那條暗水的源頭之地，並且發現了王平的旗號。

因為黑夜能見度極差，張郃不知對方人數究竟有多少，不過他立刻想到，己方不能見，那對方也不能見。於是張郃立刻命令手下多點起火把，人手兩支，馬頭上還要掛上一支。這一命令的效果非常明顯，黑夜裡一下子就亮起一條火色的長龍，星星點點難以計數。

張郃沒考慮過偷襲，蜀軍的駐地險要，他帶的兵又少，勉強偷襲未必能打下來。他指望這一舉動能造成蜀軍混亂，然後再強加攻擊，這樣就算敵眾我寡，也能取勝。不過蜀軍的動向大大出乎了他的意料，在覺察到魏軍來襲後，這部分蜀軍竟然未做任何抵抗就開始撤退。張郃以為是誘敵之計，便令魏軍停止前進。結果一直到了早晨，張郃才發現蜀軍果然是撤走了，隨後又發現了空無一人的暗水源頭。

回到街亭以後，張郃立刻派遣了幾十名目力比較強的士卒到附近山上，察看蜀營中的動靜。很快他就得到了自己希望見到的結果：蜀漢營中的秩序遠不如之前，士卒焦躁不安，開始出現混亂的徵兆。

「看來，這一次是切斷了他們真正的水源。」張郃滿意地點了點頭，從出征到現在，他終於露出了一絲真正意義上的微笑。他吩咐各部魏軍不得擅自出動，嚴守自己的位置，然後長長地伸了一個懶腰，回到風帳中，也不脫下盔甲，就這麼躺倒下去睡著了。

現在魏軍不需要進攻，只要坐等漢軍崩潰就可以了。

就和張郃預料到的一樣，斷絕了水源的漢軍陷入了絕境。馬謖變得神經質起來，滿臉的自信被一種混雜著悲觀與憤怒的情緒代替，每天都會有士兵被馬謖責打。無論是黃襲、張休、李盛還是陳松都不太敢靠近他，因為只要一跟他提到水源的事，他就會很激動地抓住對方的雙肩，然後大聲喊道：「王平！王平到底在哪裡？他不是在守水源嗎⁉告訴我，他在哪裡？」

最早建議突圍的是黃襲，他說既然水源已斷，那麼趁士氣還算正常的時候突圍，才能把損失降低到最小。馬謖聽到這句話，紅著眼睛轉過身來，用一種陰狠的口氣回答：「那街亭怎麼辦？就任由魏軍占領，然後把我們漢軍碾碎在這隴山與祁山之間？你怎麼對得起諸葛丞相？」

比起主帥的神經質，士兵們更擔心的是最基本的需求。自從水源被切斷之後，每天的伙食就只有難以下嚥的乾粟；開始每人還可以分到一小瓢混濁的水來解渴，到了後來，就完全得不到水的補充了，整個漢軍陷入一種萎靡不振的狀態。在被圍後的第三天，開始有下山投降的漢軍士兵出現了。

魏軍對敵人的窘境很清楚，張郃覺得這樣還不夠，又調派了數千名弓箭手不停地往山上射火箭。

麥積崖山坡四周的樹木已經被砍伐一空，但還有其他茂盛的植被留在表面。魏軍只需要在山麓點起火來，上升的火勢就會以極快的速度向山上蔓延開來。燃燒起來的滾滾黑煙令本來就口乾舌燥的漢軍雪上加霜，甚至當火箭射中柵欄與營帳時，漢軍連用來滅火的水都沒有，只能以苫布或長毯來撲救。

比起身體的乾渴，更嚴重的打擊則是心理上的。面對著四面被濃煙籠罩的營寨，很少有人能保持樂觀的心態，馬謖也已經有點六神無主了。主帥的這種混亂與驚慌不可避免地傳染到了全體漢軍身上，現在的漢營已經是一團糟。

街亭被圍的第四天，張郃決定開始攻擊。一方面他認為漢軍已經差不多到極限了，就好像是搖搖欲墜的阿房宮一樣，只需輕輕一推就能立刻土崩瓦解；另一方面他也擔心時間拖得太久，會有蜀軍的增援部隊前來，那時候變數就太多了。

一大清早，魏軍的總攻正式開始。五萬六千名魏軍士兵（包括陸續從後方趕到的增援部隊）從各個方向對漢軍在麥積崖上的營寨同時發起了攻擊。

「參軍！魏軍進攻了！」

張休大踏步地闖進帥帳，用嘶啞的嗓子大叫道。頭髮散亂的馬謖抬起頭看著他，同樣乾裂的嘴唇嚅動了一下，然後站起身來，拿起身邊的頭盔戴到頭上，向外面走去，一句話也沒說。

「魏軍在哪裡？」馬謖走出營帳，瞪著通紅的眼睛問，無數士兵在他身旁奔跑。

「到處都是。」黃襲只回答了四個字，語氣裡並無什麼譏諷之意，因為這是事實。

此刻的戰況已經由開始的試探轉入短兵相接了，殺聲震天，無數飛箭縱橫在雙方之間。魏軍分六個主攻方向，對準了漢營的六處大門，與漢軍展開了激烈的爭奪，彷彿巨大的黑色海浪，一波又一波地拍打著這一塊孤獨的礁石。

在乾渴的痛苦中煎熬的蜀漢士兵們聽到敵人的喊殺聲，反應卻大大出乎敵人的預料。魏軍遭到了堅決的反擊，彷彿這些已經快要燃燒起來的士兵找到了一條可以發洩自己的痛苦的通道。這種絕境中迸發出來的力量稱得上奇蹟，但也從另一方面說明蜀軍從一開始就認為自己是處於絕境之中的。

蜀軍勁弩的猛烈打擊，使得魏軍的進攻勢頭在初期受到了抑制。本來魏軍就是仰攻，而且山上的樹都早已被砍掉，草也已經燒得精光，因此居高臨下的漢軍弩士們獲得了良好的射界。在弩的打擊之下，魏軍第一輪攻擊被攻退了。對付這些東西最有效的武器是重盾，而輕裝趕到的張郃並沒有這樣的裝備。

馬謖似乎看到了轉危為安的曙光。他用手拚命搓了把臉，讓自己冷靜下來，努力使漢軍的防禦更有秩序。

「繼續進攻，直到徹底摧毀敵人。」山下的張郃彈彈手指，命令魏軍不斷攻擊。他心裡清楚，勝利並非如想像中那麼容易。漢軍的頑強抵抗出乎意料，假如他們能夠堅持到救援部隊趕到，那麼魏軍將面臨兩面夾擊，到時候勝利者與失敗者的位置就要互換了。

一方面是捨生忘死的進攻，一方面則是捨生忘死的防守。馬謖所期待的，正是張郃所要極力避免的。張郃不得不承認，他低估了漢軍在絕境中的爆發力，不過憑藉著多年的經驗他也清楚，這樣的爆發力不可能持久。

兩個時辰過去了，雙方都已經付出了極大的傷亡代價，山坡與山頂都躺著無數的屍體，血與火塗滿了整個麥積崖。魏軍輪換了一批精力充沛的預備隊員繼續進攻，而馬謖的部隊已經達到了極限，士兵們完全是憑藉著求生的本能在作戰。意志的力量雖然強大，但當意志的高潮過去後，取而代之的則是肉體的崩潰，漢軍的末日也就到了。

有的士兵一邊面對敵人揮舞著長矛一邊倒了下去，再也沒能爬起來；有的士兵則已經連弩機也無法扳動，保持著射擊的姿勢就被衝上來的敵人砍掉了腦袋。營寨的大門已經被魏軍突破，而漢軍的意志和生命，還有旗幟，也差不多燃燒一空了。

麥積崖的失守，已經不可逆轉。

又是一排箭飛過來，數十名漢軍士兵哀號著倒在馬謖的身邊。兩側的弩手立刻向前跨進一步，對著飛箭的方向一起射擊。這些精銳的蜀軍弩士還在盡自己最後的責任，因為他們的存在，魏軍要付出極大的傷亡代價，才能夠衝上山來。

「參軍，快突圍吧，這是最後的機會！」張休的臉被煙熏得漆黑，頭盔也不知道掉哪裡去了，他一邊拿著盾牌擋著魏軍的流矢，一邊回頭叫道。

幾十名衛兵結成一道人牆擋在外面，讓魏軍暫時無法過來。

而馬謖趴在地上，目光渙散，喃喃自語：「不能丟，街亭不能丟啊……丞相吩咐過的，不能丟，絕對不能丟啊……」到最後聲音裡竟然帶著一絲哭腔。

巨大的心理落差讓本來自信的他走向另外一個極端。

李盛這時候彎著腰跑過來，滿臉塵土，手裡攥著馬謖的帥印。他把帥印塞到馬謖手裡，將他攙扶了起來。

「參軍！」

李盛的這一聲厲叫總算讓馬謖恢復了一些神志，意識到指揮官應有的責任，他晃晃悠悠站起身來。這時張休與李盛兩位將軍已經集結了兩千到兩千五百左右的漢軍，組成一個圓形緩慢地向著山麓旋轉而去。在旋轉的過程中，不斷有漢軍加入。這個圓陣抵達山邊的時候，已經達到了將近四千人的規模。

理所當然，魏軍的注意力也逐漸集中到這裡。

馬謖身旁的一名士兵忽然慘叫一聲，一支飛箭射穿了他的咽喉，然後整個人就這麼倒了下去。馬謖看著部下的屍體，一個念頭電光石火般地閃過，將他萎靡不振的精神一下子點醒：「我不能就這麼死掉！我還要回去，去見丞相！」

「衝啊，一定要衝出去！」馬謖盡自己的全力大吼道，然而沒人回答。

在這樣巨大的喧嘩聲中，每個人都在廝殺，他的聲音根本微不足道。他就像是被巨大的漩渦席捲著，以個人的力量根本不能控制。沒人指揮，整個圓陣完全憑藉著人類求生的欲望與本能衝殺著。

因為張郃企圖包圍蜀軍，所以包圍圈上每一個環節的魏軍的數量並不多。

當漢軍的突圍部隊開始衝擊包圍圈的時候，其正面的魏軍其實只有四千餘人。

加上地勢上處於下風，魏軍居然被漢軍一口氣突破到了山麓下。

不過這只是一時的劣勢，很快，更多的魏軍士兵加入戰團。站在山頂上可以看到成群的黑色逐漸聚集一處，將一團褐色捲在了中間，後者則被侵蝕得越來越小……

「街亭已經落入了我軍的手裡，那麼諸葛亮下一步會怎麼做呢？」

張郃站在山頂上，托著下巴想。他的心思已經脫離了這個結果已經註定的戰場，投射在更為遼闊的整個隴西上。遠處漢軍的生死，對他來說已經不那麼重要了。

建興六年春，街亭陷落，蜀軍星流雲散。

馬謖入獄

馬謖從噩夢中猛然醒來，他劇烈地喘息著，掙扎著伸出雙手，然後又垂下去，喉嚨發出「呵呵」的呻吟聲，彷彿有什麼東西壓迫著他的胸口。

前幾天從魏軍的包圍中逃出來以後，馬謖就一直處於這種極不穩定的精神狀態之下，灰暗、沮喪、惶惑、憤怒等諸多負面的情感加諸他的精神和肉體之上，令他瀕臨崩潰，就像是一條已經搖搖欲墜的棧道。

那一次突圍簡直是一個奇蹟，魏軍的洪流中，漢軍正被逐漸絞殺，忽然烏雲密佈，隨即下起了瓢潑大雨。對因飽嘗乾渴之苦而戰敗的漢軍來說，這場暴雨出現的時機簡直是一個諷刺；不過，儘管它挽回不了整個敗局，但多少能讓魏軍的攻勢遲緩下來。而殘存的漢軍包括馬謖在內，就趁著大雨造成的混亂一口氣逃了出去。

馬謖一點也不為自己的僥倖逃脫而感到高興，短短幾個時辰的戰鬥使這個人發生了巨大的變化。原本他很有自信，相信運籌帷幄便可決勝千里，精密的計算可以掌控一切。但當他真正置身於戰場的時候，才發覺廟算時的幾把算籌遠不如這原始的短兵相接殘酷、真實。在這片混亂之中，他就好像驚濤駭浪中的一片葉子，只能無力地在喊殺聲中隨波逐流，完全不能把握自己的命運。每一名在他身邊倒下的士兵，都對馬謖脆弱的心理造成新的一擊。

生與死在這裡的界線是如此模糊，以至於他的全部情感都只被一種膨大的心理狀態吞噬，那就是「恐懼」。

這是他第一次經歷真實的戰場，也是最後一次。

從街亭逃出來的時候，馬謖沒管身邊的潰兵，而是拚命地鞭打著自己的坐騎，一味向著前面衝去。一直衝出去三四十里，直到馬體力不支口吐白沫倒在地上才停下。馬謖在附近找到一眼井水，他趴在井口直接就著木桶咕咚咕咚喝了一氣，才算恢復了一點精神。然後他湊到水面，看到的是一張憔悴疲憊的臉。

當親歷戰場的恐懼感逐漸消退之後，另外一種情緒又浮現在馬謖的心頭。

街亭之敗，他對諸葛丞相有著揮之不去的歉疚，蜀漢多年的心血，就這樣毀在了自己的手裡，他不知道如何面對丞相，但更多的是對王平的憤怒。他恨不得立刻就飛回西城，當著丞相的面將王平那個傢伙的頭砍下來。若不是他，漢軍絕不會失敗，街亭也絕不會丟！

馬謖懷著複雜矛盾的心情踏上回大本營的路。一路上，他不斷重複著噩夢，不斷地陷入膽怯與憤怒的情緒；他還要忍受著雍涼夜裡的嚴寒與饑餓——因為既無帳篷也無火種，酒和肉食就更不要說了。有時候他甚至不得不去大路旁邊的草叢裡，尋找是否有散落的薯塊。

當他終於走到漢軍大本營所在的西城時，忐忑不安的心情愈加明顯。不過他的另外一種欲望更加強烈，那就是當眾痛斥王平的逃跑行徑，給予其嚴厲的懲戒。從馬謖本人的角度來說，這也是減輕自己對丞相的愧疚感的一種方式。

當馬謖看到西城的城垣時，他並沒有直接進去，而是找了附近一家農舍，打算把自己稍微清潔一下。這幾日的風餐露宿讓他顯得非常狼狽，頭盔和甲冑都殘破凌亂，頭髮散亂不堪，一張臉滿是灰塵與汗漬。他覺得不應該以這樣的形象進入城池，即使是戰敗者，也該保持尊嚴。「戰敗」和「狼狽地逃回來」之間有著微妙的不同。

農舍裡沒有人，門虛掩著，屋裡屋外都很凌亂，鍋灶與炕上都落滿了塵土，常用的器具都已經不見了，只剩幾隻瓢、盆散亂地扔在門口。說明這家主人離開的時候相當匆忙。

馬謖拿來一隻水桶和一隻水瓢，從水井中打上來一桶清水，然後摘下頭盔，解開髮髻細細地洗濯。頭髮和臉洗好後，他又找來一塊布，脫下自己的甲冑，擦拭甲片上的污漬。就在這個時候，外面傳來一陣急促的馬蹄聲。

馬謖聽到聲音，站起身來，把甲冑重新穿到身上，戴正頭盔，用手搓了搓臉，這才走了出去。

農舍前面站著的是兩名漢軍的騎士，他們是看到農舍前的馬才過來查探的。當馬謖走出屋子的時候，他們兩個人下意識地舉起了手中的刀，警惕地看著這個穿著甲冑的奇怪軍人。

馬謖看著這兩名穿著褐甲的士兵，心裡湧現出一陣親切的感覺。他雙手攤開高舉，用平靜的聲音說：「我是大漢前鋒將軍、丞相府參軍馬謖。」

兩名騎士一聽，都是一愣，同時勒住坐騎。馬謖看到他們的反應，笑了笑，又說道：「快帶我去見丞相，我有要事稟報。」

兩個人對視一眼，一起翻身下馬，然後朝馬謖走來。馬謖也迎了過去，但一伸手，自己的雙臂一下子被他們兩人死死按住。

「你……你們做什麼!?」馬謖大驚，張嘴痛斥道，同時拚命扭動身軀。

其中一名騎士一邊扭住他的右臂，一邊用歉疚的口氣對他說：「馬參軍，實在抱歉，我們只是奉命行事。」

「奉命？奉誰的命令？」

「奉丞相之命，但有見馬謖者，立刻執其回營。」

「執……執其回營嗎？」馬謖仔細咀嚼著這四個字的含意……不是「帶其回營」，不是「引其回營」，而是「執其回營」。這個「執」字說明在漢軍的口頭命令中，已經將馬謖視為一名違紀者而非軍官來對待，這也在一定程度上暗示了丞相的惱火。

不過馬謖並沒有因此而驚訝，他相信等見到丞相後，一切就能見分曉了。因此他停止了反抗，任由他們把自己反綁起來，扶上馬。然後兩名騎士各自牽起連著馬謖的兩根繩子，夾在他的左右，三個人並排，一起向西城裡面走去。馬謖注意到他們兩個人的鎧甲邊緣磨損得並不嚴重，看來他們屬於丞相的近衛部隊，並沒有直接參加戰鬥。

「馬參軍，要是綁得不舒服，您就說一聲。」

「呵呵，沒關係，你們也是按軍令辦事嘛。」

騎士的態度倒是相當恭敬，他們也瞭解馬謖在丞相府中的地位，不想太過得罪這位將軍。馬謖坐在馬上，看著西城周圍凌亂的田地農舍，忽然問道：「對了，這周圍怎麼這麼亂，發生了什麼事情？」

「哦，這是丞相的命令，要西城所有的老百姓都隨軍撤回漢中。」

「我軍要撤退了？」

馬謖聽到之後，下意識地把身體前傾。

「對，前方魏將軍、吳將軍的部隊已經差不多都撤回來了。唉，本來很好的形勢，結果……呃……街亭不是丟了嗎？」

「哦……」

馬謖聽到這裡，身體又坐回到馬鞍上，現在他可不太想談起這個話題。

這時另外一名騎士也加入了談話，饒有興趣地說道：「聽說丞相還收服了一名魏將，好像是叫姜維吧？」

「對，本來是天水的魏將，比馬參軍你年紀要小，二十六七歲的樣子。聽說讓自己人出賣了，走投無路，就來投奔我軍。丞相特別器重他，從前投降的敵將從來沒得到過這麼好的待遇。」

馬謖聽在耳裡，有點不是滋味。那兩名騎士沒注意到他的表情，自顧聊著天。

「你見過姜維本人沒有？」

「見過啊，挺年輕，臉白，沒什麼鬍子，長得像個書生。前兩天王平將軍回來的時候，營裡諸將都去接應。我正好是當掌旗護門，就在寨門口，所以看得很清楚，就站在丞相旁邊。」

聽到這句話，馬謖全身一震，他扭過頭來，瞪著眼睛急切地問道：「你說，前幾天王平將軍回來了？」

騎士被他的表情嚇了一跳，停頓了一下才回答道：「對，大概是四天之前的事情吧，說是從街亭退下來的。」

馬謖心算了一下，如果王平是從漢軍斷水那天就離開的話，那麼恰好該是四天之前抵達西城的。這個無恥的傢伙果然是臨陣脫逃，想到這裡，他氣得全身都開始發顫，繫縛在背後的雙手不斷抖動。

「他回來以後，說了什麼嗎？」馬謖強壓著怒火，繼續問道。

「……我說了的話，參軍你不要生氣。」騎士猶豫地搔了搔頭，看看馬謖的眼神，後者示意他繼續說下去。

「現在軍中盛傳，說是參軍你違背節度，捨水上山，還故意排斥王將軍，結果導致大敗……」

「胡……胡說！」馬謖再也忍耐不住了，這幾日所積壓的鬱悶與委屈全轉變成怒火噴射出來，把兩邊的騎士嚇了一跳。他們一瞬間還以為馬謖就要掙開繩索了，急忙撲過去按住他。馬謖一邊掙扎一邊破口大罵，讓他們兩個手忙腳亂了一陣。

這時候已經快進西城城門了，一隊士兵迎了過來，為首的曲長舉矛喝道：「是誰在這裡喧嘩？」

「報告，我們抓到了馬謖。」

「馬謖！」

那名曲長一聽這名字，本來平整的眉毛立刻高挑起來，策馬走到馬謖跟前仔細打量了一番，揮揮手道：「你們先把他關在這裡，我去向上頭請示該怎麼辦。」

「這還用什麼請示，快帶我去見丞相！」

馬謖的耐心已經到了極限。那名曲長冷冷地瞥了他一眼，又說道：「大軍臨退在即，不能讓他亂叫亂嚷動搖了軍心，把他的嘴封上。」幾名士兵應了一聲，衝上去從馬謖腰間撕下一塊布，塞到他嘴裡。一股刺鼻的腥膻味直沖馬謖的鼻子，把他嗆得說不出話來。

交代完這一切，曲長帶著人離開了。兩名騎士站在馬謖兩側，視線一刻也不敢離開。馬謖靠著凹凸不平的城牆，大口大口地喘息，他想喊出聲來卻徒勞無功，只能用佈滿血絲的雙眼瞪視著眼前的一切。

那兩名騎士說得沒錯，丞相的確打算從西城帶著百姓撤退。城裡塵土飛揚，到處是人和牲畜的叫聲，軍人和扶老攜幼的老百姓混雜一處，全都行色匆匆；大大小小的戰車、民用馬車與牛車就在馬謖跟前交錯來往，車輪碾在黃土地上發出沉重的悶聲，車夫的呵斥聲與呼哨聲此起彼伏。

無論是軍人還是老百姓，在路過馬謖身邊的時候都投來好奇的目光。

他們不知道馬謖的身分，但是從甲冑的樣式能看出這是一位漢軍高級軍官，這樣的人何以落到如此地步，不免叫人紛紛猜度起來。

「那個人是誰？」

「他是馬謖。」

「就是那個丟了街亭，害得我們不得不逃回漢中的馬謖？」

「對，就是那個人。」

「這種少爺不在成都待著，跑來前線做什麼？」

「噓，人家是丞相面前的紅人，小聲點。」

馬謖能聽到旁邊有人竊竊私語，他扭過頭去，看到兩名蹲在一旁城牆邊休息的小兵，兩個人一邊偷偷朝這邊看一邊偷偷嘀咕。除了怒火以外，他更從心底升起一股寒意：王平捏造的謊言居然已經從統帥部流傳到了下級士兵之中，這對馬謖今後在軍中的影響力將是個極大的打擊。

他現在只能等著見到丞相，說明一切真相，並期待著黃襲、張休、李盛、陳松——隨便誰都好——也能從那場大敗中倖存下來。有他們做證人，就更容易戳穿王平的謊言，恢復自己的名譽。

馬謖背靠城牆，頭頂烈日，本來洗乾淨了的白皙的臉上又逐漸被汗水濡濕。他垂著頭一動不動，壓抑著心中升騰的諸多情感，等待著與丞相相見。

正當馬謖在西城的烈日下苦苦等待的時候，諸葛丞相則陷入了另外一種痛苦。街亭的失敗對諸葛丞相來說是刻骨銘心的，當他接到敗報的時候，強烈的挫敗感和失望幾乎令蜀漢的中流砥柱崩潰。

街亭失守，隴西的優勢在一瞬間就被完全顛覆了；打通了隴山通道的魏軍可以源源不斷地西進，他們背後是魏國龐大的後備兵源與補給，漢軍卻只有在隴西的十萬人與艱苦漫長的漢中補給線。諸葛亮其實並不懼怕張郃，他有足夠的自信可以擊敗那個人；他害怕的，是在隴西與魏軍演變成消耗戰的局面，那樣一來漢軍絕沒有勝算，這不是幾次戰術勝利彌補得了的。

作為最高的統帥，諸葛亮不能將蜀漢全部的賭注都押在一個勝率極低的戰場之上，於是他一接到敗報，就立刻傳令全軍放棄攻城，火速撤退——雖然這樣一來前功盡棄，但至少可以讓整支軍隊安全返回漢中。他不想拿整個蜀漢冒險。

前鋒魏延、吳壹的部隊在接到命令後都開始謹慎地後撤。諸葛亮在西城大本營一邊安排全城百姓遷移，一邊接應後撤的漢軍——當然，他也在焦急地等待馬謖的消息。這個時候，王平回來了。

根據王平的彙報：馬謖從一開始就表現出強烈的支配欲和獨裁傾向，拒絕聽取王平的任何建言；在抵達街亭後，他並沒有按照計劃當道紮營據城守險，反而捨水上山，舉措失當，又將王平貶到幾里以外；後來魏軍圍山，漢軍大敗，幸虧有王平在後接應，搖旗吶喊，魏軍疑惑才不敢追過來。

王平的說法，得到了營中大部分將領的認同。在他們的印象裡，這確實是馬謖的行事風格：驕傲自大、紙上談兵。諸葛丞相對於這個報告將信將疑，他對馬謖非常瞭解，不認為馬謖會做出捨水上山這種明顯違反常識的事情。

但是，無論如何，街亭已經丟了，這個結果讓丞相痛心疾首，於是他急於見到馬謖，想將整件事情弄明白，因此他向全軍發佈了命令：如果見到馬謖，就立刻將他帶回大營來。然而當馬謖到達之後，有另外一個原因讓諸葛亮對面見馬謖這件事躊躇再三。

自從王平回來之後，漢軍中就一直流傳著這樣一個流言：馬謖是丞相的親信，丞相肯定會將他赦免，即使有所責罰，也一定會從中徇私。

這個流言從來沒有公開化，不過潛流更具有殺傷力。即使諸葛亮的權威足以讓所有的人都不敢公然反對什麼，但暗地裡的批評依舊令他覺得如芒在背。馬謖的任命現在已經被證明是一個錯誤，如果有人刻意將這個錯誤歸咎於丞相和馬謖之間的關係，那麼不光丞相在軍中的威信會動搖，李嚴、譙周等人也會在後方借題發揮。這是諸葛亮所不能容忍的。

權衡再三之後，諸葛亮終於長歎一聲，將手中的羽扇擱在憑几上面，然後用一種純粹事務性的口氣對等待命令的曲長說：「將馬謖關進囚車，隨軍回到漢中再行發落。」下達這個命令的時候，他的眼睛中閃動著一絲愧疚，但這對命令的執行並沒有什麼實質性影響。

當曲長帶著這個決定回到馬謖面前的時候，馬謖無論如何也不能接受，就好像是一個乾渴已久的人猛然被人從嘴邊搶走了水碗。丞相近在咫尺，卻難以見到，所以當兩名士兵過來將他推向囚車時，他帶著難以置信的表情拚命掙扎，嘶啞著嗓子大叫道：「讓我見丞相！讓我見丞相！」

「哼，這是丞相的命令，馬參軍，不要讓我們為難。」曲長冷冷地說道。

馬謖則嚷道：「一定是王平那個狗賊從中作祟……你們憑什麼抓我，放開我，我堂堂丞相府……」

「我們奉命行事，有什麼話回漢中跟軍曹司的人去說。」

曲長不耐煩地打斷他的話，伸手掏出塊布去堵他的嘴。他似乎在一瞬間退縮了，於是曲長將身體放心地傾過去。就在這時，馬謖猛地掙脫開士兵，伸拳就打。曲長猝不及防，被馬謖重重一拳打中了鼻樑，慘叫著倒了下去。

曲長的部下非常憤怒，立刻一擁而上，按住這個發了狂的囚犯的雙肩，將他的頭壓在地上，還有人趁亂偷偷踢了他一腳。

經過這一陣騷動，馬謖被重新捆綁起來，兩條胳膊被棕繩反綁在背後，嘴被布條塞住。很快囚車也被拉了過來，這輛帶著囚籠的車子是用未經加工的木料搭建而成的，滿是節疤的欄柱表面顏色斑駁不堪，還散發著難聞的松脂味；工匠甚至沒將囚籠的邊緣磨平，糙糙的，滿是毛刺。

馬謖就這麼被推推搡搡地押進了囚籠，連繩子也沒解開，狹窄的空間與刺鼻的味道令他感覺非常難受；他甚至連抱怨都沒辦法表達，只能瞪著充血的眼睛，發出含混不清的「嗚嗚」聲。士兵「啪」的一聲把木門關上，拿一根鐵鍊將整個囚籠牢牢地鎖住。

「好，綁妥了，走。」

看到後面的人揮手示意，前面的車夫一揮鞭子，兩匹馬同時低頭用力，整輛囚車先是「咿啦咿啦」地震動了一下，然後開始慢慢地移動起來，車輪在黃土路上發出巨大的碾軋聲。

馬謖隨著車子晃動身體，全身不時被毛刺弄疼，他萬萬沒有想到竟然會以這樣的方式返回益州。現在馬謖唯一能做的就是隔著木欄，失落地望著遠處帥府的大纛。很快他就連這樣的景色都看不到了，因為這輛囚車逐漸駛離了西城，匯入大道上塵土飛揚的擁擠車流，跟隨著漢軍的輜重部隊與西城百姓向著漢中的方向緩緩而去。

當這些輜重部隊離開之後，漢軍的主力部隊也完成了最後的集結。他們將西城付之一炬，然後一營一營地徐徐退出了魏境。整個過程非常周密，這種從容不迫的撤退行動堪稱軍事上的一個傑作，只可惜並不能挽回漢軍敗北的命運。

對於漢軍的舉動，魏軍並沒有認真地進行追擊。張郃認為既然已經順利將蜀軍逼退，那麼就沒必要再勉強追殺，徒增傷亡——諷刺的是，他那時候還不知道，三年之後自己恰恰戰死於追擊蜀軍的途中。於是魏軍轉過頭來，將精力集中於對付失去外援的隴西叛軍。

魏太和二年，蜀漢建興六年，第一次北伐就以這樣的結局告終。

比起失意的漢軍全體官兵，馬謖的意志更加消沉。一路上，他不僅要忍受烈日與饑渴，還要忍受周遭好奇與鄙視的目光。不過他已經沒有了剛到西城時的那股憤怒與衝動，取而代之的是失落與頹唐。與其說馬謖接受了殘酷的現實，倒不如說他是單純體力不濟，現在支撐他的唯一信念，就是儘快抵達漢中，然後把自己的委屈向丞相傾訴。

返程的大部分時間，馬謖就這麼抱著微茫的希望躺在囚籠裡一動不動，沾滿了塵土和汗漬的頭髮散亂地垂下來，看上去十分落魄。周圍的人逐漸習慣了他的安靜，也由開始的好奇慢慢變成了熟視無睹。押送的士卒偶爾會問問他的健康狀況，但更多的時候，就索性讓他一個人獨處。

在這期間，馬謖也見到了幾名昔日的熟人與同僚，不過他們都因為不同的原因而避免與他直接交談，這讓馬謖託第三者傳話給丞相的希望也破滅了。

第一個走過他身邊的是漢軍督前部、鎮北將軍魏延，這名黑臉大漢對馬謖一直就沒什麼好感——準確地說，他對丞相府裡的那群書生都沒有好感。

他提著自己的長槍慢慢從馬謖的囚車旁邊走過，只是微微把眼睛瞥過來斜著看了看那名囚徒，然後從鼻子裡冷哼出一聲，繼續朝前走去。

第二個走過他身邊的是馬謖不認識的年輕人，他比起馬謖的年紀要小得多，頭戴著綠巾短帽，顴骨上沾染著兩團西北人特有的高原紅，那是長年風吹的結果。他的臉部輪廓沒馬謖那麼雅致，多了一份粗獷之氣。他路過囚車的時候，恰好與馬謖四目相接，兩個人彼此都將視線移開，各自走各自的路。

那個時候馬謖還不知道這名青年的名字叫作姜維，也不知道兩人再度會面，將在很久以後。

第三個走過他身邊的是丞相府的長史向朗。馬謖看到他的時候，心裡升起一股欣慰之感。他與向朗在丞相府一為參軍，一為長史，既是同僚也是好友，彼此之間相處甚厚，丞相府的人總以「高山流水」來形容他們二人的關係。他看到馬謖的囚車，卻沒有靠近，只是遠遠地打了一個手勢，馬謖明白他的意思，是「少安毋躁，鎮之以靜」，這是向朗目前唯一所能做到的，不過這令馬謖的心情舒緩了不少：自從街亭失守以來，這是他第一次收到善意的回應。

最後一個走過他身邊的就是王平，他握著韁繩，雙腿緊緊夾著馬肚，刻意躲避著馬謖的眼神。快靠近囚車的時候，他猛地一踢坐騎，飛快地從車子旁邊飛馳而去。馬謖甚至沒有投去憤怒一瞥的時間。

馬謖期待已久的丞相卻始終沒有出現。對此，馬謖只是喃喃地對自己說：「到漢中，到了漢中，一切就會好了。」

經過將近一個月的長途跋涉，這支大軍終於平安地抵達了漢中的治所南鄭。輜重車輛和疲勞不堪的老百姓全都擁擠在城外等候安排，牛馬的嘶鳴與人聲此起彼伏，塵土飛揚；同樣疲憊的蜀漢正規軍則還要擔負起警戒、治安的職責，打著哈欠的士兵們將手裡的長槍橫過來，努力讓這一團混亂變得有秩序一些。

諸葛丞相坐著木輪車慢慢進了南鄭城。在他身邊，手持帳簿的諸曹文官們忙著清點糧草與武器損耗。武將們則為了清出一條可供出入南鄭的大道而對部下大發脾氣。

「看來這裡將會熱鬧一陣子。」

丞相閉著眼睛，一邊聽著這些喧鬧的聲音，一邊若有所思地晃著羽扇。

武器的入庫、糧草的交割、遷民的安置，以及屯田編組，還有朝廷在北伐期間送來的公文奏章，要處理的事情像山一樣多。不過目前最令他掛心的，是如何向朝廷說明這一次北伐的失敗。

這一次不能算作大敗，不過漢軍確實是損失了大量的士兵與錢糧，並且一無所獲，比起戰前氣勢宏大的宣傳，這結局實在不盡如人意。朝野都有相當大的爭議，諸葛亮甚至可以預見自己將會面臨何種程度的政治困境。為了給朝廷一個圓滿的交代，首先必須釐清最直接的責任人是誰，而這一切都取決於究竟誰該對街亭之敗負責。

想著這些事，心事重重的諸葛亮走進丞相府。他顧不上休息一下，直接走到書房，習慣性地鋪開了一張白紙，提起筆來一時卻不知寫些什麼好。這時候，一名皂衣小吏快步走了進來。

「丞相，費禕費長史求見。」

諸葛亮聽到這個名字，有些吃驚，隨即將毛筆擱回到筆架，吩咐快將他請進來。

過了四分之一炷香的時間，一個三十多歲的人手持符節從門外走了進來。

這個人四方臉，寬眉長鬚，長袍穿得一絲不苟，極有風度。他還沒來得及施禮，諸葛亮先迎下堂來，攙著他的手，半是疑惑半是欣喜地問道：「文偉怎麼回來得這麼快？東吳那邊聯絡得如何了？」

費禕呵呵一笑，先施了一禮，然後不緊不慢地回答道：「一切都按照丞相的意思辦理，吳主孫權對於吳蜀聯盟的立場並沒有變化。」稍微停頓了一下，他又繼續說道：「他們對於丞相您的北伐行動持樂見其成的態度。」

「嗯，倒真像是吳國人的作風。」

諸葛亮略帶諷刺地點了點頭，東吳作為盟友並不那麼可靠，但只要他們能對魏國南部邊境持續施壓，就是幫蜀漢的大忙了。兩個人回到屋裡，對席坐下，費禕從懷中取出一卷公文遞給諸葛亮說：「吳主託我轉達他對丞相您的敬意，並且表示很願意出兵來策應我國的北伐。」

「哦，他在口頭上一向是很慷慨的。」諸葛亮朝東南方向望了望，語氣裡有淡淡的不滿，隨手將那文書丟在一旁，「文偉這一次出使東吳，真是厥功至偉。」

「只是口舌之勞，和以性命相搏的將士們相比還差得遠呢。」費禕稍微謙讓了一下，然後語氣謹慎地說道，「我已經回過成都，陛下讓我趕來南鄭向您覆命，順便探問丞相退兵之事……」

諸葛亮聽到他的話，心中忽然一動。街亭這件事牽扯軍中很多利害關係，連他自己都要回避。費禕一直負責對東吳的聯絡事務，相對獨立於漢軍內部之外，而且他與諸將的人緣也相當不錯，由他來著手調查這件事，再合適不過了。更何況——諸葛亮不願意承認自己有這樣的心理——委派費禕做調查，會對同為丞相府同僚的馬謖有利不少，他們兩個也是好友。

「賊兵勢大，我軍不利，不得不退。」諸葛亮說了十二個字。費禕只是看著諸葛亮，卻沒有說話，他知道丞相還有下文。

「北伐失利，我難辭其咎，不過究竟因何而敗，至今還沒結論，所以文偉，我希望你能做件事。」

「願聞其詳。」

於是諸葛亮將街亭大敗以及馬謖、王平的事情講給費禕聽，然後又說：「文偉你既然是朝廷使臣，那麼由你來查清此事，在陛下面前也可示公允，你意下如何？」

費禕聽到這個請求，不禁把眉頭皺了起來，右手捋了捋鬍鬚，半晌沒有說話。他的猶豫不是沒有道理的，以一介長史身分介入軍中進行調查，很容易招致敵視與排斥。諸葛亮看他躊躇，站起身來，從背後箱中取出一方大印交給他。

「文偉，我現在任你為權法曹掾，參丞相府軍事。將這方丞相府的副印給你，你便有權在任何時間、任何地點以丞相府之名徵召軍中任何一個人，也可調閱諸曹文卷。」諸葛亮說到這裡，將語氣轉重，「這件事要儘快查清，我才好向朝廷啟奏。」

說完這些，他別有深意地看了看費禕，又補充了一句：「馬謖雖然是我的幕僚，但還是希望你不要因此而有所偏私，要公平調查才好。」

「禕一定庶竭駑鈍，不負丞相所託。」

費禕連忙雙手捧住大印，頭低下去。他選擇了諸葛亮《出師表》中的一句話來表達自己的決心，這令丞相更加放心。

馬謖在抵達南鄭後，立刻被押送到了兵獄曹所屬的牢房裡。這裡關押的都是觸犯軍法的軍人，所以環境比起普通監獄要稍微好一點：牢房面積很大，窗戶也有足夠的陽光進來，通風良好，因此並沒有多少混濁壓抑的氣味；床是三層新鮮的乾草外加一塊苫布，比起陰冷的地板已經舒服很多了。

馬謖在南鄭期間也曾經來過這裡幾次，因此典獄與牢頭對這位參軍也表現出了一定程度的尊敬，沒有故意為難馬謖。

不過馬謖並沒有在這裡等太久。他大約休息了半天，就被兩名獄吏帶出了牢房，來到兵獄曹所屬的椎室。為了防止隔牆有耳，這間屋子沒有窗戶，只有一扇厚重的鐵門進出，在白天的時候，屋子裡仍舊得點起數根蠟燭才能保持光亮，缺乏流動的空氣有一種腐朽的味道。

鐵門被離開的獄吏「咣」的一聲關閉之後，抬起頭來的馬謖看到了費禕坐在自己面前。

堪。

「文——文偉？」馬謖驚訝地說道，他的嗓子因為前一個月的長途跋涉而變得嘶啞不

費禕聽到他這麼呼喊，連忙走過來攙扶起他，看著他落魄的樣子，不禁痛惜地問道：

「幼常啊，怎麼弄到了這個地步……」

費禕一邊說著，一邊將他扶到席上，親自為他倒了一杯酒。馬謖接過酒杯，一肚子的委屈似乎終於找到了宣洩的出口。將近四十的他此時熱淚盈眶，像個孩子一樣哭了出來，而費禕坐在一旁，只是輕輕搖頭。

等到他的心情稍微平復了一些，費禕才繼續說道：「這一次我是受丞相之命，特來調查街亭一事的。」

「丞相呢？他為什麼不來？」馬謖急切地問道，這一個多月來，這個疑問一直縈繞在他心裡。

費禕笑了笑，對他說：「丞相是怕軍中流言！你是丞相的親信之人，如果丞相來探望你，到時候就算你是無辜的，他也會遭人詬病徇私。」

費禕見馬謖沉默不語，又勸解道：「丞相有他的苦衷，也一直在擔心你，不然也不會委派我來調查。」他有意把「我」字加重，同時注視著馬謖。費禕的聲音不大，卻有一種安定人心的力量，這就是他在蜀漢有良好人脈的原因所在。

「您——您說得對……」

「現在最要緊的，是把整件事情弄清楚，好對丞相和朝廷有個交代。幼常，你是丞相親自提拔的才俊，以後是要被委以蜀漢重任的，可不要為了一點小事就亂了大謀。」

聽了費禕的一席話，馬謖深吸了一口氣，把手裡的酒一飲而盡，開始講述從他開拔至街亭到敗退回西城的全部經歷。費禕一邊聽一邊拿著筆進行記錄，還不時就其中的問題提出詢問，因為他並非軍人，有些技術細節需要馬謖做出解釋。

整個詢問帶記錄的過程持續了一個半時辰。當馬謖說完「於是我就這樣回到了西城」後，費禕終於擱下了手中的毛筆，呼出一口氣，揉了揉酸痛的手腕。

本來他可以指派筆吏或者書佐來記錄，但是這次調查干係重大，還是自己動手比較妥當。

「那麼幼常你還有什麼要補充的嗎？」

馬謖搖了搖頭，於是費禕將寫滿了字的紙仔細地弄齊，拿出副印在邊緣蓋了一個鮮紅的印，然後循著邊縫將整份文件卷成卷，用絲線捆縛好。這是一種精細的文書作風，馬謖滿懷期待地看他做完這一切，覺得現在事情終於有了轉機。

費禕把文卷揣到懷裡，搓了搓手，對他說：「如果幼常你所言不虛，那這件事很快就能水落石出；不過在這之前，萬萬少安毋躁。請相信我，我一定不會讓你蒙受不白之冤的。」

「全有勞文偉了……」馬謖囁嚅地說道。

費禕捋鬚一笑，拍拍他肩膀，溫言道：「不出意外的話，三天後你就能恢復名譽、重返丞相府了，別太沮喪。」

說完這些，費禕吩咐外面的人把門打開，然後囑咐了牢頭幾句，轉頭衝馬謖做了個寬心的手勢，這才邁著方步離開。

馬謖回到牢房的時候，整個人的精神狀態全變了，一掃一個月以來的頹勢；他甚至笑著對獄吏們打了招呼。這種轉變被獄吏們視作這位「丞相府明日之星」的復出預告，於是他們的態度也由原來的冷淡變成恭敬。

當天晚上，馬謖得到了一頓相當不錯的酒食，有雞有酒，甚至還有一碟蜀中小菜。馬謖不知道這是費禕特意安排的，還是牢頭們為了討好他，總之這是外部環境已經逐漸寬鬆的證明；於是他就帶著愉快的心情將這些東西一掃而光，心滿意足地在草墊上睡著了。

接下來的三天時間對馬謖來說異常漫長，期待與焦慮混雜在一起，簡直就是度日如年。只要一聽到牢門口有腳步聲，他就撲過去看是不是釋放他的使者來了。他甚至還做夢夢到丞相親自來到監獄裡接他，二人一起回到丞相府，親自監斬了王平，眾將齊來道賀……

到了第三天，一大早他就被獄吏從草墊上喚醒。兩名牢子打開牢門，示意讓他到榷室，有人要見他。

「釋放的命令來了！」馬謖心想。他一瞬間被狂喜點燃，重獲自由的一刻終於到了。他甚至不用牢子攙扶，自己迫不及待地向權室走去。

一進榷室，他第一眼見到的就是坐著的費禕，然而第二眼他從費禕的表情裡品出了一些不對的味道。費禕雙手籠在長袖裡，緊閉雙目，皺著眉頭，臉上籠罩著難以言喻的陰霾，在燭光照耀下顯得無精打采。

「……呃，費長史，我來了。」

馬謖刻意選擇了比較正式的稱呼，因為他也覺察到事情有些不妙。費禕似乎這時候才發現馬謖進來，他肩膀聳動了一下，張開了嘴，一時間卻不知道說什麼好。馬謖就站在他對面，也不坐下，直視著他的眼睛，希望能從中讀到些什麼。

過了半天，費禕才一字一句斟酌著開了口，他的語調枯澀乾癟，好像一只破裂的陶瓶：「幼常，這件事情相當棘手，你知道，軍中的輿論和調查結果幾乎都不利於你。」

「怎……怎麼可能？」馬謖聽到這個答覆，臉色登時變得鐵青。

「王平將軍的證詞……呃……和你在戰術方面的細節描述存在著極大的不同。」

「他在說謊，這根本不值得相信！」

費禕把手向下擺了擺，示意馬謖聽他講完。他保持著原有的聲調繼續說道：「問題是，並不只是王平將軍的證詞對你不利，幾乎所有人都與幼常你的說法相矛盾。這讓我也很為難……」

「所有人？還有誰？」

「裨將軍李盛、張休、黃襲，參軍陳松，還有從街亭逃回來的下級伍長與士卒們。」

費禕說出這幾個名字，每一個名字都對馬謖造成了沉重的打擊。

「他們……他們全活下來了？」

「是的，他們都是魏延將軍在撤離西城時收容下來的，跟你在同一天抵達南鄭。」費禕說完，從懷裡拿出兩卷文書，同時壓低了聲音說，「這是其中一部分，按規定這是不能給在押犯人看的，不過我覺得還是讓幼常你看看比較好。」

馬謖顫抖著手接過文書，匆忙展開一讀，原來這是黃襲與陳松兩個人的筆錄。上面寫的經歷與王平所說的差不多，都是說馬謖的指揮十分混亂，而且在紮營時忽略了水源，還蠻橫地拒絕任何建言，終於導致失敗，全靠王平將軍在後面接應，魏軍才沒有進一步採取行動。

他注意到兩份筆錄的結尾各自蓋著黃與陳的私印，而且陳那一份筆錄也與其一貫的文風相符合，說明這確實是出自那兩個人之手。

問題是，這兩個人同樣親歷了街亭之戰，為什麼現在卻忽然說出這樣的話來？這是徹底的偽證，馬謖完全不能理解。他將這兩份文書捏在手裡，幾乎想立刻將其撕個粉碎，然後摔到他們兩個人的臉上。

「對了，丞相呢？丞相他一定能明白這都是捏造的！這太明顯了。」

聽到馬謖的話，費禕長歎了一口氣，伸出手來拿回筆錄，這才說道：「其實，這些文書和你的口述丞相已經全部看過了……」

「……他說了什麼？」

費禕沒回答，而是將兩手攤開，低下頭去，他所要表達的意思再明顯不過了。馬謖緩緩地倒退了幾步，按住胸口，不敢相信這是真的。開始時的狂喜在這一瞬間全轉化成了極度震驚。

「那麼……接下來我會怎麼樣？」

「朝廷急於瞭解北伐的全過程，所以兩天後在南鄭會舉行一次軍法審判……」費禕喘了一口氣，彷彿被馬謖的鬱氣逼得難以呼吸，「這一次失敗對我國的影響很大，所以直接責任人很可能會被嚴懲……」

費禕選擇了一種衝擊力相對小一點的敘述方式，不過想要表達的資訊是一樣的。這對於已經處於極度脆弱心理狀態的馬謖是致命的一擊。之前馬謖即使做了最壞的設想，也只是預見到自己會喪失名譽與仕途前程，但他沒有想到自己的生命也將面臨危險，而且就在幾天後。

更何況他非常清楚自己是被人陷害的，這更加深了馬謖的憤怒與痛苦。

他徹底絕望了，把頭靠到榷室厚厚的牆壁上，開始撞擊。開始很輕，到了後來撞得越來越用力，發出「嘭嘭」的聲音。費禕見勢不妙，急忙過去將這個沮喪的人拉回到座位上。

「幼常啊……」費禕扳著他的肩膀，將一個小紙團塞進他的手裡，用一種異常冷靜卻蘊含著無限意味的口吻說，「事情還沒有到絕對難以挽回的地步，不要在這方面浪費你的力氣。」

馬謖抬起頭，大惑不解地看著他，又看了看自己手心裡的紙團。

「不要在這方面浪費我的力氣？」

「對，你應該把它用到更值得的地方……」

「……什麼？」

「回牢房之後，自己好好想想吧。」費禕的臉變得很嚴峻，但柔和的燭光給他的輪廓籠罩出一絲焦慮的關切，還有一種奇妙的暗示，「這不是我應該告訴你的事情。」

諸葛丞相坐在自己的書房裡，心神不寧地搖著羽扇。距離費禕著手調查已經過去三天，結果應該已經出來了。這一次是屬於朝廷使者獨立於漢中軍方的調查——至少名義上是，費禕的結論將代表著朝廷的最終意見。

關於街亭之敗，諸葛亮始終認為馬謖並不會做出捨水上山的舉動，至少不會毫無理由地這樣做，這是出於多年來累積的信賴，否則他也不會將如此重大的責任託付給馬謖。

但是他對馬謖不能流露出任何同情，因為這有可能招致「唯親徇私」的批評，甚至還可能會有人搬出先帝來非難他的決策，並引發更加嚴重的後果，要知道，這關係到北伐失敗的責任……現在街亭失守的罪名歸屬與丞相在朝中的立場之間有著微妙的聯繫，身為蜀漢重臣的他必須像那些西域藝人一樣，在政治的鋼絲上保持令人滿意的平衡才可以。

「幼常啊幼常，你實在是……」

丞相閉著眼睛，雙手摩挲著光滑的竹製扶手，歎息聲在這間空曠的屋子裡悄然響起，過多的思慮讓他的額頭早早就有了皺紋。

一直到中午，小吏才通報說費長史求見，諸葛亮「唰」地站起身來，立刻急切地說道：「快請。」

穿著朝服的費禕邁進屋子，動作十分緩慢，好像進屋對他來說是一件十分為難的事情，而一卷文書好似名貴的古董花瓶，被他十分謹慎地捧在手裡。

「文偉，調查進展如何？」

「已經結束了，丞相。」費禕說得很勉強，雙手將文書呈給丞相，「經過詳細的調查，王平將軍應該是無辜的。」

諸葛亮的臉色一瞬間變了一下，隨即恢復到平時的模樣，但是沒開口說話。

費禕停了一下，看諸葛亮並沒有發表什麼評論，只好硬著頭皮繼續說道：「我祕密約見了王平將軍的部下以及從街亭潰退下來的馬參軍麾下的殘兵，他們的描述基本與王平將軍一致，參軍陳松和裨將軍黃襲都願意為此做證。」

「幼常……哦，馬謖他是怎麼說的？」

「他的說法與王平將軍完全相反，他堅持認為是王平捨棄對水源的堅守導致了街亭之敗，但目前似乎只有他一個人的供詞是這樣，缺乏有說服力的旁證。」

「是嗎……」諸葛亮低聲說道，同時黯然打開文書。忽然，他注意到這卷文書的邊緣寫了一個小小的「壹」字，不覺一驚，抬起頭來問費禕：「文偉啊，這調查文書可是曾送去過邸吏房？」

「是啊……因為時間緊迫，原稿太草，我一個人來不及謄寫，就委派了邸吏房的書吏們進行抄錄。」費禕看諸葛亮問得嚴肅，有點不安，「丞相，不知這是否不妥……」

「不，不，沒什麼，你做得很好。」

丞相擺了擺手，一絲不被人覺察的歎息滑出了嘴唇——現在一切都太晚了。

在公文中標記「壹」「貳」等字樣，是邸吏房的書吏們用以區分抄錄與原件的手段。而這對諸葛丞相來說，意義重大。

邸吏房的工作就是抄錄正式公文並以「邸報」的形式公之於眾，任何秩一百石以上的官吏都可以隨時去那裡瞭解最新的朝政動態。因此那裡每天都有官員們的專人等候著，以便隨時將新出臺的朝廷公告與決議通報給各級部門。

換句話說，讓邸吏房謄寫，實際上就等於提前將文書的內容公之於眾。

諸葛亮本人看到調查結果的時候，其他將領和官員也會看到——於是丞相府就失去了對報告進行先期修改的可能。

從程序上說，費禕這麼做並沒什麼錯誤，但諸葛亮知道，這一個程序上的不同將令馬謖的處境更加艱難，而自己更難施以援手。

「丞相，如今看來，幼常的情況很不妙，您看是不是暫時延後幾日審理？否則他很危險啊……」費禕憂心忡忡地問道。

諸葛亮苦笑著搖搖頭，剛要張嘴說話，忽然聽到一個響亮的聲音從門外傳來：「兵獄曹急報！」

諸葛亮和費禕同時扭頭看去，一名小吏氣喘吁吁地跑進邸院，單腿跪在地上，大聲道：

「稟丞相，兵獄曹有急報傳來。」

「講。」

「在押犯人馬謖今晨在轉運途中逃跑。」

南鄭

這件事發生在那一天的黎明前。

當時兵獄曹接到漢軍軍正司的命令，要求立刻將犯人馬謖移交到軍正司所屬的監牢，以方便公審。於是一大早，兵獄曹的獄卒就懶洋洋地爬起來，打著哈欠套好馬車，將馬謖關入囚籠，然後朝南鄭城西側的軍正司監牢而去。

在車子走到一個下斜坡的拐彎處時，馬車左邊的輪軸忽然斷裂，車子失去平衡，一下子摔進大路旁的溝塹之中。巡邏的士兵趕到現場的時候，發現趕車的獄卒已經摔死了，負責押車的兩人受了重傷，犯人馬謖和拉車的馬則不知所終。

馬謖正朝著陽平關的方向縱馬狂奔。這一個多月以來，他第一次獲得了自由。

前一天會面的時候，費禕曾遞給他一張字條。他回牢房後，避開獄卒的視線偷偷打開來看，發現上面寫的是「明日出城，見機行事」八個字，字條的背面還告訴馬謖，如果成功逃離，暫時先去陽平關附近的勉縣避一陣，在那裡費禕有一些可靠的朋友在。

於是，當他聽到自己要被轉押到軍正司，就立刻打起了精神，在囚籠裡靜靜地等待著事情發生。

結果事情果然發生了，費禕顯然在馬車上事先做了手腳。馬車翻下大路的時候，馬謖很幸運地只剮傷了幾處。他從半毀的囚籠裡爬出來的時候，幾乎不敢相信自己剛才還是個待斃的死囚，現在卻已經是自由之身了。

馬謖顧不上表達自己的欣喜，他趁四周還沒什麼人，趕緊卸下馬的鞍具，從獄卒身上摸出一些錢與食物，然後毫不猶豫地趁著黎明前最黑暗的天色朝陽平關而去。這個時候的他其實是別無選擇的：回南鄭面見丞相絕對不可能，那等於自投羅網，而自己的家人又遠在成都，唯有去勉縣才或能有容身之處。

重要的是，他想要活下去，要自由，而不是背負著一個屈辱的罪名死去。

一路上清冷的風吹拂在臉上，路旁的野花香氣瀰漫在空氣中，加上縱馬狂奔的快感，這一切讓他沉醉不已，盡情享受著掙脫了藩籬的輕鬆感覺……

忽然，馬謖聽到官路對面傳來急促的馬蹄聲，他急忙一撥馬頭，想避到路旁的樹林裡去。不料這匹拉轅的馬不習慣被人騎乘，它被馬謖突然的動作弄得一驚，雙蹄猛地高抬，發出嘶鳴。馬謖猝不及防，「啪」的一聲從馬上摔到了地上。

這個時候，對面馬蹄聲由遠及近，一隊人馬已經來到了馬謖面前。

馬謖穿的是赭色囚服，避無可避，心想自己的短暫逃亡生涯看來就此結束了。就在這時，這隊人馬的首領卻揮揮手，讓手下向後退去，然後自己下了馬，來到馬謖面前，顫聲道：「幼常，果然是你……」

馬謖聽到有人叫他的字，急忙扭頭去看，正是他的好友長史向朗。

「……巨達……是你……」

兩個人互相抱住胳膊，眼眶一瞬間都濕潤了，他們萬沒想到與自己的好友竟然會在這樣的情況之下會面。

「巨達，你……你怎麼會在這裡……」馬謖問。

向朗擦擦眼淚，說道：「我是奉了丞相之命去外營辦事，今天才回南鄭。幼常你這是……」他看了看馬謖的赭衣，又看了看旁邊烙著「五兵曹屬」印記的馬，心裡一下子全明白了。

「我本想速速趕回南鄭，好替幼常你在丞相面前爭取一下，卻沒想到……已經弄到這地步了嗎？」

「唉，既然今日遇到巨達，也是天意，就請將我綁回去吧，能被你抓獲，我也算死得瞑目。」

馬謖說完，就跪在了他面前。向朗急了，連忙扶他起來，大聲道：「古人為朋友不惜性命，難道我連他們都不如嗎？」

說完向朗從懷裡取出一隻錢袋，塞到馬謖手裡，然後將自己的馬的韁繩遞給他。馬謖愣在那裡，不知道向朗要做什麼。

向朗紅著眼睛，表情充滿了訣別前的悲傷，急聲道：「還在這裡耽擱什麼，還不快上馬離開這裡？難道還等人來抓嗎？」馬謖猶豫地抓住韁繩，翻身上馬，卻仍舊注視著向朗不動。

「丞相那邊我去求情，幼常你一定要保重啊！」向朗說完猛拍了一下馬屁股，駿馬發出一聲長嘶，飛奔出去。馬謖伏在馬背上，握著韁繩一動不動，只把頭轉回來，看到向朗保持著雙手抱拳的姿勢，最後消失在晨霧之中。

兩位好友的最後一面就這麼匆忙地結束了。馬謖一邊任憑自己的眼淚流出，一邊快馬加鞭，朝著勉縣的方向跑去。

諸葛亮時代的蜀漢官僚體系相當有效率，整個漢中的軍政系統在事發後以最快的速度做出了反應。南鄭向各地發出了十幾道緊急公文，命令各關卡郡縣緝捕在逃軍犯馬謖。這一切僅僅是在馬謖出逃後的半天之內。

他們的工作效率也令人感到吃驚，五天之後，馬謖即告落網。

馬謖被捕的過程很簡單：勉縣的縣屬搜緝隊在邊界地帶發現了一名可疑男子並上前盤問，正巧隊伍中有人曾經見過馬謖，於是當場就將他捉住了。

當諸葛丞相聽到馬謖再度被捕的消息時，毫不猶豫地下令將其關進軍正司的天字監牢。他對馬謖徹底失望了。

「馬謖畏罪潛逃」，無論是正式的公文還是人們私下的議論，馬謖的這一舉動都會被視作對他罪行的承認——這是可以理解的，如果不是內心有愧的話，為什麼不申辯，反而要逃跑呢？他原本還對馬謖存有一絲信心，結果馬謖的逃亡將這最後一點可能性也粉碎了。

諸葛丞相自己都不得不接受這樣一個事實：馬謖是有罪的。於是，他立刻公開了費禕的調查文書，並且在非正式的會議上，檢討了自己在街亭守將人選決策上的失誤。

馬謖的結局很快就確定了，死刑，由諸葛丞相親自簽署。

這個結果在漢中得到了不錯的反響。將領們普遍認為這是個可以接受的處置，丞相府中的文官們雖然對馬謖的遭遇表示同情，但在政治大環境下也不敢說什麼。只有長史向朗一個人向諸葛丞相提出了異議，不過他也拿不出什麼證據，只是懇求丞相能夠赦免馬謖的死刑。

提出類似請求的還有特意從成都趕來的蔣琬與費禕，不過都被諸葛丞相回絕了。這一次，諸葛亮似乎是決意與馬謖徹底斷絕所有關係。而對向朗，諸葛亮格外憤怒，因為有人揭發，他在發現馬謖逃跑時不僅沒有立刻舉報，反而將自己的馬交給馬謖協助其逃亡。當諸葛丞相召來向朗質詢的時候，向朗只是平靜地回答：「我是在盡一個朋友的責任，而不是一位長史的職責。」

處於這漩渦中的馬謖對這些事情渾然不覺，他被關在了天字監牢中，與世隔絕，安靜地等待著死亡的到來。

鑒於上一次逃獄的教訓，這一次的天字號監牢戒備異常森嚴。有四名獄卒一天十二個時辰不間斷地看守在門前，內側則另有十幾名守衛分佈在各要點處，軍正司還特意派遣了三十名士兵在監獄外圍巡視，可以說是滴水不漏。

負責視察警衛工作的是鎮北將軍魏延，這也反映出軍方對這件事的重視程度。面對這位大人物，典獄長既興奮又緊張，他走在魏延旁邊，拍著胸脯對這個板著臉的將軍保證說：「除非犯人是左慈或者于吉，否則他是絕不可能逃出這個監獄的。」

魏延「嗯」了一聲，把頭偏過去偷偷窺視在牢房中的馬謖。馬謖正躺在牢房的草床上，保持著蜷縮的姿勢，似乎已經放棄了所有的抵抗，一動不動。

「別放鬆警惕，說不定什麼時候那傢伙又會逃掉。」

魏延冷冷地對典獄長說，後者連連點頭，將牢房的鐵欄柱和大鎖指給他看。

他用手握了握，那鎖足有三斤重，需要同時用兩把鑰匙才能開啟；牢房四壁及地板則完全是石製的，石塊彼此之間嚴絲合縫，沒一點鬆動；唯一的氣窗只有一尺多寬，還被六根鐵欄柱分隔開來。他確實看不出任何可供囚犯逃跑的破綻。

「三天之後就會公審，可千萬別出什麼差池。」

「小的明白，盡可放心。」

「下午押到的還有李盛、張休兩個人，你也不能掉以輕心。」

「兩間牢房都準備好了，加派的人手也已經到位。」

兩人一邊說著話，一邊離開牢房，兩名獄卒立刻補上他們兩個的位置，嚴密地監視著那個犯人。馬謖趴在床上，臉壓進草裡，看上去似乎已經睡著了，其實他正在緊張地思索著剛才魏延與典獄長的對話。

李盛和張休也被抓進來了？但是費禕那日對他說，他們兩個與黃襲、陳松二人一起供認馬謖有罪，那麼他們為什麼也會被抓進死牢？

馬謖輕輕擺動一下腦袋，換了個姿勢，繼續回憶那日與費禕會面的情況，忽然意識到自己只看到了黃襲和陳松的供詞，李盛和張休的卻沒有，這是一個疑點……不，整個街亭事件，就是一個最大的疑點，馬謖隱約覺得有一張網籠罩在自己的頭上，要將自己拖進陰謀的泥沼。

經歷了這幾番出生入死、出死入生的折磨後，馬謖的激憤已經被銷蝕一空。置身於這死牢，他已經不再像開始那樣瘋狂抗拒，絕境下的冷靜反而讓他恢復了一度被怒火沖昏的理智；作為蜀漢軍界首席軍事參謀的縝密思維又悄然回到了他身上。

不過即使他有再多的疑點，也不可能得到澄清了。在這樣的死牢裡，無論他的求生欲望和懷疑多麼強烈，也無法穿越厚厚的石壁傳遞到外面去。

他的生命，就剩最後三天了。

他保持著俯臥的姿勢思考了半個多時辰，覺得頭有點暈，於是打算坐起身來。但當身體直立的瞬間，頭一下子變得異常沉重，迫使他不得不變換一下姿勢，重新躺了下去。這一次頭感覺稍微好了一點，肺部卻開始憋悶起來，火辣辣地疼。

「大概是在逃亡的時候染了風寒吧。」

馬謖不無自嘲地想，即將被處死的人還得了風寒，這真諷刺。他這麼想著，同時把身體蜷縮得更緊了，覺得有點冷。

到了晚上，開始還微不足道的頭疼卻越來越嚴重了，他全身發寒，不住地打著冷顫，體溫卻不斷上升。獄卒從門上的小窗送進晚飯的時候，他正裹著單薄的被子瑟瑟發抖，面色赤紅。

這種異狀立刻被獄卒覺察到了，不過出於謹慎，他並沒有急於打開牢門，而是隔著欄杆喊馬謖的名字。馬謖勉強抬起頭，朝門揮了揮手，然後劇烈地喘著氣，頭暈目眩。

獄卒看到他這副模樣，連忙叫同事分別前往典獄長和巡更兩處取鑰匙來開門，然後端來一盆清水和一碗稀粥送進牢房。馬謖掙扎著爬起來，先咕咚咕咚喝了半盆清水，一陣冰涼入肚，熱氣似乎被暫時壓制住了。他又捧起了稀粥，剛喝了幾口，就覺得胃裡一陣翻騰，忍不住「哇」的一聲張口嘔吐出來，稀粥混雜著胃液濡濕了一大片草墊。

馬謖是公審的重要犯人，干係重大。聽說他突然得了重病，典獄長不敢怠慢，立刻從家中溫暖的被子裡爬出來，趕到了天字牢房，同時到達的還有一名臨時召來的醫者。

到達監獄後，典獄長趴在門口仔細地觀察了半天，認為馬謖不像是裝病，這才讓人將牢房門打開。接著，幾名守衛先衝進屋子守在一邊，然後才叫那名醫者走近馬謖。

醫者先為馬謖把了脈，查看了一下他的舌苔顏色，隨後叫守衛將馬謖扶起來，把上衣脫掉，讓他赤裸上身。當他的衣服被脫掉之後，在場的人一下子注意到，馬謖的上半身滿佈著暗紅色的小丘斑，胸前與腹部相對少些，四肢卻很多，這些小斑點已經蔓延到了脖子，看樣子很快就會衝上面部，那情景看起來令人十分駭異。

醫者一看，一時間大驚失色，騰地站起身來，揮舞雙手，大聲叫牢房裡的人都退出屋子去。守衛們見醫者神態異常，以為出了什麼大事，一個個驚慌地跑出門去。醫者最後一個離開牢房。

「病人情況怎麼樣？」在門外守候了很久的典獄長急切地問道。

醫者擦了擦汗，結結巴巴地回答：「大人，適才小的替此人把脈，所得竟是一麻促脈。脈如麻子之紛亂，細微至甚，主衛枯營血獨澀，屬危重之候。此人苔燥黃剝脫，面色無華，四肢枯瘦，更兼身受牢獄之苦，飲食不調，刑具加身……」

「究竟是什麼病？」典獄長不耐煩地打斷他的話，喝道。

「是虜瘡……」

牢房內外一瞬間被凍結。典獄長和守衛們都下意識地後退了幾步，彷彿對這個名字無比畏懼。這種心情是可以理解的：「虜瘡」是一種幾天內可以毀滅一個村莊的可怕疾病，很少有人能在它的侵襲下倖存。兩百多年前，大漢伏波將軍馬援和他的士卒們就是在征討武陵蠻的時候染上此病而死的，從此這種病就流傳到了中原，成了所有漢朝人的噩夢。

而現在「虜瘡」就出現在與他們一牆之隔的馬謖身上。

典獄長的臉色都變了，他咽了咽唾沫，勉強問道：「那……那怎麼辦？可以治好嗎？」

「恕我直言，這是不可能的……現在最重要的，是千萬別讓『虜瘡』演變成大疫，否則整個漢中就完了。」

「那這個病人……」

「以我個人的看法，越早燒掉越好。」

這句話，在場的每一個人，包括燒得有些昏迷的馬謖，都聽得一清二楚。

諸葛丞相接到監獄的報告後，皺起了眉頭。「虜瘡」意味著什麼他很清楚，去年蜀漢討伐南部叛亂，這種病也曾經在軍中爆發過，幾乎致使全軍覆沒。

丞相沒想到，它會忽然出現在漢中，得病的人還是一名即將要被公審的死刑犯——更具諷刺意味的是，這名死囚還曾經是南征戰役中的功臣。

「文偉啊，你覺得如何處置為好？」丞相看著文書上「馬謖」的名字，向站在一旁的費禕問道。

費禕稍微思索了一下，回答說：「以幼常……哦，不，以馬謖現在的情況，恐怕已經不適合再做公審了……萬一再引起疫病，可就難以處置了。」

丞相點了點頭，說實話，他從內心深處也並不希望公開審判馬謖，那不僅意味著死刑，還意味著名譽的恥辱。他已經決定放棄馬謖，但總有一種揮之不去的歉疚縈繞心頭——馬謖畢竟是他多年的親信，他曾經委其重任，也曾經無比信賴馬謖。

「幼常啊，最後就讓我為你減少一點痛苦吧。」

諸葛亮提筆懸在空中許久，最終還是在文書末批了四個字——准予火焚，然後拿起印章，在文書上印了一個大大的紅字。與此同時，兩滴眼淚從他的臉上流了下來。費禕看在眼裡，輕輕地歎息了一聲，稍微挪動了一下腳步。

既然丞相府批准了對馬謖祕密施以火焚的處置辦法，下面的人就立刻行動起來。馬謖的牢房無人再敢靠近，監獄還特意調來了一大批石灰撒在牢房四周；另外，軍正司派人在南鄭城外找了一處僻靜的山區堆積了一個柴垛，用來焚燒屍體——最初是打算在城裡焚燒，但是醫者警告說如果焚燒不完全同樣會引起疫病。

一切工作準備就緒，接下來唯一需要等待的就是馬謖的死亡了。

從目前的情況來看，他們並不需要等多久。馬謖自發病起就不停地顫抖、嘔吐，而且高燒不退。雖然監獄仍舊按每天的定額提供食物，但他吃得非常少。

據送飯的獄卒說，那些小丘斑已經蔓延到了他的全身，並且逐漸形成了水皰，甚至開始化膿。

這種情況持續了兩天，第三天早上，前來巡查的獄卒發現前一天的晚飯絲毫沒有動過。當他小心地朝牢房裡張望時，發現原本應當裹著毯子顫抖的囚犯，現在卻平靜地躺在床上一動不動，任憑被單蓋在臉上。

他是否已經死於「虜瘡」，這是一個關鍵問題，但是並沒有人足夠勇敢到願意踏進牢房去確認這件事，包括典獄長在內。

這是一個頗為尷尬的技術性難題。它很困難，以至於典獄長無法做出囚犯是否死亡的判斷；但是它又顯得很可笑，所以典獄長不可能拿這個作為理由向上級請示。

這種局面持續了很久，大家都把視線投到了典獄長身上。典獄長擦了擦額頭上的汗水，下了決心一樣地說道：「虜瘡可是致命的疾病，已經過了三天，什麼人都不可能活下來吧？」

他的話本來只是一個探詢口氣的問句，但周圍的人立刻把它當作一個結論來接受，紛紛點頭應和。馬謖躺在床上一動不動，從另一個角度證明了典獄長的話是正確的。

於是結論就在沒有醫生確診的情況下匆匆得出了。按照事先已經擬訂好的計劃，典獄長一邊派人向軍正司和丞相府報告，一邊命令盛殮屍體的馬車準備好出發。

運輸馬謖的屍體是件麻煩的事，兩名獄卒在極不情願的情況下被指派負責搬運。他們穿上最厚的衣服，在衣縫中撒滿了石灰粉末，嘴和鼻子都包上了蜀錦質地的圍罩，以防止被傳染，這都是漢軍根據過去的經驗所採取的必要措施。

當兩名獄卒戰戰兢兢地踏進牢房的時候，他們發現馬謖在死前用被子蒙住了全身，可能是因為死者在最後時刻感到了寒冷。這很幸運，因為他們不必直視死者全身那可怕的膿瘡了。於是他們就直接拿被子裹住馬謖，將他抬上了盛殮屍體的馬車。

很快軍正司負責驗明正身的官吏趕到了，不過他顯然也被虜瘡嚇到了，不敢靠近。獄卒掀起被子的一角，他遠遠站著看了一眼馬謖的臉，連忙點了點頭，把頭扭了過去。

「虜瘡病人用過的衣服、被褥也會傳染，所以我們不得不將那些東西一起燒掉。」典獄長對這位軍正司的官員解釋道。

後者接過文書，在上面印了軍正司的大印，隨口問道：「焚燒地點準備好了嗎？」

「嗯，在城南谷山的一個山坳裡。」

「那裡可不近啊，在這麼冷的早上……」官吏抱怨道。

「是啊，不如您就和我在這裡喝上幾杯，等著他們回報就是了。」

「這樣不太好吧？」官員這樣說著，眼光卻朝屋子的方向瞟去。

「其實人已經死了，現在又驗明了正身，用不著您親自前往。何況虜瘡厲害，去那裡太不安全了。」

官員聽到這些話，眉開眼笑，合上文書連連表示贊同。

結果典獄長與軍正司的官員都沒有親臨焚燒現場，只有事先搬運馬諼屍體的兩名獄卒駕著馬車來到谷山的焚燒場。

焚燒場的木料都是事先堆好的，為了確保充分燃燒，柴垛足足堆了兩丈多高，寬兩丈，中間交錯鋪著易燃的枯枝條與圓粗木柴，壘成一個很大的方形。

兩名獄卒下了馬車，先將隨車帶來的油一點一點澆到柴火上，接著合力將馬諼的屍體放到柴垛的頂端。

最後馬車也被推到了柴火的邊緣，準備一起焚毀。其中一名獄卒抬頭看看天色，從懷裡掏出火石與火鐮，俯下身子點燃了柴垛。

火勢一開始並不大，從易燃的枯葉子、枝條燒起，濃厚的白煙比火苗更先冒出來。兩名獄卒跑出去二十餘丈，遠遠地望著柴垛，順便互相檢查對方是否也長出奇怪的膿瘡。

就在這時候，躺在柴堆中的屍體的右手指忽然動了動，整條胳膊隨即彎了彎，然後嘴裡發出一陣如釋重負的喘息。

馬謖還活著。

天字監牢裡的馬謖和之前在兵獄曹裡的馬謖有著微妙的不同。他不再頹喪失意，而是充滿了因絕望而迸發的強烈求生欲望，那五天的自由逃亡點燃了他對生存的渴望並一直熊熊地燃燒下去。一隻曾經逃出囚籠的飛鳥是不會甘心再度被囚禁的。

從進了牢房的那一刻開始，他就一直想著如何逃出去。就在這個時候，他得了虜瘡。馬謖對虜瘡有一定瞭解，他雖然不知道該如何治療，但很清楚虜瘡大概的症狀與漢軍處理死於虜瘡的屍體的辦法。

所以當那名醫者在牢房外提出將其焚化的建議時，一個計劃就在馬謖心裡形成了。在接下來的幾天裡，馬謖一直努力將身罹虜瘡的痛苦誇張了幾倍，以便給人留下深刻印象；然後在第三天時，他停止了進食，並且忽然變得寂靜無聲，用被子蒙住全身，裝作已經死去的樣子，等著被人搬出監獄。

其實這並不能算是計劃，而是一次徹底的賭博。只要有一個人扯下被子為他診脈、測試心跳或者呼吸，他就會立刻被發現還活著，那麼他就輸了。

他賭的，就是人們對虜瘡的普遍恐懼心理。他們畏懼虜瘡，生怕自己靠近會被傳染，因此並不會認真檢查屍體。顯然他贏了，但是這個勝利的代價是多麼大啊！當馬謖被獄卒抬走的時候，他必須忍受體內的煎熬，要保持極度安靜，不能出聲，不能顫抖，甚至連呻吟與喘息都不可以。

很難想像一個正常的人可以忍受這樣的痛苦，要知道，身體的內傷比外傷更加痛徹心扉，也更加難挨。已故的漢壽亭侯關羽曾經刮骨療傷，談笑風生；而魏國太祖武皇帝曹操僅僅因為頭風發作就難以自持，頭暈目眩。以此足見馬謖需要承受的內傷之痛是多麼巨大，古代的孫臏與司馬遷和他比起來都要相形見絀。

一直到獄卒們走遠以後，置身在易燃柴火中的馬謖才敢於喘出第一口粗重的氣息。他整個人仍舊在承受著膚瘡的折磨，一點也沒減輕。如果不是有強烈的求生欲望支撐，他很可能已經真正地死了。

馬謖謹慎地翻了一個身，儘量不碰到周圍的柴火。幸好現在白煙滾滾，而樹枝也燒得劈啪作響，能更好地掩飾他的行動。然而逐漸大起來的火勢對馬謖來說仍舊是一個危機，他開始感覺到身體下面一陣灼熱，再過一小會兒，這種灼熱就會演變成炙熱。

但是他不能大動，獄卒還在遠處站著。他必須等火勢再大一點才能逃離柴堆。於是他在煙薰火燎之中咬緊牙關，保持著仰臥的姿勢，一點一點地朝著柴堆的相反一側移動，手掌乃至全身的皮膚承受著燙燒的痛楚。

這不過幾尺的距離，卻比哪一次行軍都艱苦。他必須在正確的時機做出正確的抉擇，早了不行，獄卒會發現他；晚了也不行，他會被火苗吞沒，成為真正的火葬。

火勢已經蔓延開來，澆過油的木柴燃燒得極快，同時陣陣煙霧也扶搖直上。

馬謖身上的衣服燃燒起來，他覺得自己已經快到極限了……這個時候，一個畫面忽然出現在他腦海裡，是街亭！他想起了身旁的那名士兵被飛箭射穿了喉嚨，更遠處有更多的士兵倒下，四周生與死的海洋翻騰著；他恐懼這一切帶走生命的洪流，於是拔出佩劍，瞪著血紅的眼睛，竭盡全力地大吼：「我不能就這麼死掉！」

「我不能就這麼死掉……」馬謖喃喃自語，同時強忍著全身的疼痛又做了一次移動。終於，他的一隻手摸到了柴堆的邊緣。他閉上眼睛，在確信自己已經真正燃燒起來的同時，用盡最後一點力氣撐起自己的身體，朝著柴堆外面翻了下去。

馬謖先感覺到的，是清冷的風，然後是青草的香氣，最後是背部劇烈的疼痛，耗盡了體力與精神的他終於在強烈的衝擊下暈了過去。

原來火葬柴堆的另外一側是一處斷崖，懸崖的下面則是一片厚厚的草坪。

馬謖緩緩醒過來的時候是當天晚上，首先映入眼簾的是滿天的星斗。他左右動了動，發現身體陷在茅草之中，皮膚的燒傷與灼傷感覺稍微好了點，但是膚瘡的痛苦依舊存在，而且經過那一番折騰後，更加嚴重起來。他伸了一下右腿，一陣刺骨的疼痛自腳腕處傳來，可能是落下來的時候骨折了。

他勉強打起精神，拖著殘破的身體從雜草堆裡向上邊爬去。二十步開外的地方恰好有一條真正意義上的小溪細流，馬謖趴在水邊「咕咚咕咚」喝了幾大口水，然後靠著一棵大樹坐起來。現在天色很黑，周圍什麼動靜都沒有，樹林裡靜悄悄的。看來獄卒並沒有發現這死囚竟從火葬堆中逃了出來，因此監獄沒有派大隊人馬進行搜捕。

換句話說，現在在蜀漢的官方記錄裡，馬謖已經是一個死人了。

人造的禁錮已經被他僥倖破除，但是自然的考驗還不曾結束。馬謖的頭、咽喉與四肢依舊鈍痛難忍，渾身打著寒顫，遍佈全身的痘皰不見任何消退。

所幸馬謖神志還算清醒，他知道自己的處境仍舊很危險：這裡距離南鄭太近了，如果有軍民偶爾經過並發現他的話，即使認不出他是馬謖，也會把他當作患有疫病的病人通告給軍方。他必須儘快離開這一地區，然後找到補充食物的落腳之地。

他是否有這種體力堅持到走出谷山，都還是未知數。

馬謖環顧四周，撿了一根粗且長的樹枝當作拐杖，然後憑藉著驚人的毅力支起身子，一瘸一拐地朝著一個模糊的方向走去——這種毅力是以前的他所不曾擁有的。每走幾步，都會因為內病和外傷的煎熬而不得不停下來喘息，他卻一直堅定地沿著溪水向著上游走去；一路上渴了就喝點溪水，餓了就摘幾個野果子果腹。曾經數度連他自己都覺得不行了，不過每一次都奇蹟般地撐了過來。

就這樣過了整整一天，在逃出牢籠的第二天下午，他走到了谷山的山腹之中，找到了一條已經廢棄很久的山道。

這條山道是在兩個山包之間開鑿的，寬不過剛能容一騎通過。因為廢棄已久，黑黃色的土質路面凹凸不平，雜草叢生，原本用來護路的石子散亂地擱在路基兩側，快要被兩側茂盛的樹林遮蔽。

馬謖沿著這條路走了兩三里，翻過一個上坡，轉進了一片山坳。就在他感覺自己差不多達到極限的時候，他注意到在遠處樹林蔭翳之中，有一座似乎是小廟的建築。

「會不會有人在那裡居住？」

馬謖首先想到的是這個問題，他謹慎地躲進樹林，仔細觀察了一會兒，覺得沒什麼人居住的痕跡，於是就湊了過去。當他來到這小廟的前面時，看到了廟門口寫著兩個字：義舍。

十幾年前，當時漢中的統治者是張魯。這個人不僅是漢中地區的政治首腦，而且還是當地的宗教領袖。他以「五斗米教」來宣化當地人民。作為傳教的手段之一，張魯在漢中各地的道路兩旁設置了「義舍」，裡面備辦著義肉、義米，無人看守，過路人可以按照自己的飯量隨意取用。如果有人過於貪婪，據說鬼神就會使其生病。

這是一種公共福利設施，而馬謖現在看到的這一個，顯然就是屬於張魯時代的遺跡。

馬謖走進去的時候，驚奇地發現這間義舍裡居然還有殘留的糧食。當然，肉與酒已經徹底無法食用了，但是儲存的高粱與黃米還保存完好，柴火、引火物、蠟燭、鹽巴與乾辣椒也一應俱全，甚至還有幾件舊衣服。大概是因為這條道路已被人遺忘的關係吧，這些東西在歷經了十幾年後仍舊原封不動，只是上面積了厚厚的塵土。舍後有一條溝渠，裡面滿是腐爛枯葉，不過清理乾淨的話，應該會有活水重新進來。

「蒼天佑我不死，這就是命數啊。」

馬謖不由得跪在地上，喃喃自語。他並不信任何神明，因此就只向蒼天發出感慨，感謝冥冥中那神祕的力量在他瀕臨崩潰的時候拯救了他的生命。

於是這位身患重病的蜀漢前丞相府參軍就在這座意料之外的世外桃源居住了下來。雖然癘瘡的威脅讓馬謖的身體日漸衰弱，但至少他有了一個安定的環境來靜息——或者安靜地等待死亡。

時間又過去了三天，他全身的皰疹開始灌漿，漸成膿皰，有種鮮明的痛感，周圍紅暈加深，本來消退的體溫再度升高。高燒一度讓馬謖連床都下不來，只能不斷地用涼水澆頭。在這種高熱狀態下，他甚至產生了幻覺，看到了自己死去的兄長馬良、好友向朗，還有其他很多很多人，但是唯獨沒有諸葛丞相。在馬謖的幻覺裡，諸葛丞相總是一個縹緲不定的存在，難以捉摸。

這期間，馬諼只能勉強打起精神煮些稀粥作為食物，他破爛的牙床和虛弱的胃容不下其他任何東西。

高燒持續了將近十天，才慢慢降了下去。他身體和臉上的膿皰開始化膿，然後凝結成膿痂，變成痂蓋覆蓋在臉上。馬諼覺得非常癢，但又不敢去撓，只能靜待著它脫落。就這樣又過去了十天，體溫恢復了正常，再沒有過反覆，頭和咽喉等處的疼痛也消失無蹤，屢犯的寒顫也停止了肆虐；馬諼的精神慢慢恢復過來，食欲也回到了正常水準。這個時候，馬諼知道自己已經熬過了最危險的階段，他奇蹟般地從「虜瘡」的魔掌之下倖存下來了。

這一天，他從床上起來，習慣性地用手拂了一下臉龐，那些痂蓋竟一下子全部自然脫落，化成片片碎屑飄落到自己的腳下。他很高興，決定要給自己徹底地清洗一下。於是馬諼拿起水桶，走到外面的溝渠裡去取水。他蹲下身子的時候，看到了自己在水中的倒影，異常清晰。

那張曾經白皙純淨的臉上，如今卻密密麻麻地滿佈著皰痕。在這些麻點的簇擁之下，他的五官幾乎都難以辨認，樣貌駭異。這就是「虜瘡」留給馬諼最後的紀念。

不知為什麼，馬諼看到自己的這副模樣，第一個感覺卻是想笑。於是他索性仰起頭，對著青天哈哈大笑起來，附近林子裡的鳥被這猝然響起的聲音驚飛了幾隻。

笑聲持續了很久，笑到馬諼上氣不接下氣，胸口起伏不定，那笑聲竟變得彷彿哭號一樣。大概是他自己也被這種顛覆性的奇妙命運困惑住了吧。

尋找幕後黑手

就這樣又過了三四天的時間，馬謖的體力慢慢恢復，而義舍裡的儲備已經快要見底了。

一個非常現實的問題隨即擺到了馬謖面前，那就是今後該怎麼辦。

他已經不可能再以「馬謖」的身分出現了，整個蜀國恐怕都沒有他的容身之處，他只能遠走他鄉。吳國相距太遠，難以到達；至於魏國，那只是國家意義上的「敵國」，現在已經是「死人」的馬謖對其不會有那麼多的仇恨。

雍涼一帶屢發戰亂，魏國的戶籍管理相當混亂，如果他趁這個機會前往，應該能以假身分混雜其中不被識破。

不過在做這些事情之前，馬謖必須找到一個疑問的答案——他為什麼會落到這樣的地步？

從西城被捕開始，他就一直在思考這個問題，可惜一直身陷囚籠，有心無力。現在他自由了，若就這樣毫無作為地逃去魏國，馬謖這一輩子都不可能甘心，因為他已經犧牲了太多的東西。最起碼，他要知道陷害他的人究竟是誰。

於是，馬謖決定先回南鄭。即使冒再大的風險，他也得先把事情弄清楚。

至於如何開始調查，他心裡已經有了一個計劃。

現在馬謖的形象可以說是大變：頭髮散亂不堪，臉上滿是密密麻麻的斑點，一圈亂蓬蓬的鬍子纏繞在下頷，和以前春風得意的「丞相府參軍」名士馬幼常迥異，更像是南中山裡的蠻夷野人。

這樣一副容貌，相信就算是丞相站在對面都未必認得出來。

馬謖換上義舍中的舊衣物，給自己洗漱了一下，然後拄著拐杖離開了他藏身半個多月的地方。走出谷山以後，他徑直去了南鄭城。他沿途又弄到了幾條束帶、草鞋和斗笠，這樣看起來就像是一個普通的漢中農民了。

南鄭城的守衛對這個一臉麻子的普通人沒起懷疑，直接放他進了城。

正巧一隊漢軍的騎兵自城裡疾馳而出，馬蹄聲震得石子路微微發顫。馬謖和其他行人一起退到了路邊，他把斗笠向下壓了壓，心中湧現出無限感慨。

進了城之後，馬謖首先去了南鄭治所。比起丞相府，治所門前明顯清冷了很多，一座灰暗的建築前立著兩根木製旗杆，旗杆之間是一塊有些褪色的黃色木牌，上面貼著幾張官府和朝廷發佈的告示，兩名士兵手持長矛站在兩側。

馬謖走到告示牌前，仔細地閱讀這些告示，想瞭解這十幾天裡究竟發生了什麼事情。

貼在最醒目的地方的是一張關於北伐的責任公告：丞相諸葛亮自貶三等，為右將軍，行丞相事，其餘參與軍事的各級將領也各降了一級。

另外一份則是關於軍內懲戒的通報，裡面說街亭之敗的幾位主要責任人——馬謖、李盛和張休——被判以死刑；黃襲被削去將軍之職；陳松被削去參軍之職，受髡刑；向朗知情不報，罷免長史之職，貶回成都；後面換成朱筆，說馬謖已經在獄中病死，故以木身代戮，並李盛和張休兩人於前日公開處斬。

最後一條告示是關於王平的，說他在街亭之時表現優異，臨敗不亂，加拜參軍一職，統五部兼當營事，進位討寇將軍，封亭侯。

馬謖「嘿嘿」冷笑一聲，從告示牌前走開，這些事幾乎全在他的預料之內，只是向朗被貶回了成都這件事令他覺得非常愧疚，這全是因為自己。

現在看來，向朗已經是被貶回成都不在南鄭了——不過就算他在，馬謖也絕不會去找他，他不想連累朋友第二次。

他也曾經想過去找費禕，但是治所旁的衛兵說費禕已經回成都去覆命了，不在南鄭。

馬謖轉身離開治所，走到一處僻靜的地方，從懷裡拿出些吃的，蹲在那裡慢慢嚼起來。

一直到了夜色降臨，他才不緊不慢地站起身，朝著南鄭城的書佐台走去。

書佐台是丞相府的下屬機構，專門負責保管各類普通檔案、文書。在沒有緊急軍情的情況下，到了日落後，書佐們就各自回家休息了，只有一名眼神不好的老奴守在這裡，因為反正不是什麼要害部門。

馬謖走到書佐台的門前，敲了敲獸形門環，很快老奴顫巍巍地走了出來，將門打開。

「你是誰？」

老奴瞇著眼睛抬頭看馬謖。

「我是何書佐家裡的下人，我家主人說有些屯田文書他需要查閱一下，就吩咐我來取給他。」

「哦……」

老奴點點頭，把門打開，讓馬謖進去。馬謖跟在他背後，慶幸自己對書佐台的情況比較熟，知道有一位姓何的書佐經常喜歡半夜派人來取文書，被人稱為「三更書佐」，這才輕易騙過了老奴。

老奴到了屋前，遞給他一支蠟燭，然後說道：「喏，屯田文書就全在這間屋子裡了，取好後趕緊出來，小心火燭。」

「多謝了。」

馬謖接過蠟燭，謝過老奴後，轉身走進大屋。這間屋子有平常屋子的三倍那麼大，裡面擺放的都是歷年來過往漢中的文書與檔案，三分之二的空間都被這些卷帙充滿，散發著一股陳舊的蠹味。馬謖曾經來這裡找過文件，不過他那時並沒想到自己竟然會以這樣的身分和形象再次到來。

他看四周無人，越過屯田類屬的文書架，來到了刑獄類的架子前。借著蠟燭的光芒，他開始一卷一卷地翻檢，希望能找到街亭調查文書和相關人員的口供。

但很可惜的是，馬謖仔細翻了一圈，都沒有找到相關的資料。看來那些文書屬於保密級別，直接被丞相府的專員密藏，沒有轉存到只保管普通檔案的書佐台來。馬謖失望地歎了口氣，這個結果他估計到了，但沒想到如此徹底，連一點都查不到。

就在這時候，馬謖忽然看到一份文書有些奇怪，他連忙把那卷東西抽出來，轉身在桌上鋪開，小心地用手籠住燭光，俯下身子仔細去看。

作為前丞相府參軍，馬謖熟知蜀漢那一套官僚運作模式，也瞭解文書的歸檔方式，眼前這一份普通的文書，在他眼裡隱藏著很多資訊。

這是一份發給地方郡縣的緝捕告令，時間是馬謖第一次逃亡的那天，內容是飭令捉拿逃犯馬謖。真正令馬謖懷疑的是這封文書的抬頭，文書第一句寫的是「令勉縣縣令並都尉」，這個說法非常奇怪，因為馬謖逃跑的時候，南鄭並不清楚他的逃跑路線，因此發出的緝捕令應該是送交所有漢中郡縣，抬頭該寫的是「令漢中諸郡縣太守縣令並都尉」。

而這一份文書中明確地指出了「勉縣」，說明起草的人一定知道馬謖逃亡的落腳處就是勉縣，所以才發出如此有指向性的明確命令。

文書內容裡更寫道：「逃犯馬謖於近日或抵勉縣，著該縣太守並都尉嚴以防範，勤巡南鄭方向邊隘路口，不得有誤。」口氣簡直就像是算準了馬謖會去那裡一樣。

按照蜀漢習慣，這類緝捕文書的命令雖然以五兵曹的名義發佈，但實際上是出自丞相府。因此在文件落款處除蓋有五兵曹的印章以外，還要有丞相府朱筆簽押，由主簿書佐以火漆點封以示重要。這一封文書有丞相府的朱筆簽押，封口卻沒有火漆點封，說明這是密送五兵曹的文書，而有權力這麼做的除了諸葛丞相本人，就只有擁有副印的費禕了。馬謖記得在兵獄曹的監獄裡，費禕為他錄完口供，就是拿的這方印按在後面。

換句話說，導致馬謖第一次逃亡失敗的原因，正是這份費禕親自發出的緝捕令。

這怎麼可能!?

馬謖在心裡大叫，這太荒謬了，他的逃亡明明就是費禕本人策劃的，逃獄的策劃者又怎麼可能會去協助追捕？

但是那卷文書就擺在那裡，而且是真實存在的事實。

這時候，老奴在外面叩了叩門，叫道：「還沒查完嗎？」馬謖趕緊收回混亂的思緒，手忙腳亂地把這卷緝捕令揣到懷裡，然後從屯田文書裡隨便抽出幾卷捧到懷裡，走出門去。大概是因為這裡存放的都是無關緊要的東西，老奴也沒懷疑馬謖私藏了文卷，只是簡單清點了一下他手裡捧的卷數，就讓他出去了。

他離開了書佐台，外面已經完全黑了下來。只見頭頂月朗星明，風輕雲淡，南鄭全城融於夜帷之中，偶爾有幾點燭影閃過，幾聲梆子響，更襯出其靜謐幽寂，恍若無人。

馬謖知道南鄭落日後一個時辰就會實行宵禁，平民未經許可不得隨意走動；如果現在他被巡邏隊撞到就麻煩了，搞不好會被當成魏國的間諜抓起來。

正在他想自己該去哪裡落腳才好的時候，忽然聽到前方拐角處傳來一陣哭聲。哭聲是自前面兩棟房屋之間的巷道裡傳來的。馬謖走過去一看，原來是個小孩子蹲在地上哭泣。那個小孩子五六歲模樣，頭上還梳著兩個髮髻，懷裡抱著一根竹馬。他聽到有人走近連忙抬頭來看，被馬謖的大痲臉嚇了一跳，一時間竟然不哭了。

「你是誰家的孩子，怎麼在這裡不回家？」馬謖問道。小孩子緊張地看著這個痲臉漢子，不敢說話，兩隻手死命絞在一起，端在胸前。馬謖呵呵一笑，把語速放緩，又說道：「不要害怕，我不是壞人。」

小孩子後退了兩步，擦擦眼淚，猶猶豫豫地回答說：「天太黑，路又遠，我不敢回家。」

馬諼心中一動，心想如果我把這孩子送到他家大人手裡，說不定能在他家中留宿一晚，免去被巡夜盤查的麻煩。於是他蹲下身子，摸了摸小孩子的頭，注意到其脖子上掛著一隻金鎖，借著月光能看到上面寫著一個「陳」字。

「哦，你姓陳？」馬諼拿過金鎖看了看，笑著問。

小孩子一把將金鎖搶回去，緊緊攥到手裡，點了點頭。

馬諼又問：「你爹叫什麼？住哪裡？我送你回去吧。」

小孩子咬住嘴唇，懷疑地打量了一下他，小聲答道：「我爹叫陳松，就住在城西申字巷裡。」

「陳松……」

聽到這名字，馬諼大驚，雙手扶住小孩子肩膀，問道：「你爹可是在軍隊裡做官的？」

「是呀，是做參軍的呢！」

小孩子露出自豪的神色，馬諼略一沉吟，站起身來拉住他的手，說：「那可真巧，我和你爹爹是朋友。」見那小孩子不信，馬諼又說：「你爹叫陳松，字隨之，白面青鬚，愛喝穀酒，平時喜歡種菊花，家裡的書房叫作涵閣，對不對？」

「你怎麼知道的？」

「因為我是你爹的朋友嘛。」馬諼面露微笑，拽著他的手朝陳松家的方向走去。小孩子半信半疑，但手被馬謖緊緊攥著掙脫不開，只好一路緊跟著。

兩個人一路避開巡夜的士兵，來到陳松家的門口。馬謖深吸了一口氣，伸出手去拍了拍門板。屋裡立刻傳來急促的腳步聲，然後是陳松焦慮的聲音：「德兒，是你回來了嗎？」

「是我，爹爹。」

「哎呀，你可回來了，把我急壞了……」陳松一邊念叨著一邊打開門，先看到的卻是黑暗中一個戴著斗笠的人影。他一怔，低頭看到自己的孩子被這個奇怪的人拉著手，便有點驚慌地說道：「請問閣下是哪一位？」

「令公子迷路了，我把他送了回來。」

說完馬謖把小孩子交到陳松手裡，後者鬆了一口氣，趕緊將兒子攬到懷裡，然後衝馬謖深施一禮道：「有勞先生照顧犬子了，請問尊姓大名？」

「呵呵，陳兄，連我都認不出了嗎？」

馬謖摘下斗笠來，陳松迷惑地瞇起眼睛看了又看，舉起燈籠湊到馬謖臉邊仔細端詳，還是沒認出來。馬謖笑了，笑容卻有些悲戚。

「隨之啊隨之，當日街亭之時，你說此戰值得後世史家大書一筆，如今卻忘記了嗎？」

陳松猛然聽到這番話，不由得大驚，手裡一顫，燈籠「啪」的一聲摔到地上，倒地的蠟燭將燈籠紙點燃，整個燈籠立刻嗶嗶剝剝地燃燒起來。

「快……快先請進……」陳松的聲音一下子浸滿了惶恐與震驚，他縮著脖子踩滅燈籠火，轉過身去開門，全身抖得厲害。馬謖看到他這副模樣，心裡湧現出一種報復的快感。

三個人進了屋子，陳松立刻將他兒子陳德朝裡屋推，哄著他說：「德兒，找你娘早些歇息去吧，爹和客人談些事情。」小孩子覺得自己父親的神情和語調很奇怪，他極不情願地被他父親一步一步推到裡屋去，同時扭過頭來看著黑暗中的馬謖，馬謖覺得這孩子的眼神異常閃亮。

等小孩子走進裡屋後，他焦慮的父親將門關上，轉身又將大門關嚴，上好了門閂。馬謖坐在椅子上，冷冷地看他做著這些事情，也不說話，斗笠就放在手邊。陳松又查看了一遍窗子，這才緩緩取出一根蠟燭放到燭臺上面，然後點燃。

就著燭光，馬謖這才看清楚陳松的面容：這個人和在街亭那時候比起來，像是蒼老了十幾歲，原本那種儒雅風度全消失了，取而代之的是一種淒苦滄桑的沉重。馬謖還注意到他頭上纏著一根青色寬邊布帶，布帶沒遮到的頭皮露出生青痕跡，顯然這是髠刑的痕跡。

馬謖一瞬間有些同情他，但這種情緒很快就消失了；比起自己所承受的痛苦，這算得了什麼。

陳松把蠟燭點好之後，退後兩步，「撲通」一聲，很乾脆地跪在了馬謖的面前，泣道：「馬參軍，我對不起您……」

「起來再說。」馬謖一動不動，冷冷地說道。陳松卻不起來，把頭叩得更低，背弓起來，彷彿無法承受自己巨大的愧疚。馬謖不為所動，保持著冰冷的腔調，進一步施加壓力。

「我只想問一句，你為什麼要這麼做？」

「我……我是迫於無奈，您知道，我還有家人……」陳松的聲音充滿了無可奈何的苦澀。

馬謖聽到他的話，眉毛挑了起來。

「哦？這麼說，是有人威脅你嘍？是誰？王平嗎？」

「是……是的……」陳松囁嚅道。

馬謖卻從鼻子裡發出一聲冷哼。「陳兄，不要浪費你我的時間了。以王平的能力和權限，根本不可能欺瞞過丞相，那個威脅你的人究竟是誰？」

陳松本來就很緊張，一下子被馬謖戳破了謊言，更加慌亂不已。後者直視著他，讓他簡直無法承受這種銳利無比的目光。已死的人忽然出現在他面前，這本身就是一種強大的壓力，更何況這個人是因他的供詞而死的。

「……是……是費禕……」

馬謖聽到這個名字，痛苦地搖了搖頭。他最不願意知道的事實終於還是擺在了自己面前。其實從很早以前他就有了懷疑：街亭一戰的知情者除了馬謖、王平、陳松、黃襲、李盛和張休等高級軍官以外，還有那兩萬多名士卒，就算只有少部分的人逃回來，那麼知情的也在五六千人以上，這麼多人不可能全部被王平收買，假如真的認真做調查，不可能一點真相都查不到。

而事實上，沒有一個證人支持馬謖的供詞。換句話說，調查結果被修改過了，刻意只選擇了對馬謖不利的證詞。而唯一有能力這麼做的人，就是全權負責此事的費禕本人。

「我是從街亭隨敗兵一起逃出來的，一回到南鄭，就被費……呃……費長史祕密召見。他對我說，只要我按照王平將軍的說法寫供詞，就可以免去我的死罪，否則不但我會被砍頭，我的家人也會連坐……」陳松繼續說著。

馬謖閉上眼睛，努力抑制住自己的激動情緒，問道：「所以你就按照王平的說法修改了自己的供詞？」

「……是，不過，參軍，我實在也是沒辦法呀。我兒子今年才七歲，如果我出了什麼事……」

「黃襲也和你一樣受了脅迫，所以也這麼做了？」

「是的，黃將軍和我一樣……不過李盛和張休兩位將軍拒絕了。」

「所以他們被殺了，而你們還活著。」馬謖陰沉地說道。陳松為了避免談論這個，趕緊轉換了話題。

「聽我在監獄裡的熟人說，李盛和張休兩個人在與費禕見面後，就得了怪病，嗓子腫大，不能說話，一直到行刑那天都沒痊癒。」

「這也算是變相滅口，費禕是怕他們在刑場上說出什麼話來吧……」

馬謖心想，如果自己不是在被關到軍正司後立刻得了「痍瘡」，恐怕也難逃這樣的厄運。但是還有一個疑問馬謖沒有想明白，那就是為什麼費禕要幫他逃亡，直接將他在兵獄裡滅口不是更好嗎？

陳松見馬謖沒說話，又接著說道：「開始我很害怕，因為參軍您是丞相的親信，丞相那麼英明，假如他瞭解到街亭的真相，我的處境就更悲慘了……不過費長史說過，過不了多久，參軍您就會『故意』認罪的，所以我才……後來有人在邸吏房看到了調查的全文，接著參軍您又逃亡了……我才鬆了口氣……」

馬謖聽到這裡，「啪」地一拍桌子，唬得陳松全身一激靈，以為他怒氣發作了，急忙朝後縮了縮。

不錯，馬謖的確是非常憤怒，但是現在的他也非常冷靜。綜合目前所知道的情報，他終於把費禕設下的陰謀差不多看穿了。

雖然費禕依仗自己的權限操縱了調查結果，硬是把馬謖和王平的責任顛倒過來，不過這樣始終冒著極大的風險。諸葛丞相並不糊塗，又一直事必躬親，他不可能不對這個「馬謖有罪」的結果產生懷疑，說不定什麼時候就會親自再調查一次，到時候費禕辛苦佈置的局面就毀於一旦了。要避免讓丞相產生懷疑，並杜絕二次調查，就只能讓馬謖親自認罪。

於是，在費禕第二次見馬謖的時候，他耍了一個手腕，謊稱陳、黃、李、張四個人都做了不利於馬謖的證詞，丞相看到調查文書後決定判馬謖死刑，借此給馬謖製造壓力；於是灰心喪氣的馬謖相信不逃亡就只能等死——事實上那時候丞相根本還沒接到這份調查報告；接下來，費禕製造了一個機會，讓別無選擇的馬謖確實逃了出去；然後他刻意選擇在監獄方報告馬謖逃亡的同時，向丞相上交了調查報告，還故意通過邸吏房把報告洩露給外界。這樣在丞相和南鄭的輿論看來，馬謖毫無疑問是畏罪潛逃，這實際上就等於他自己認了罪。

接下來的事情就簡單了，只要密發一封公文給勉縣，讓他們擒拿馬謖歸案就可以了。費禕唯一的失算就是「癘瘡」，他不知道馬謖非但沒被燒掉，反而大難不死活到了現在。

這就是馬謖推測出的費禕編織的陰謀全貌。

馬謖想到那個人笑吟吟的表情，只覺得一陣寒意升到胸中。這個傢伙的和藹笑容後面，是多麼深的心計啊。虧馬謖還那麼信任他，感激他，把他當作知己，原來這一切只是他讓馬謖進一步踏進沼澤的手段。

不過，為什麼，為什麼費禕要花這麼多心思來陷害他？馬謖不記得自己跟他有什麼私怨公仇，兩個人甚至關係相當融洽。

馬謖對這一點實在是百思不得其解，他把這些想法告訴陳松。陳松猶豫了一下，對馬謖說道：「參軍，有句話，不知當講不當講……」

「說吧。」

「其實，丞相府內外早就有傳言了，只是參軍您自己沒察覺而已。您今年三十九了吧？」

「正是，不過這有什麼關係？」

「您三十九，費長史三十七，一位是丞相身邊的高參，一位是出使東吳的重臣。綜觀我國文臣之中，正值壯年而備受丞相青睞的，唯有你們二人……」

「……」馬謖皺起眉頭。

陳松繼續說道：「如今朝廷自有丞相一力承擔，不過丞相之後由誰接掌大任，這就很值得思量。您和費長史都是前途無量……」

陳松後面的話沒有說，馬謖知道他想說的是什麼。以前在丞相身邊意氣風發的時候，自負的馬謖只是陶醉在別人羨慕的眼光之中，不曾也不屑注意這些事情；現在他一下子淪落到如此境地，反而能以一個客觀的視角冷靜地看待以往沒有覺察到的事情。

「剷除掉潛在的競爭對手……」馬謖摸摸下巴，自言自語道，臉上露出一絲說不清是苦澀還是嘲諷的笑容。想必費禕在得知馬謖身陷街亭一案的時候，一定是大喜過望，認為自己得到了一個徹底打敗對手的機會吧。

「那……參軍，您現在打算怎麼辦？」

其實陳松想問的是「您打算把我怎麼辦」，他一方面固然是表達自己的關心，另一方面是下意識地防備馬謖暴起殺人……他現在無法捉摸馬謖的恨意到底有多大，尤其是他並不知道馬謖究竟是怎麼逃脫，又是怎麼變成這副模樣的，這種未知讓人更加恐懼。

「報仇，就像伍子胥當年一樣。」

馬謖笑了，他抬起手，對陳松做了一個寬慰的手勢。現在的他很平靜，平靜得就像是一把劍，一把剛在熔爐裡燒得通紅，然後放進冰冷水中淬煉出來的利劍。這劍兼具了溫度極高的憤怒、剛度極強的堅毅，還有冷靜。

「呵呵，不過我想找的人並不是你。」馬謖見陳松臉色又緊張了起來，微微一笑，補充道。現在的他面容雖然仍舊枯槁，卻湧動著一種不同尋常的光輝。

剛從死亡邊緣逃出來的馬謖是茫然無措的，失去了地位和名譽的他不知道何去何從，也不知道該如何是好。那時候，他的心態就好像是剛剛從籠子裡逃出來的野兔，只是感受到了自由，但對自己的方向十分迷茫，未來究竟如何，他根本全無頭緒。不過現在他的人生目標再度清晰了起來，他知道自己該做什麼了。

「不過費長史已經回到了成都，以參軍您現在的身分，幾乎不可能接近他啊，恐怕還沒到成都就會被抓起來。」陳松提醒他說。

「嗯，現在還不可能……」

馬謖閉上眼睛，慢慢地用手敲著桌子，發出含混的聲音。燭光下的他表情看起來有些扭曲，不過只一瞬間就消失不見了。過了很久，他彷彿下了一個很大的決心，抓起斗笠戴在頭上，緩緩站起身來，朝外面走去。

「參軍……您，您這是去哪裡？」

陳松從地上爬起來，又是驚訝又是迷惑。馬謖聽到他的呼喊，停下了腳步，回答的聲音平淡卻異常清晰：「去該去的地方……這是天數啊。」

說完這句話，馬謖拉開門走了出去，步履堅定，很快就消失在了外面的黑暗之中。未及掩住的門半敞著，冷風吹過，燈芯尖上的燭光不禁一個激靈，蜷緊了身形。昏暗的光亮之下，室內的人影驀地模糊起來。陳松呆呆地望著門外的黑幕，只能喃喃自語道：「是啊，這是天數，是天數啊……」

漢軍北伐的失敗雖然造成了不小的震動，但對於蜀漢的既定國策並沒有任何影響。在諸葛丞相的宣導下，蜀漢在隨後的六年時間裡先後在隴西地區發動了四次大規模的攻勢，將戰線推進到了渭水一線。這種攻勢一直持續到了蜀漢建興十二年（234年）。

建興十二年春，諸葛亮率領的漢軍第五次大舉進攻，主力兵團進駐到了武功縣的五丈原，與司馬懿隔著渭水相望——曾經在街亭之戰擊敗馬謖的張郃將軍已戰死。魏、漢兩支軍隊對峙了多月，在所有人都認為這場戰事要持續到秋天的時候，漢軍的核心人物諸葛丞相卻忽然病死在了軍中，漢軍不得不匆忙撤退。

諸葛亮的突然病殞對蜀漢政局產生了很大的震盪，甚至在他病故後不久，撤退途中的漢軍內部就立刻爆發了一次叛亂。叛亂的始作俑者是征西大將軍魏延，平定叛亂的功臣則是長史楊儀、討寇將軍王平和後來升任到後軍師的費禕。

不過這個是朝廷的官方說法，具體內情如何則難以知曉，因為功臣之一的楊儀很快因為誹謗朝政而被捕，然後自殺。這起叛亂處理完之後，蔣琬出任尚書令，隨後升為大將軍，尚書令的職位則由費禕接替；諸葛亮生前備受器重的姜維則被拔擢為右監軍輔漢將軍，朝野輿論都認為這是他繼承諸葛丞相遺志的第一步。至於王平，則被指派協助吳壹負責漢中的防務。

諸葛亮之死意味著蜀漢北伐高潮的結束，此後魏、蜀兩國的邊境一直處於相對平靜的態勢。大將軍蔣琬本來打算改變戰略重心，從水路東下，通過漢水、沔水襲擊魏國的魏興、上庸。但是這個計劃剛剛啟動，他就於蜀漢延熙九年（246年）病死。於是費禕順理成章地接任了大將軍之職，錄尚書事，成為蜀漢的首席大臣；而王平也在前幾年出任前監軍、鎮北大將軍，成為蜀漢軍界最有實權的軍人之一。

這兩個人掌握了蜀漢的軍政大權，意味著蜀國戰略徹底轉向保守。以北伐精神繼承者自居的姜維激烈地反對這種政策，但他無論是資歷還是權力都不足以影響到決策，因此只能在邊境地區進行意義不大的小規模騷擾。一直到王平在蜀漢延熙十一年（248年）病死，姜維在軍中的權力才稍微擴大了一點，但他的上面始終還有一個大將軍費禕，像枷鎖一樣套在他脖子上。

於是時間就到了延熙十五年（252年），距離那場街亭之戰已經過去二十四年了……

死士

南鄭城。

姜維歎了一口氣，擱下手中的毛筆，將憑几上的文書收作一堆。他隨手撥了撥燈芯，不禁生出一陣感慨。時間比那渭水流逝得還快，他跟隨丞相出征彷彿還是昨天的事，今年卻已經五十出頭了。從一個意氣風發的年輕人變成頭髮斑白的老將，其間的波折與經歷一言難以盡數。

每次一想到這些事，姜維總能聯想到衛青和霍去病，然後就會覺得自己簡直就是馮唐和李廣。雖然他如今已經是堂堂的蜀漢衛將軍，但如果一個人的志向未能實現，再高的爵祿又有什麼意義呢？

這時候，窗外傳來三聲輕輕的叩擊，姜維立刻收起憶舊的沉醉表情，恢復到陰沉嚴肅的樣子，沉聲說道：「進來吧。」

門「吱呀」一聲開了，一個三十多歲的小吏走進屋子來。他兩隻眼頻繁地朝兩邊望去，舉止十分謹慎。

「小高，這麼快就找到死士了嗎？」姜維問道。

被叫作「小高」的小吏露出半是無奈半是猶豫的表情，吞吞吐吐地說道：「回將軍，找是找到了，可是……」

「可是什麼？」

姜維把臉沉下來，他十分厭惡這種拖泥帶水的作風。

「可是……那個人有六十三歲了。」小高看到姜維的臉色越來越難看，連忙補充道，「他堅持要見將軍，還說將軍若不見他，就對不起蜀漢的北伐大業……」

「哦？好大的口氣！你叫他進來吧，我倒想看看他是個什麼人物。」

姜維一聽這句話，倒忽然來了興趣。他揮了揮手，小高趕緊跑出屋子去，很快就領進一位戴著斗笠的老者。

老人進屋之後，一言不發，先把斗笠摘了下來。

姜維就著燭光，看到這個老頭穿著普通粗布青衣，頭髮與鬍鬚都已經斑白，臉上滿是皺紋，滲透著苦楚與滄桑，然而那皺紋彷彿是用蜀道之石斧鑿而成，每一根線條都勾勒得堅硬無比。這個人一定在隴西生活了很久，姜維暗自想。

姜維示意小高退出去，然後伸手將燭光捻暗，對著他盯視了很久，方才冷冷地說道：「老先生，你可知道我要召的是什麼人？」

「死士。」老人回答得很簡短。

「老先生可知死士是什麼？」

「危身事主，險不畏死，古之豫讓、聶政、荊軻。」

姜維點了點頭，略帶諷刺地說道：「這三位都是死士，說得不錯。不過老先生你已經六十有三，覺得自己還能勝任這赴難之事嗎？」

「死士重在其志，不在其形。」

「死士重的是其忠。」姜維回答，同時將身體擺了一個更舒服的姿勢，「這麼說吧，我可不信任一個主動找上門來效忠的死士，那往往都以欺騙開始，以詭計結束。」

面對姜維的單刀直入，老人的表情一點變化都沒有。

「你不需要信任我。你只要知道，你想要做的事情，也是我想要做的事情，我們的目標是一致的，這就夠了。」

「哦？」姜維似乎笑了，他身體前傾，彷彿對老人的話產生了興趣，「你倒說說看，我想要做的事情是什麼？」

「殺費禕。」

姜維聽到這三個字，霍地站起身來，怒喝道：「大膽！竟然企圖謀刺我蜀漢重臣，你好大的膽子！」

老人似乎早就預料到姜維的反應，他抱臂站在屋子的陰影裡，不疾不徐地慢慢說道：「這不就是將軍想要做的嗎？」

「可笑！文偉是我蜀漢中流砥柱，我有什麼理由去自亂國勢？」

「這一點，將軍自己心裡應該比我清楚。是誰屢次壓制將軍北伐的建議，又是誰只肯給將軍一萬老弱殘兵，以致將軍在隴右一帶毫無作為？」

「政見不合而已，卻都是為了復興大業，我與文偉可沒有私人仇怨。」

「哦……將軍莫非就打算坐以待斃，等著費禕處置將軍嗎？他為人如何，您應該知道。」

老人的這番話讓本來擺出憤怒表情的姜維陷入沉默。費禕在外界素有沉穩親和之名，但是他的真正為人如何，在蜀漢官場上經歷了幾十年的姜維也是深知的。

丞相逝世之後，本來爆發的矛盾只是魏延與楊儀的節度權之爭，結果打著調停之名的費禕先騙取了魏延的信任，又借楊儀之手以平叛的名義除掉魏延；隨後密奏了楊儀的怨言，迫使其自殺身亡；接著排擠掉吳壹，讓屬於自己派系的王平坐鎮軍方。這些姜維都是看在眼裡的。從此，費禕不動聲色的陰狠手段就給他留下了深刻印象，從此他再也不敢小覷這個笑咪咪的胖子了。

姜維雖然依仗著丞相繼承者的身分沒受什麼打擊，但也一直被費禕刻意壓制。他屢次要求北伐，但上的奏表都語氣懇切，言辭不敢稍微激烈，生怕挑戰費禕的權威以致被迫害。

現在這老人說中了姜維的痛處，他不得不把那表演出的氣憤收起來，重新思考這個老人所說的話。

「……好吧，這個暫且不說……」姜維抽動一下嘴唇，擺了擺手，重新坐了回去，「那麼，老先生你又是為什麼要殺他？」

「我殺他的理由比你更充分……我之所以在隴西苟活到現在，就是為了殺他。其實我要殺的還有王平，可惜他已經病死了。」老人毫不猶豫地說道。

姜維注意到他的眼神一瞬間變得更加銳利，同時對他如此濃郁的仇恨產生了興趣。

「把你的理由告訴我，我想這是我們互相信任的基礎。」姜維說道。

老人點了點頭，走到憑几前面，拿起毛筆，在鋪好的白紙上寫了兩個字，把它拿給姜維。

「我想這兩個字應該足夠了。」

姜維接過字帖兒一看，悚然一驚，急忙抬頭重新審視老人的臉，這一次他模模糊糊地想起來了，許多年前，他似乎是見過這個人的，在西城前往南鄭的路上，那時候他還年輕……而老人接下來的故事也是從那裡開始的。

當老人將那兩個字所包含的故事講完之後，姜維瞠目結舌，幾乎無法相信。

他沒想到那件事的背後還隱藏著這樣的事，也沒想到那個早已「死去」的人今天會突然出現在自己面前。

本來擺出一副高姿態的他，現在卻變得手足無措。他伸出手去拍了拍老人的肩，想了半天才找出一句自認為比較合適的話來：「我想如果沒發生那樣的事情，也許今天在這個位子的人就是你……」

「呵呵，這都是天數，天數。」老人似乎對這些已經完全不在意，「怎麼樣，姜將軍，現在是否可以信任我了？」

「是。」姜維點了點頭，同時像是在給自己的行為辯解一樣鄭重地申明，「這是為了丞相的北伐大業。」

「是的，為了丞相。」

老人的表情似乎有所變化，但姜維不知道隱藏在那皺紋和麻點後的究竟是哪一種情感。

蜀漢延熙十五年四月，沉寂已久的蜀魏邊境掀起了一陣小小的波瀾。由漢衛將軍姜維率領的一支漢軍深入魏境，在羌人的配合之下襲擊了魏國西平郡，然後在魏軍增援之前就匆忙撤退了。在這次襲擊中，魏國一位名叫郭循的中郎將被蜀軍擒獲，他的隨從則全部被殺死。

這一次的軍事行動並沒有什麼實質性的收穫，但令蜀漢官員喜出望外的是，這位被俘的魏國中郎將表現出極大的誠意，主動對蜀漢表示恭順。

一直以「正統」自居的蜀漢朝廷，對於投誠的敵國將領一向極為寬容。之前的魏國大將夏侯霸就受到了隆重的招待，因此郭循也得到了殊遇。

郭循雖然相貌不佳，滿臉都是麻點，但是態度謙和，且談吐不凡，頗得蜀漢百官的好感。他在受到了皇帝劉禪的接見之後，立刻被加封為左將軍。

要知道，這是已故釐鄉侯馬超曾經的職位。

隨後郭循就被留在了成都。他行事低調，舉止沉穩有度，對於各位官員的脾性、愛好卻都一清二楚，更難得的是，他對於官僚政務相當熟悉，就好像他已經在蜀國住了十幾年一樣。這樣的人沒有理由不被重用，很快駐屯在漢壽的大將軍費禕就注意到了這個人。

郭循能力出眾又不居功，與費禕的性情相投；另一方面，他對於衛將軍姜維似乎有著不淺的敵意。這對費禕來說是一枚上好的棋子，不羅織到帳下實在是可惜。於是他便開始有意識地拉攏郭循，先後寫了幾封書信給他，暢談天下大事，而後者也一一回覆，信中所顯露出的政見和文筆令費禕讚賞不已。

這一年的年底，費禕終於獲得了開府的許可，成了繼諸葛亮和蔣琬之後蜀漢第三位開建府署的人。他立刻列了一份想要征辟的幕僚名單上奏朝廷，其中就有郭循的名字。

蜀漢延熙十六年（253年）早春，郭循和其他十幾名被徵召的官員風塵僕僕地從成都趕到了費禕開府所在的漢壽，衛將軍姜維和其他高級軍官也在同一時間抵達，專程向這位春風得意的大將軍道賀。於是大為高興的費禕決定舉辦一次宴會，以顯示自己開府的榮耀。

這一次宴會規模很大，而且級別相當高，因為出席的都是蜀漢舉足輕重的人物。宴會相當熱鬧，主人在漢壽治所內外的空地上擺開了幾十張桌子，坐滿了各地前來道賀的賓客。別說高級官僚，就連普通的小吏都有一席之地，得以享受這次難得的饗宴。幾十名僕役在席間穿梭不停，不斷地將美酒與食物抬進端出，異常忙碌。

數十名美豔舞姬在樂班的伴奏下翩然起舞，跳起了自漢代以來就流行於兩川的七盤樂。只見她們穿梭於七盤之間，紅鞋合著拍子踏鼓點，雙手搖擺，長袖揮若流雲，飄逸不定，恍如崑崙山的仙子下凡。觀眾一邊喝著酒，一邊毫不吝惜地施捨他們的喝彩與讚美。

「呵呵，伯約啊，這次我開府理事，以後還要請你多多協助啊。」費禕坐在席間，對著姜維說道。

姜維也露出笑容，舉杯別有深意地回答說：「文偉這一次是眾望所歸，我等只有歎服的份，期待今後能在將軍麾下有更大發展。」

「嗯，那是自然，將軍和我不是一向合作很愉快嗎？」

費禕哈哈大笑，端著大觥起身，走下臺去。如今的他是真正的一人之下，萬人之上，和當年的諸葛丞相一樣。當他看到席間姜維、董允等人的表情時，這種成就感顯得更真實、更令自己快意了。

他漫步在一片喧鬧之中，頻頻向賓客們致意。每到一處，賓客們都紛紛起身，向他敬酒，而他也樂呵呵地每敬必回，不知不覺間喝得臉色漲紅，腳步也有點浮了。不過他的心情卻愈加高興起來，一直到身體實在無法承載醉意，他才蹣跚著找了一把空椅子坐了下去。

就在這時候，一個人走近了。

「費將軍？」那個人對他說道。

費禕睜開眼睛，拚命想坐直身子去看，但是怎麼也坐不起來了，只好含糊地問道：

「嗯……嗯……尊駕是……」

「哦，在下是郭循。」

「郭循……哦，就是你啊，哎呀哎呀，真是有失禮數，幸會。」

「哪裡，一直到現在才來拜會大將軍，是我不對。」

郭循一邊說著，又走近了三步。費禕很高興，掙扎著想起來說話，可惜力不從心。郭循笑了笑，來到這位喝醉了的大將軍面前，俯下身去。這時候，周遭依舊熱鬧非凡，宴會進行到了高潮，賓客們的喧鬧聲也達到了頂峰。

大家的興致都在於行樂，宴會的主角費禕倒反而暫時被忽略了，只有姜維一個人透過來往的人群朝這邊冷冷地看過來。

費禕忽然聽到郭循在自己的耳邊說了一句話，聲音很輕，他沒聽清楚，於是迷茫地把頭轉過去，示意再說一次。郭循又一次低下頭去，重複了一遍自己的話。

這一次，費禕聽清楚了，他的瞳孔一瞬間放大，全身僵硬在那裡。這一半是因為那句話對他的神經產生了刺激，另外一半原因則是郭循用一把尖刀刺進了他的胸膛。

最先發現這一變故的是一位僕役，他看到郭循慢慢從費禕胸膛裡拔出刀，然後再一次刺了進去，不禁驚慌地大叫了起來。郭循把刀留在費禕胸膛內，慢慢退後兩步，彷彿想要仔細欣賞這個傑作，滿是麻點的臉上浮現出一種奇妙的笑容。

宴會的歡樂氣氛一瞬間被打斷，一些人端著酒杯不知所措，一些人則隨著舞姬們的尖叫向外逃去，喧鬧一下子演變成混亂。這時候，姜維在貴賓席上猛然站起來，厲聲高叫道：

「不要驚慌，保護費將軍！」

如夢初醒的衛兵們紛紛拿起武器，朝費禕和郭循二人撲過去。他們驚訝地發現，有四名姜維將軍的親兵比他們的速度還要快，手持大刀已經將郭循圍了起來。

郭循平靜地轉過臉去，望了望貴賓席上的姜維，點了點頭。姜維面無表情地做了個手勢，四名親兵立刻大吼一聲：「為費將軍報仇，不要放過刺客！」

手起刀落，將毫不反抗的郭循砍翻在地，剁成肉泥。

沒人知道郭循那個時候究竟想的是什麼，除了姜維。

這一起刺殺事件震動了蜀漢朝野，皇帝劉禪和很多官員對費禕的死痛惜不已。大家都認為這毫無疑問是偽魏的陰謀，因為郭循本來就是魏國人，而費禕實在是對人太沒有警惕心了。負責調查工作的衛將軍姜維後來上書，說郭循本來有心行刺皇帝，只是因為皇帝身邊戒備森嚴，所以才將目標轉向費大將軍。聽到這番話，劉禪在傷心之餘，又感覺到慶幸。

蜀漢朝廷授予了費禕謚號「敬侯」，意思就是合善法典，以表彰其生前的功績，然後這位不幸遇刺的大將軍的遺體被風光大葬，葬禮的規格非常之高，連盟友東吳都特意派人前來弔唁。在葬禮上，衛將軍姜維代表百官致辭道：「從來沒有過一位官員像您一樣為我們帶來這麼長久的和平。」

魏國聽到這個消息後，先是大惑不解，然後大喜過望，立刻追封郭循為長樂侯，並讓他的兒子繼承了他的爵位。在這之後數月，隴西有一份上奏朝廷的公文指出：一具疑似郭循本人的屍體在西平附近被發現，屍體死亡時間似乎至少有一年以上。

這份與官方說法相矛盾的文書沒有受到任何人的注意，因為那個時候，魏國上下的注意力正被另外一件事吸引。

邊境急報，蜀漢衛將軍姜維忽然對隴右地區發動了攻擊，其規模是自諸葛亮死後最大的一次。

後諸葛亮時代的隴西攻防戰正式拉開了帷幕。

A面

晉，太康三年（282年）。雖然現在還是深秋，但冷峭的寒風早早地就縱橫於關中大地，整個洛陽被籠罩在一片清冷的霧靄之中。

在洛陽城內一間略顯簡陋的木製小屋裡，一個身穿單薄官服的人正伏案奮筆疾書，他不時挪動一下身體，以期能稍微暖和些，手中的筆卻不停地寫著。他的身旁堆滿了文書典籍，這些東西雜亂地擺在屋子四處，彷彿是主人所擁有的唯一財產。門外掛著一塊木牌，上面寫著「著作郎陳壽」。

門忽然響了，然後一個身著大袖寬衫、頭戴白幅巾的中年人走進了屋子。他看看仍舊沉迷於書寫的年輕人，笑了笑，走到他背後拍拍他肩膀，說道：「承祚，竟然入迷到了這地步啊！」

年輕人這才覺察到他的到來，連忙擱下筆，轉過身去低頭行禮。

「張華大人，失禮了……」

「呵呵，不妨。我這次來，是想看看你的進度如何了。」

「哦，承蒙大人襄助，魏書已經全部寫就了，現在正在撰寫蜀書的部分。」

「現在在寫的是誰？」張華饒有興趣地拿起憑几上的紙張，慢慢唸道，「……而亮違眾拔謖，統大眾在前，與魏將張郃戰於街亭，為張郃所破，士卒離散。亮進無所據，退軍還漢中……」

「哦，是馬謖的傳嗎？」

「是的，這是附在他哥哥馬良的傳之後的。」陳壽立在一旁，畢恭畢敬地回答。

「馬謖啊……」張華似乎想到了什麼，轉頭問陳壽，「我記得令尊曾經也是馬謖部下吧？」

「正是，先父當時也參加了街亭之戰，任參軍，因為戰敗而被馬謖株連，受過髡刑。」

張華「嗯」了一聲，似是很惋惜地抖動了一下手裡的紙。「可惜啊，這寫得稍顯簡略了點，如果令尊健在，相信還能補充更多的細節。」

「先父也曾經跟我提過街亭之事，他說若我真的有幸出任史官，他就將他所知道的告訴我。不過很可惜，他已經過世了，那時候我還不是著作郎。」

陳壽說得很平靜，張華知道他這個人就是這樣子，和他的文筆一樣簡約，而且不動聲色。

「不過……」陳壽像是又想起來了什麼，「家兄陳德倒也聽過一些傳聞……可惜他在安漢老家，不及詢問了。」

張華點點頭，也並不十分把這件事放在心上。他把稿紙放回到憑几上，笑著說：「好了，我也不打擾你了，繼續吧。以後這《晉書》恐怕也是要你來寫呢，呵呵。」

然後他和陳壽拜別，推門離去。陳壽送走了張華之後，坐回到憑几前，撫平紙張，呵了呵有些凍硬的筆尖，繼續寫道：「……亮進無所據，退軍還漢中。謖下獄物故，亮為之流涕。良死時年三十六，謖年三十九。」

寫到這裡，他忽然心有所感，不由得轉頭看了看窗外陰霾的天空；不知為什麼，整個人陷入了一種奇妙的沉思。

【附記】

關於街亭

街亭之戰發生於蜀漢建興六年、曹魏太和二年，戰役的大背景是諸葛亮第一次北伐中原。

當時蜀漢的戰略是以趙雲、鄧芝的佯攻部隊在箕谷吸引住曹真軍團，蜀軍的主力則在諸葛亮親自指揮下從祁山一線向魏國軍事力量薄弱的隴西地帶展開突襲，以此達到聲東擊西、出其不意的效果，力求在魏國做出反應之前占領整個隴西地帶。

從地圖上來看，東西走向的秦嶺和南北走向的隴山形成一個倒立的「丁」字，將隴西、漢中與關中三個地區彼此分割開來。隔離在魏國關中地區與隴西地區之間的是隴山山脈，如果曹魏要從關中向隴右派出增援，就勢必經過位於隴山中段的略陽，也就是街亭的所在地。從蜀軍的角度來說，也必須控制住街亭，才能確保魏軍增援部隊無法及時進入隴西戰場，從而爭取到時間清除掉魏軍在隴西的勢力。

《漢書．揚雄解嘲》云：「（隴山）響若坻頹。應劭曰：天水有大阪，名隴山，其旁有崩落者，聲聞數百里，故曰坻頹。又曰：其阪九回，上者七日乃越，上有清水四注。」稱隴山其阪九回，上者七日乃過，上有清水四注而下，足見隴山之險峻。以三國時代的技術、能力，大兵團不可能直接翻越，只能取道街亭，反證街亭位置之重要。

蜀軍對街亭給予了足夠的關注。諸葛亮自祁山進入戰場後，就將整個兵團分成了三部分：魏延、吳壹負責攻打上邽、冀城、西城，其任務是儘快平定隴西；馬謖、王平、高翔則被派往街亭及周邊，以防備魏軍的增援部隊威脅蜀軍側翼；諸葛亮則作為戰略總預備隊駐屯在西城附近。

任命馬謖為阻援軍團的統帥，這個人事決策在當時引起了很大的爭議。

《三國志．蜀書．馬謖傳》裡記「時有宿將魏延、吳壹等，論者皆言以為宜令為先鋒，而亮違眾拔謖，統大眾在前」，說明諸葛亮有意提拔這位親信，希望馬謖能藉此次機會立下實戰功績。但是可以想像，一線將領們對於這樣一位空降而來的指揮官必然是會心懷不滿的。

據洪亮吉、范文瀾等史地學家考證，確認街亭即在今天水秦安縣東北部。具體處所，如《秦州志》所述，即今日之龍山——「斷山，其山當略陽之街，截然中處，不與眾山聯屬，其下為連合川，即為馬謖覆軍處。乾隆十四年，知縣蔣允君嫌名不祥，改稱龍山」。

現今龍山腳下的隴城鎮即為當年的街亭。隴城鎮位於距秦安縣城東北四十多千米的一條寬兩千米、長五千米左右的川道沿岸開闊處。由於鎮西河谷中雄峙八方的龍山山高谷深，形勢險要，又有清水河擋道，關隴往來只能通過固關峽，翻越隴阪；沿馬鹿、龍山、隴城鎮一線行走，是由長安到天水唯一較坦蕩的路。當年馬謖的駐地海拔二百多米，方圓數千平方米，頂部能容萬人，形似農家的麥草堆；在距其西北約兩千米的薛李川中，曾發現過鑄有「蜀」字的弩機，現存甘肅省博物館。

當時蜀軍在街亭附近的具體部署是：馬謖、王平、李盛、張休、黃襲等人率約兩萬人封鎖關隴大道，高翔則率一支偏軍駐紮在街亭北方的列柳城，防止馬謖部側翼被襲。

關於兩位主帥馬謖與王平之間的矛盾，史書並無明文記載。但是馬謖作為丞相身邊的高級參謀兼親信、從來不曾參與過實戰的精英人士，一下子空降為老將王平的頂頭上司，難免會引起「性狹侵疑」（《三國志・蜀書・王平傳》）的王平的不滿，進而產生矛盾。從心理學角度來說，這種可能性很大。

對於蜀漢的進攻，曹魏在最初的震驚過去之後，立刻做出了反應，派遣右將軍張郃及五萬步騎前往增援。而張郃的部隊經過街亭的時候，恰好碰到了前來阻擊的馬謖。

關於街亭之戰，史書記載都十分簡略。《三國志・魏書・明帝紀》只說：「右將軍張郃擊亮於街亭，大破之。亮敗走，三郡平。」《三國志・魏書・張郃傳》：「（郃）遣督諸軍，拒亮將馬謖於街亭。謖依阻南山，不下據城。郃絕其汲道，擊，大破之。」《三國志．蜀書．諸葛亮傳》：「亮使馬謖督諸軍在前，與郃戰於街亭。謖違亮節度，舉動失宜，大為郃所破。」《馬謖傳》：「（謖）統大眾在前，與魏將張郃戰於街亭，為郃所破，士卒離散。」《王平傳》：「謖捨水上山，舉措煩擾，平連規諫謖，謖不能用，大敗於街亭。眾盡星散，惟平所領千人，鳴鼓自持，魏將張郃疑其伏兵，不往逼也。」《資治通鑑》所載材料不出前引內容。

綜合上面各項記載，可以整理出街亭之戰的大致脈絡：對於張郃大軍的出現，馬謖並沒有選擇依城死守，而是將部隊移往南山，也就是海拔二百米的麥積崖，進行防守。王平屢次進行規勸，但是馬謖並沒有聽從，結果被張郃切斷了水道，導致全軍崩潰。幸虧王平在後搖旗吶喊，張郃怕有埋伏而沒有深入追擊，蜀軍才免於被全殲的命運。

這裡就有幾個疑點。首先一點，馬謖「依阻南山，不下據城」的決策其實並不能說是完全錯誤的。街亭位於魏國縱深之地，本身又是小城，可以想象其規模和堅固程度並不適合固守，何況狹窄的關隴通道到了街亭這一段霍然變寬到兩千米左右，以馬謖的兵力，在這種寬闊地帶難以與張郃的五萬大軍相對抗。如果他不捨城上山，而是當道紮營，無險可守，很可能會輸得更慘。

《明帝紀》注引《魏書》：「是時朝臣未知計所出，帝曰：『亮阻山為固，今者自來，既合兵書致人之術；且亮貪三郡，知進而不知退，今因此時，破亮必也。』乃郃勒兵馬步騎五萬拒亮。」也就是說，張郃自洛陽開出的時間，與諸葛亮自祁山進入隴西的時間大致相當。洛陽距離街亭約七百千米，而祁山距街亭約四百千米；但是魏軍走的是境內的坦途大道，蜀軍則是在敵境之內，要花時間占領西城並確保該地區無殘餘的魏軍干擾補給線，然後方能繼續北進，所以張郃和馬謖抵達街亭的時間相差應該不會太久。換言之，馬謖未必有時間去構築堅固的防禦工事——而這對於堅守是絕對必要的。

於是可以想像，馬謖抵達街亭後數日之內，張郃的增援部隊就已經逼近街亭。馬謖認為沒有足夠的時間來構築工事，於是果斷決定全軍移往麥積崖——或者說他從一開始就預見到在街亭大道駐守的難度，直接將大營紮到了山上。

這並不意味著讓道於敵。即使馬謖在大道旁的山上紮營，張郃也不敢繼續朝隴西進軍，馬謖隨時可以切斷他的後路，並威脅他的側後翼。因此張郃唯一的選擇就是先消滅馬謖，然後再西進——但是馬謖駐守在麥積崖，有險可守，想消滅他絕非易事。也就是說，馬謖「依阻南山，不下據城」只是選擇了一個更容易防守的地點罷了，對於「阻援」的戰略目的並無什麼不利影響。

唯一的問題，就出在水源上，這個是馬謖失敗的關鍵。《張郃傳》說是「郃絕其汲道」，《王平傳》說是「謖捨水上山」，兩段記載略有些矛盾。

按照後者的說法，馬謖是捨棄水源而跑到山上去——很難想像身為軍事參謀這麼多年的馬謖會忽略水源問題。從隴山「上有清水四注」的地理特點來考慮，或許在其駐紮的高處或者不遠處存在著水源，因此馬謖才放心上山紮營。

本小說中就選取了這種可能性，歷史上真實情況如何則難以確證。無論是「捨水上山」還是山上本來就有汲水之道，總之在街亭戰役一開始的時候，這條水道就被張郃切斷了。張郃究竟是如何切斷的，以及馬謖為什麼對此沒考慮周全，無法從史書上查到。小說中我將其設計為王平與馬謖有矛盾，他非但沒有保護水源反而自己逃走，導致全軍覆沒。這是基於一種可能性的想像，沒有史料予以佐證。

總之，馬謖在街亭被擊敗了，張郃的大部隊進入了隴西地帶，對蜀軍形成了極大的威脅，而且關隴通道暢通之後，曹魏的後續部隊可以源源不斷地開進。蜀軍傾國之兵不過十萬，若形成消耗戰的局面就等於必敗；因此諸葛亮一得知街亭戰敗，便不得不下令全軍撤退，避免使隴西成為蜀軍的絞肉機。

蜀漢的第一次北伐就此落下帷幕。

關於馬謖的結局

馬謖的結局在《三國志》中的記載有些疑點。《諸葛亮傳》載「戮謖以謝眾」。《資治通鑒·卷七十一》云「（亮）收謖下獄，殺之……亮既誅馬謖及將軍李盛，奪將軍黃襲等兵」。這兩處記載與一般的看法相同，認為馬謖是因街亭之敗而為諸葛亮所殺。

而《馬謖傳》裡卻說「謖下獄物故」。有網友文章考證：《漢書·蘇武傳》載「前以降及物故，凡隨武還者九人」。注：「物故，謂死也。言其同於鬼物而故也。」王先謙補注引宋祁曰：「物，當從《南本》作歾，音沒。」

又引王念孫曰：「《釋名·釋喪制》：漢以來，謂死為物故。言其諸物皆就朽故也。」《史記·張丞相傳》《集解》：「物，無也；故，事也。言無所復能於事。按：宋說近之，物與歾同。」《說文》：「歾，終也。或作歿。歾、物聲近而字通。今吳人言『物』字，聲如『沒』，語有輕重耳。歾故猶言死亡。」可見這裡對「物故」的解釋就是死亡，囊括諸死因。

至今日本仍舊有「物故」一詞，特指去世，也是古漢語遺留下來的一點痕跡。

《三國志·蜀書·向朗傳》中卻寫道：「朗素與馬謖善，謖逃亡，朗知情不舉，亮恨之，免官還成都。」

也就是說，馬謖的結局光是在《三國志》中就有三種說法：處死、獄中死，以及逃亡。

不過仔細推敲來看，這三者並不矛盾。這三種說法也許是同一件事在不同階段的發展。馬謖可能是先企圖逃亡，被抓，然後被判處了死刑，並死在了監獄中。

從「朗知情不舉，亮恨之」這一點來看，馬謖逃亡的時間是在蜀軍從隴西撤退之後，而且他逃亡的目的並不是私下去找諸葛亮——也許他打算北投曹魏，或者準備直接南下成都找後主與蔣琬說情，不過這一點現在已經無法確知。總之馬謖非但沒有主動投案自首，反而繞過了諸葛亮企圖逃亡。

雖然有向朗幫忙，馬謖最後還是被抓住了。接下來就是諸葛亮的「戮謖以謝眾」。文中說是「謝眾」，但未必意味著公開處決。考慮到馬謖的身分，諸葛亮也許採用的是「獄中賜死」這類比較溫和的做法，然後將死亡結果公之於眾。

當然，也有另外一種可能：馬謖首先被公開判處了死刑，但是「判罪」和「行刑」兩步程序之間還有一段間隔的時間。就在這段間隔時間裡，馬謖因為疾病或者其他什麼原因「物故」。因此在法律程序和公文上他是「被戮」，而實際是因病「物故」（小說中就採用了這一種可能性）。

無論是病死還是賜死，根據前面考證，都可以被稱為「物故」。

關於費禕

吾友葉公諱開對於費禕其人有專題文章論斷，此處就不贅言，請參看《暗流洶湧——

也談費文偉》。小說中費禕的性格就是參考此文而成的。

關於費禕遇刺事件

《費禕傳》云：「（延熙）十六年歲首大會，魏降人郭循在坐。禕歡飲沉醉，為循手刃所害……」

費禕被刺是蜀國政壇的一件大事，它標誌著蜀國自諸葛亮死後所採取的防禦性國家戰略再起大變動，蜀國鷹派勢力抬頭。這件事單從《費禕傳》來看，只是一次偶發事件。但是如果和其他史料聯繫到一起，這起被刺事件就不那麼簡單了。

刺客郭循的履歷是這樣的。《魏氏春秋》說他「素有業行，著名西州」。《資治通鑒．嘉平四年》載「漢姜維寇西平，獲中郎將郭循」，就是說姜維進攻西平，雖然西平沒打下來，但抓獲了時任魏中郎將的郭循。後來郭循歸順蜀漢，官位做到左將軍。要知道，這可是馬超、吳壹、向朗曾經坐過的位置，足見蜀國對其殊遇之重，不亞於對待夏侯霸。

但是這個人並不是真心歸順，他終於還是刺殺了費禕。魏國得知以後，追封郭循為長樂鄉侯，使其子襲爵（《資治通鑒．嘉平五年》）。

這起刺殺事件仔細推究的話，疑點非常之多。就動機來說，這不可能是魏國朝廷策劃的陰謀。費禕是出了名的鴿派，他在任期間是蜀魏兩國最平靜的一段日子，幾乎沒發生過大規模的武裝衝突。魏國正樂享其成，不可能刺殺掉他而讓鷹派姜維上臺，自找麻煩。

這也不可能是私人恩怨，郭循跟費禕就算有仇，他也不是神仙，不可能算出姜維什麼時候會攻打西平，自己會不會被俘，被俘以後會被直接殺掉還是受到重用，等等。即使真的是因私人恩怨而欲刺殺費禕，郭循也不可能將整個計劃建築在這麼多偶然之上。

這兩個可能都排除，剩下的最有動機殺費禕的人，就是姜維。

姜維與費禕不和是眾所周知的，前者是主伐魏的鷹派，後者則是堅持保守戰略的鴿派。在費禕當政期間，「（姜維）每欲興軍大舉，費禕常裁制不從，與其兵不過萬人」，可以說姜維被費禕壓制得很慘。費禕死後，能夠獲得最大政治利益的，就是姜維。事實上也是如此，陳壽在《三國志．蜀書．姜維傳》裡很有深意地如此記錄道：「十六年春，禕卒。夏，維率數萬人出石營……」

短短一行字，使姜維迫不及待的欣喜心情昭然若揭，路人皆知。

換句話說，費禕的死，姜維是有著充分動機的。

而姜維究竟是個什麼樣的人呢？《姜維傳》裴注裡有載：「傅子曰：維為人好立功名，陰養死士，不修布衣之業。」就是說，姜維這個人對功名很執著，並不像《三國演義》裡描述的那樣是個愣頭青，反而很有城府，好「陰養死士」。而郭循在眾目睽睽的歲首大會上刺殺了費文偉，擺明了要拚個同歸於盡，不想活著回去，這是標準的死士作風。

再回過頭來仔細研究郭循的履歷，我們會發現，西平戰役的發動者是姜維，捉住郭循的是姜維，捉住不殺反而將其送回朝廷的還是姜維。換句話說，郭循看似是偶然被俘才入蜀的，實際上這些偶然是完全可以被姜維控制的——姜維有能力決定發動戰役的時間、地點，以及對俘虜的處置，這一連串偶然只有姜維能使其成必然。

這幾條證據綜合在一起推測，再加上動機的充分性，很難不叫人懷疑姜維在這起刺殺事件中是有重大干係的。

我們這些生活在後世的人，憑藉殘缺不全的史料尚且能推斷出姜維有殺人的動機和嫌疑，當時的蜀國肯定也有人會懷疑到他。但是在史書的記載中姜維是完全無辜的，和這事絲毫沒關係，這是為什麼呢？

《資治通鑒．嘉平四年》載有這樣一件事：「循欲刺漢主，不得親近，每因上壽，且拜且前，為左右所遏，事輒不果。」這一條記載很值得懷疑，因為如果真是郭循在上壽時想刺殺後主而「為左右所遏」，那他的意圖早在拜見後主前就會暴露出來，當時就應該被拿下治罪，怎麼可能還會放任他到蜀漢延熙十六年年初去參加歲初宴會並接近費禕呢？

更何況，刺殺蜀國後主對魏國來說是沒什麼好處可言的。那時候劉禪的兒子劉璿在蜀漢延熙元年（238年）就被冊封為太子，而且朝內並無立嗣之爭。

也就是說，劉禪的死不會導致蜀漢局勢混亂。一個魏國降人有什麼理由對蜀國後主痛恨到屢次企圖刺殺他的地步呢？

所以這一條記載不像是對郭循拜見後主的情景的描述，倒像是在刺殺事件發生後為了充分證明郭循「存心不良」而後加進去的補敘。這條補敘看起來似乎只是蜀漢群臣深入揭批郭循刺殺行徑的一份黑材料，但仔細推究便不難發現它大有深意。它給人一個暗示：「郭循原本是打算刺殺後主的，因為太難下手，所以不得不退而求其次，轉而刺殺後主的首席重臣費禕。」

只要蜀國相信那條記載是真實的，那姜維的嫌疑就可以澄清了——「我總沒動機殺我朝皇帝吧」，進一步推論，也許這條記載就出自姜維或者他授意的某位朝官。

最後要提的是郭循的身分。以郭循在魏國的地位和名望，他與姜維合作的可能性並不大。進入蜀國的郭循，也許只是姜維用一名死士做的替身罷了，而真正的郭循也許已經死於西平戰役。以姜維的地位，想要藏匿特定的敵人的屍體，以自己的親信代替，是輕而易舉的事情。

綜合上述種種跡象不難發現，整個刺殺事件的經過可能是這樣：最初是姜維拿獲或者殺掉了魏中郎將郭循，並拿自己豢養的死士冒了郭循的名字，公開宣稱俘獲了郭循；接著

「郭循」被押解到成都，在表示忠順後，以及姜維在一旁的推動下，取得蜀國信任，拜左將軍之位；然後在蜀漢延熙十六年年初大會上，策劃已久的郭循殺了費禕，完成了他死士的使命；姜維為了澄清自己的嫌疑，在事後授意近侍官員對皇帝劉禪說郭循腦後有反骨，好幾次想刺殺皇帝都被左右攔下了，以此來防止別人懷疑到自己身上。

雖然歷史資料只給出了殘缺不全的幾點，缺乏最直接的證據證明姜維與這起刺殺事件有什麼牽連，但從動機、能力、條件和其一貫作風中仍舊推測得出姜維與費禕之死有著千絲萬縷的關係。小說中就部分借用了這一種可能性。

關於虜瘡

虜瘡實際上就是我們今天所說的天花。葛洪《肘後備急方》中云「以建武中於南陽擊虜所得，仍呼為虜瘡」。東漢伏波將軍馬援征交趾（一說武陵蠻）之時，將士多被當地人傳染，班師回朝時，又將這種傳染病帶回了中原，號稱「虜瘡」。

所以文中馬謖得此病，應屬可能。

關於陳壽父子

《晉書‧陳壽傳》云：「壽父為馬謖參軍，謖為諸葛亮所誅，壽父亦坐被髡……」陳壽的父親既然為馬謖的參軍，應該也參加了街亭之戰，小說就據此而寫；不過陳父的名字於史無證，書中所寫「陳松」是編造出來的。

而《華陽國志‧陳壽傳》載：「兄子符，字長信，亦有文才……」提到他有個哥哥，但是名字也不詳，小說裡姑且將其稱為「陳德」。

按《晉書‧陳壽傳》，陳壽卒於晉元康七年（296年），據此回溯，他應該是生於蜀漢建興十一年（233年）。小說中馬謖在南鄭見到陳松是在建興六年，其兄陳德時年五歲，比陳壽大十歲，年齡上設定尚屬合理。

關於本文的最後說明

嚴格來說，這並非嚴謹的歷史小說，而是將不同歷史時間點的數種可能性連綴到一起的一種嘗試。這種可能性未必是史實，但確實有可能曾經發生過。

或者這樣說，史實的事件是固定的，但是事件彼此之間的內在聯繫存在著諸多可能。如果將正史視作A面，那麼隱藏其後的這些發生概率不一的「可能性聯繫」就屬於B面。

街亭的失敗是確定的，馬謖的逃亡是確定的，費禕的遇刺是確定的，這些都是屬於A面的正史。但是，在這些史實事件背後，有可能隱藏著聯繫：馬謖可能在街亭替王平背了黑鍋；費禕可能處心積慮地陷害了馬謖；姜維可能與馬謖合作刺殺了費禕……這個故事，其實就是對這種可能性的一次探討，所以我覺得稱這個小說為「可能的」歷史小說更為恰當。

寫作的時候特意選擇了比較西式的文字風格，也算是一種對三國的另類詮釋吧，請原諒我的惡趣味。

最後感謝葉公諱開、禽獸公諱大那顏兩位在寫作期間給予的史料、史學見解，以及創作技巧的支持。事實上我的靈感和對三國史的心得，全賴他們兩位平日的教誨。如果說這篇小說有什麼成功之處的話，那全因我站在他們二人肩上的緣故——當然，這是A面的說法，從另一個歷史角度來說，我將他們二人踩在了腳下……

白帝城之夜

劉備應該不會改變立嗣的心意，但躺在永安的他已經病入膏肓，動彈不得。白帝城的神祕沉默，或許是某些人為了隔絕天子與外界聯繫而豎起的帷幕，而諸葛亮和李嚴匆匆趕到白帝城後再無消息傳回，說不定也已身陷彀中。

劉禪密令

楊洪用兩根指頭從木製魚筒裡拈出一根竹籤，這暗青色的竹籤頂端被削成了尖銳的劍形，看上去陰沉肅殺，如同一把真正的利劍。他略抬手肘，把它輕輕地拋了出去。

竹籤劃過一道弧線，跌落在鋪滿黃沙的地面上。不遠處的劊子手大喝一聲，雙手緊握寬刃大刀猛然下揮。鐵刃輕易切開血肉，砍斷頸骨，把整個頭顱從一具高大的身軀上斬下來。那個頭顱在地上打了幾個滾，滾到了楊洪的腳邊。死者的眼睛仍舊圓睜著，滿是不甘和憤懣，與楊洪漠然的雙眸對視，形成鮮明對比。

楊洪喟歎一聲，把視線從地上移開。旁邊的數名軍士一齊大聲喊道：「正身驗明，反賊黃元伏誅！」聲音響徹整個校場。這時一名小吏不失時機地遞來監斬狀，楊洪抬手在上面簽下自己的名字，想了想，又加了一個名字：馬承。

這時有人殷勤地端來一只銅盆，裡面盛著清水和幾片桃葉。蜀中習俗，見血之後要用清水洗手，桃葉的清香可以遮掩氣味，不然會被死魂循著血腥味來索命。楊洪從來不信這些，但也沒特殊的理由去反對。

他一邊洗著手，一邊抬頭望天。今日的成都天空陰霾密佈，大團大團鉛灰色的陰雲聚集在城頭，一絲風也沒有。這樣的天氣不會下雨，卻極易起霧。一旦大霧籠罩，整個城市都會變得白茫茫一片，什麼都看不清，讓人心浮氣躁。

「真是個應景的好天氣啊。」楊洪暗自感慨道。

自從前將軍關羽在荊州敗亡之後，這天下的局勢一下子變得比蜀道還要蜿蜒曲折。先是曹丕篡漢，然後是漢中王稱帝。就在大家猜測新的天子會不會討伐曹魏偽帝時，他卻率先與孫吳開戰，打出了為關將軍報仇的旗號。去年，也就是蜀漢章武二年（222年）的六月，夷陵一戰，漢軍被陸遜打得一敗塗地，天子一路敗退到白帝城才停住腳。

這個局勢很糟糕，但更糟糕的還在後頭。去年年底，就在漢孫兩家好不容易重開和談時，白帝城突然傳出了天子病重的消息。這下子，整個益州都震惶不安起來。無論是入蜀的中原勛貴還是新附的土著仕人，都開始在心裡盤算起這個新興朝廷的前途。

到了今年二月，丞相諸葛亮和輔漢將軍李嚴突然離開成都，匆匆趕往白帝城，這讓天子駕崩的謠言塵囂日上，不穩情勢一下子達到了高潮。

眼前這個死者名叫黃元，本是漢嘉太守。他在去年年底聽說天子病篤後，立刻閉城不出，拒絕接收來自成都的任何指示。當他所痛恨的諸葛亮離開成都以後，黃元立刻起兵叛亂，大舉進攻臨邛。可黃元沒料到的是，諸葛亮在出發之前已經留下了對付他的人。

這個人就是楊洪。

楊洪的籍貫是犍為武陽，土生土長的益州人。他門第低微，才幹卻十分出眾，從諸郡小吏紮紮實實地幹起，沉穩鎮定，逐漸得到諸葛亮的賞識，如今已貴為益州治中從事、丞相幕僚。

黃元進攻臨邛的消息傳到成都以後，楊洪立刻按照諸葛亮的佈置調動兵馬，進行平叛。他除了調動成都陳曶、鄭綽等部以外，還特意去拜訪了太子劉禪，請求調撥太子府栩衛校尉馬承及麾下百名甲士以助軍勢。

馬承只是個二十出頭的年輕人，但他有個聞名遐邇的父親——驃騎將軍，領涼州牧，進封斄鄉侯的馬超。馬超已於前一年病逝，馬承繼承了斄鄉侯的頭銜，在太子府負責宿衛。

黃元沒料到成都的反應如此迅捷，更沒想到連馬超之子也親自上陣，他毫無心理準備，一戰即敗。叛亂轉瞬即被鎮壓，黃元也被抓到成都處斬，露布諸郡。只要平叛露布上出現馬承的名字，所有人就會聯想到他背後的太子府和關西名門馬氏，進而明白那位年僅十七歲的太子對蜀中擁有著強大的控制力，收起小覷之心。

想到這裡，楊洪唇邊露出一絲不易察覺的微笑。殺的是黃元這只蠢雞，儆的是那些心思動搖的諸郡長官和朝廷中的某些人，還順便賣了一份人情給太子。諸葛丞相果然是算無遺策。

在刑場上，無頭的屍身仍舊保持著跪姿，鮮血從脖腔中噴湧而出，潑灑在地，洇成大片大片的暗紅顏色，好似一隻看不見的手在黃沙上勾勒著蜀中山川地理圖。

楊洪正要轉身離開，忽然旁邊一個聲音響起：「楊從事，請留步。」楊洪回頭一看，發現居然是馬承。

馬承是個標準的關西武人，臉盤狹長，眼窩深陷，和他的父親一樣鼻頭高聳尖挑，頗有羌人風範。拜楊洪所賜，他在黃元之亂裡拿了不少功勞，於是他對這位治中從事態度頗為恭敬。

「馬君侯，你剛剛回城，怎麼不去歇息片刻？」楊洪問道。馬承雖然只是太子府的栩衛校尉，但他還有個檠鄉侯的頭銜。楊洪這麼說，是表達對馬氏的尊敬。

馬承上前一步，低聲道：「楊從事，太子宣你去府上，問詢黃元之事。」

楊洪皺了皺眉，平定黃元的詳細過程他早寫成了書狀，分別給白帝城、成都衙署與太子府送去了，為什麼太子還要特意召見他呢？楊洪觀察著馬承的表情，忽然意識到，這恐怕只是個藉口，太子找他大概是有別的事情，只是不方便宣之於口。

「好的，我明白了，請馬校尉在前頭帶路吧。」楊洪露出微笑，這讓馬承長長舒了一口氣。

太子府坐落在成都城正中偏西的位置，緊挨著皇宮，原本是劉璋用來接待貴客的迎賓館驛。劉備登基以後，庫帑空虛，光是修建新的皇宮就耗去了不少錢糧，所以太子府沒怎麼好好改建，只是刷了一層新漆，整體還是顯舊。

好在劉禪對這些事並不在意，他還贏得了「儉樸」「純孝」之類的好評。

此時這位大漢太子正跪坐在正廳上首，膝上蓋著一條蜀錦薄毯，年輕而略顯肥胖的臉頰黯淡無光，似乎內心有著許多憂思。楊洪則不緊不慢地彙報著自己的工作：「殿下，臣剛剛監斬了黃元，首級已交由軍中處置。一俟傳首各地，諸郡必不敢再有輕動，成都穩若泰山。」

「嗯，你做得很好。」劉禪心不在焉地褒獎了一句，眼神有些疲憊。

楊洪注意到，他的眼瞼隱隱透著青黑之氣，昨天晚上定然是沒有安睡。

劉禪又隨便問了幾句無關緊要的話，楊洪一一作答，氣氛很快陷入無話可說的窘境。劉禪抓著毯邊猶豫片刻，忽然身體前傾，特別認真地說道：「楊從事，你是忠臣。現在在這個城裡，本王能信任的人只有你了。」

楊洪低下頭，沒有回話。這位太子跟臣下說話時沒什麼架子，有時候甚至帶著濃厚的討好味道，但這句話說得實在有欠考慮，倘若流傳出去，豈不是在說成都的文武百官都是太子猜疑的對象？你讓費禕、董允、霍弋、羅憲那些太子舍人怎麼想呢？

劉禪大概也意識到自己失言了，尷尬一笑，改口道：「本王最信任的人，就是你了。」

楊洪躬了躬身子，簡單地表示榮幸。他何等聰明，可不認為劉禪突然紆尊降貴地奉承他，僅僅是因為平叛時賣出的人情。以楊洪謹慎的性格，在搞清楚境況之前，他絕不會輕易表達意見。

劉禪沒得到想像中的回應，有些失望。他做了個手勢，守護在旁邊的馬承知趣地走出去，把整個正廳留給他們兩個人。

「丞相離開成都，已經快兩個月了吧？」劉禪沒頭沒腦地問了個問題。

「丞相是二月初三離開成都的，二月二十日抵達永安。」楊洪回答。

劉禪雙眼飄向殿外，肥胖的指頭敲擊著几案。「今天是四月初三……算來正好兩個月了。本來丞相每隔五日便會發來一封書信，詳述父皇病情。可從十五日前開始，本王就再也沒收到過丞相哪怕一個字。父皇身體如何、吳賊是否西向，本王全然不知，心中難免有些慌亂……」

楊洪寬慰道：「也許是蜀道艱險，驛馳略有延滯。」

劉禪陡然提高了聲音：「不只是本王，成都的掾曹府署也碰到了同樣的事情。三月下旬以來，白帝城沒有向外發出一封公文。而從成都發往白帝城的公文，在永安縣界就被截下，信使甚至不能進城。」他的眼睛鼓了鼓，焦慮地把手指攥緊。「季休啊，你該知道這有多嚴重。」

楊洪剛剛押著黃元從臨邛歸來，還沒回署，不清楚居然發生了這麼大的事情。他的雙眉不自覺地擰在了一起，如果劉禪說的是真的，這可就太蹊蹺了。

益州如今保持著穩定，全因為天子一息尚存之故，如果中外消息斷絕，人心浮動，會有更多的黃元冒出來。

白帝城裡不光是天子，還有諸葛丞相和李嚴將軍，這幾位巨頭齊聚，怎麼會讓這樣的事情發生？在那個突然陷入沉默的白帝城裡，到底發生了些什麼？

「肯定不會是吳軍進襲。」楊洪先否定了這個可能性。如果是吳軍突然襲擊，即使是最糟糕的狀況，也該有敗兵逃入蜀中。「……也不可能是天子駕崩，否則殿下該是第一個知道的人。」楊洪否定了第二種可能性。

聽到楊洪的話，劉禪臉上浮現出一絲苦笑。他遲疑片刻，緩緩開口道：「其實，也不是一點消息沒有……數天之前，本王聽到了一則流言，說我父皇臨終前托孤給諸葛丞相。」

「天子識人明斷，諸葛丞相又是天下奇才，天子托孤於彼，此殿下之福分。」

劉禪眼神很奇怪。「那你可知道，流言裡父皇對諸葛丞相說了什麼？」

他挺直胸膛，清了清嗓子，朗聲道，「君才十倍曹丕，必能安國，終定大事。若嗣子可輔，輔之；如其不才，君可自取。」

饒是楊洪鎮定過人，聽到這話嘴角也不由得抽搐了一下。他眼神一閃，毫不客氣地駁斥道：「這簡直荒謬絕倫，以天子之明、丞相之賢，豈會說出這等話來？」

劉禪縮了縮脖子，嘟囔道：「我也覺得荒唐……」他的表情卻暴露出真正的想法。

楊洪抬起頭來，語氣嚴厲：「殿下，此危急存亡之秋，豈能讓譫語竄於都城？以臣之見，應使有司徹查流言源頭，不可姑息！」

這流言竟把諸葛丞相與王莽等同起來，用意之刻毒，令人心驚。楊洪是丞相幕僚，若不對這種危險言論予以迎頭痛擊，儘快消除劉禪的疑惑，日久必生大患。

劉禪疲憊地擺了擺手，示意楊洪少安毋躁。「諸葛丞相的忠誠，無可指摘。只是白帝城之事一日不得廓清，流言便無從根除，還是要先搞清楚那邊的事情才好啊——」說到這裡，他深吸了一口氣，兩道細眉不經意地抖了抖。「——白帝城孤懸在外，鄰近兵鋒，什麼兇險都有可能發生。本王的親族除了父皇之外，還有魯王和梁王在那裡，他們年紀還小，實在掛心。」

楊洪聽到這一句，心中這才恍悟。劉禪雖然稚嫩，在這方面的心思卻並不笨拙。他拐彎抹角地轉了這麼多圈子，終於把自己的意圖表達出來了。

劉禪真正擔心的，根本不是諸葛丞相，而是魯王劉永和梁王劉理。

魯王和梁王是天子的次子與三子，劉禪同父異母的庶出兄弟，今年一個十一歲，一個十歲。他們的母親皆是川中大族女子，是劉備入川時所納。

自古的規矩從來都是立長不立賢，立嫡不立庶。劉禪是嫡長子，又是欽定的太子。如不出什麼大意外，他的地位安如泰山，魯、梁二王根本毫無威脅。

如果不出大意外……但現在白帝城的狀況對劉禪來說，足可以被稱為「大意外」了。劉備應該不會改變立嗣的心意，但躺在永安的他已經病入膏肓，動彈不得。白帝城的神祕沉默，或許是某些人為了隔絕天子與外界聯繫而豎起的帷幕，而諸葛亮和李嚴匆匆趕到白帝城後再無消息傳回，說不定也已身陷彀中。

魯、梁二王不過是小孩子，沒這樣的手段，可他們背後還站著許多益州大族。劉備入川以後，中原、荊州兩系人馬霸佔了朝廷要津，益州備受擠壓，許多人都心生不滿。如果有機會，保不準會有野心家鋌而走險，把天子控制住，矯詔易嗣奪取帝位——比如李嚴，他雖然籍貫在南陽，卻是地地道道的益州人。

要知道，劉備新得益州，根基不穩，近幾年來關羽、張飛、黃忠、馬超、龐統、孫乾、糜竺、劉巴、馬良等一批心腹去世，中原、荊州出身的元老們凋零不堪，正是朝廷最虛弱的時候。身在白帝城的李嚴若有異心，囚禁天子和諸葛亮，未必不可成事。

想通了此節，楊洪不由得冷汗涔涔，背後一陣冰涼。他雖然是益州人，卻是寒門出身，被諸葛亮一手提攜上來，跟那些豪族根本不是一路。倘若他們當權，自己恐怕連容身之地都沒有了。

看到楊洪的眼神發生了改變，劉禪知道他的目的達到了，微微露出討好的笑意。「楊從事討伐黃元有功，本王想派你去白帝城親自稟報父皇。兵威可沖煞，捷報能辟邪，這份喜報可以祛除父皇沉屙也說不定。」

「臣出身窮州寒地，才學駑鈍，恐怕有負殿下所托。」楊洪刻意提醒了一句。他的籍貫是犍為武陽，地道的益州人，原本也該是劉禪需要提防的對象。

「本王剛才已經說過了，成都城裡我最信任的就是你，就像信任諸葛丞相一樣。」劉禪緩緩說道，把眼睛瞪得更大，真誠地望著楊洪。

楊洪是益州本地人，與太子平素沒有來往，他前往白帝城不會引起別人懷疑。如果是一名太子舍人出現在白帝城，劉禪的意圖一下子就會暴露。這其實還有更深的一層意思：楊洪曾經是李嚴的下屬，但兩人鬧得很不愉快，楊洪甚至憤而辭職，如果李嚴是這次白帝城沉默的主謀，那麼劉禪至少不用擔心楊洪會跟他沆瀣一氣。

楊洪看了劉禪一眼，看來這位太子對這個安排是動過了心思的。在權力面前，即使是再平庸的人，也會變得敏銳起來。

劉禪追問道：「楊從事可願意為本王跑這一趟？」楊洪略微不安地轉動身體，這個差事可不容易做，可他沒的選擇——既然投了諸葛亮，而諸葛亮支持劉禪，那他就只能在這條路上走下去。

「臣即日動身。」楊洪伏地叩頭。劉禪的臉色好看了一些。作為太子，他馭使一名治中從事都要花這麼大的力氣，實在是有些可憐。

「除了傳捷，殿下可還有什麼囑託？」楊洪想知道劉禪希望他做到什麼程度。他無兵無權，單騎入城，想赤手空拳去挫敗一場陰謀是不可能的。

劉禪略做思忖便答道：「只要帶上眼睛和耳朵就夠了，本王只想知道白帝城為何沉默至今，其他的事不必勉強。」劉禪說到這裡的時候，臉色罕有地閃過一絲厲色，稍現即逝。

「謹遵殿下吩咐。」

「我讓馬承陪你去，他可以保護你。」劉禪說完，揮了揮袖子，又露出一個靦腆的笑容，「這可不是什麼監視。」

「您還不如不補充。」楊洪在心裡想道，有點哭笑不得。

談話結束以後，楊洪離開正廳，馬承正守在門口。楊洪把白帝城的情況說了一遍，馬承卻沒有發表任何評論，只說他去負責準備馬匹。楊洪知道馬承的難處，關西馬家曾經顯赫一時，可如今人丁寥落，在蜀中的只有馬承和他的族叔馬岱，夾在中原、荊州與益州幾派之間，地位尷尬。所以馬承言行非常謹慎，甚至有些過分木訥。他唯一的生存之道是為劉禪盡忠，以便為馬家未來在蜀中的地位求得一個機會。

於是楊洪也不多說什麼，先回家稍事準備。一個時辰不到，馬承已經找上門來，說馬匹和行李都已備好，甚至連沿途要用到的通關文書都從衙署裡開具妥當，手腳麻利得很。

馬承挑選的馬不是西涼駿騎，而是匹個頭矮小的蜀馬。這種馬跑得不快，但適用於狹窄險峻的山路。楊洪叮囑了家人幾句，然後和馬承騎上馬，帶上使節旌旄，離開成都。

他們沿著官道一口氣走了十幾里路，霧氣慢慢升騰起來，周圍的一切像是被罩上了一層蜀錦，迷茫而不可見，道上的行人也越來越少，終於只剩他們兩個人。他們不得不放慢了速度，在白霧中緩慢地穿行，以免跌落懸崖。

楊洪忽然挽住韁繩，側過臉去對馬承說道：「關於這次的使命，你想聽聽我的意見嗎？」馬承愕然望向楊洪，似乎對這個問題全無心理準備。楊洪抓住馬鞭，指向被霧氣吞噬了盡頭的官道說：「無論我們多麼努力，最終也是一無所獲。」

白帝城困局

從成都到白帝城並非一條坦途。楊洪與馬承先取道江州，然後坐船沿江水順流而下，到了瞿塘峽棄舟登岸。一路辛苦自不必說，他們終於在十天之後抵達了永安縣。

永安本名魚復，天子敗退到此之後，不再後退，將其改名為永安，寄寓不言而喻。它的縣治所叫白帝城，相傳是新莽之時公孫述所築。

當時公孫述聽說這裡有一口白鶴井，常有龍氣繚繞。他以為這是化龍登基之兆，遂自稱白帝，建起一座城池，名之曰白帝城。

楊洪一路上把這些掌故說給馬承聽，還順便給這個西北漢子簡要分析了一下形勝之說。永安緊扼瞿塘峽口，為長江鎖鑰，地勢極為險峻。而白帝城就設在江北伸入江心的長灘之上，背倚峽壁，獨據江中，三面臨水。只要天子選擇在白帝城據守，吳軍便無法溯江逆流進入蜀中——這就是為什麼劉備敗退到此便不能再退了，再退就等於把蜀地的門戶交與他人之手，國亡在即。

劉備伐吳本是一意孤行，如今大敗虧輸，他無顏回成都。天子在白帝城守國門，一是形勢所迫，二來也未嘗不是愧疚贖罪之舉。

「老子有云，治大國若烹小鮮，誠哉斯言。」楊洪說到這裡，不由得發出感慨。

「這是說治國容易還是難？」馬承讀書不多，在馬上露出不解的神色。

楊洪笑道：「馬君侯長在北地，不知這烹魚是個精細活，剖髒去鱗，火候、調料稍有疏失這魚就煮爛了。治國也是如此，不急不躁，張弛有度，不可隨興肆意，讓百姓無所適從。《毛詩》裡說：烹魚煩則碎，治民煩則散。知烹魚則知治民，就是這個道理。」

馬承「哦」了一聲，隨即沉默下去。這個話題再說下去，難免要涉及對天子的評價，他謹守父親臨終前的囑託，莫談國事。

楊洪知道他的心思，也不強求，把注意力放在前面的路上。這裡已經接近永安縣境，距離他們的終點不遠了。

前方的窄路忽然出現一處哨卡，一架木製拒馬將道路牢牢鎖住，幾名士兵手持環首刀站在旁邊。楊洪注意到，這些守兵的褐皮頭盔上都盤著一圈白旄，頗為醒目，遠遠就能望見。白旄是用白犛牛毛編成的辮帶，這種東西只有青羌出產。在楊洪的印象裡，益州軍中只有天子近衛才有這樣的裝飾——可天子近衛難道不該是守在永安宮前嗎，怎麼跑到邊境來守哨卡了？

楊洪心中帶著疑惑，驅馬上前。一名白旄兵舉手攔住了他，面無表情地說：「如身攜文書，請拿出來放在這裡，我們自會轉交城中。你們即刻回轉，不得停留。」

楊洪明白為何白帝城陷入沉默了，這個哨卡就像是一個篩子，把信使攔回去，只篩出文書送進城去。

這時馬承掏出象徵著自己的爵位的銀烏符節：「我是斄鄉侯馬承，這位是益州治中從事楊洪，我們要去覲見陛下，通報軍情。」

白毦兵聽到這兩個頭銜，眉毛只是略微抖動一下，卻沒有什麼敬畏的神色。他們都是天子侍衛，見慣了大人物，這兩個身分唬不住他們。「我們接到的命令是，任何人不得進入永安縣境內。」

「即使有緊急軍情也不行？」馬承不滿地反問道。

「我們可以轉達。」

「如果是秘情呢？你確定你有資格與聞？」楊洪瞇起眼睛，語帶威脅。白毦兵道：「你們可以準備公函密封、膠泥鎖牘，我們會直接送進宮去，不會有洩露的危險。」

「如果那樣可以，我們就不必親自來了。」楊洪邁上前一步，雙眼咄咄逼人，「一名侯爺和一位從事親自趕過來，你該知道這件事有多重要。」

楊洪的態度讓白毦兵有些遲疑，但他們到底是天子近衛，不會那麼輕易鬆口。白毦兵把隊長叫過來，兩人低聲商議了一陣，白毦兵行了個軍禮，轉身跑步離開，隊長代替他走過來，拱手道：「兩位稍等，我已派人去請示上頭了。」

馬承有些不滿，但對方禮數周全，又挑不出什麼錯，只得悻悻下馬。

楊洪倒沒什麼架子，跟隊長嘻嘻哈哈地聊著天，很快就混熟了。話題很快就轉到猇亭、夷陵之敗，隊長搖頭歎息說，當初兵敗之後，吳兵一路猛追，蜀兵跑了個漫山遍野，根本組織不起抵抗。

「那時候，亂得一塌糊塗。天子全靠我們幾百名白毦兵持矛抵抗，這才在白帝城穩住陣腳。那些吳兵以為咱們都嚇破了膽，根本不加防備，就這麼沿著江邊道衝過來，卻不防我們一矛一個，扎了個透！屍體直接扔江裡漂走，順流直下，嘿嘿，把吳人都嚇得不敢前進。」

隊長說到這裡，得意之情溢於言表。他的話裡不乏吹牛的成分，楊洪卻沒點破，反而順著恭維幾句，把隊長捧得大為高興。看到時機差不多，楊洪裝作不經意地問道：「你們既然是近衛，怎麼給派到邊境來了呢？而且這還是不靠吳一端的防線，而是靠益州一側。」

隊長抓了抓頭，表示這是上頭的命令，自己也不清楚。如今所有的白毦兵都被打散，佈置在永安縣四周，說是為了防止賊人進入。不過明眼人都看得出來，把堂堂近衛白毦兵撒出去佈防，這是殺雞用牛刀。而且若是宮中有事，沒個半天時間他們都無法聚合。

「拳頭捏不到一起，這支天子親衛算是廢了，到底是誰安排的？實在是有點居心叵測。」楊洪心想，連忙又問如今在永安城中擔任宿衛的是誰。隊長說是陳到將軍，如今白帝城裡裡外外的防衛工作，都是他來負責。

楊洪聽到這個名字，疑惑更為濃厚了。陳到是劉備的親隨，從豫州那會兒就一直忠心耿耿地跟隨，由他負責宿衛倒也沒什麼問題。可楊洪總覺得味道有些不對，這不是什麼基於事實的判斷，而是一種直覺。

「就是說，信使不許進城的命令，是陳到將軍下達的嘍？」

「是的，我們被分散調配到此，也是陳到將軍簽發的。」

「奇怪……他到底想做什麼……」楊洪正在疑惑，忽然看到剛才那白毦兵跑回來了。他跑得上氣不接下氣，隊長趕緊給他遞了一碗水，他一飲而盡，這才喘息著對楊、馬二人道：「上頭有指示，允許你們兩位入城覲見，不過……」

「不過什麼？」

「進城以後，不允許離開。」

楊洪和馬承對視一眼，表情都有些凝固。這就等於把他們兩個當成活的案牘公文，只許送進去，不許送出來。

「這個命令是陳到將軍下的？」楊洪問。

「是……」白毦兵被他的眼神盯得有點害怕。

楊洪眼神一凜，沒再逼問。隊長吩咐把拒馬搬開，讓出一條道路，放他們進去。

楊洪和馬承重新上馬，慢慢朝前走去。永安縣境內的民居與附近的樹木已經被拆除砍伐一空，這是為了避免被攻城的吳軍利用，老百姓不是逃走就是被逼入城。所以他們放眼望去，沿途處處斷壁殘垣，竟無一絲生活氣息，也沒一個人影，安靜異常。

他們沿著江邊徐行數里，終於看到遠處白帝城的輪廓。此時正值清晨，江面上升起一片慘白色的蒼茫霧氣，好似一隻無形大手正在把整個城池用裹屍布包起來準備下葬。

就在兩人即將入城之時，楊洪忽然對馬承說道：「馬兄，在進城之前我想與你談談。」

「談什麼？」馬承有些意外。

「老君侯生前在益州，其實日子過得很不如意吧？」楊洪平靜地問道。

馬承不明白楊洪為什麼突然提到自己的父親馬超，而且還用如此不客氣的語氣。他略帶不滿地回答：「我父親深荷天子大恩，君臣相知，如魚得水。」

楊洪自嘲地笑了笑：「既然馬兄這麼不坦誠，就當我沒說，咱們進城吧。」

楊洪這麼一說，馬承反而疑惑起來。他連忙拽住楊洪衣袖，歉然道：「季休，你別這樣。我父親他……他確實是鬱鬱而終——大仇未報，人之常情啊。」

馬超全族幾乎都死在曹操和張魯手裡，投奔益州以後一直矢志北上報仇，這是人人都知道的事。聽到馬承這麼說，楊洪只是笑了笑，反問道：「彭羕之事，莫非老君侯全不放在心上？」

馬承聞言，肩膀一顫。彭羕是益州的一位狂士，前幾年專程去拜訪馬超，勸誘他造反，結果被馬超反身告發，下獄誅死。這件事處理得很乾淨，馬超的地位絲毫沒受影響，可現在看馬承的反應，應該沒那麼簡單。

「彭羕死後，父親日夜吁歎，身體垮得很厲害。我曾問他，彭羕之事已跟朝廷說清楚了，為何還如此憂慮。父親什麼也沒說，只是叮囑我以後要慎言慎行。」馬承答道。

楊洪明白馬承的言外之意，也明白馬超到底在憂慮些什麼。彭羕雖死，可大家不免都有疑問——為何彭羕不去找別人，偏偏要找你馬超呢？要知道，馬超原來可是關西梟雄，若不是孤身入蜀，本該是與劉備平起平坐的諸侯。

劉備對馬超雖厚加封賞，提防之心卻從不曾消退，此事一發，猜疑更重。馬超在益州全無根基，本就是仰人鼻息，彭羕事件以後，他行事更是如履薄冰。

馬超的去世，恐怕與他的抑鬱之心大有關係。

「所以你才如此沉默寡言，為免走老君侯的覆轍？」楊洪說得毫不委婉。

「是的……」馬承認輸般地鬆弛肩膀，歎了口氣，算是承認了。他的謹慎和他父親臨終前的心境有著直接關係。他是馬家唯一的骨血，想要在益州生存下去，只能儘量小心。

「這正是我所擔心的……」楊洪道，「從現在開始，你需要做一個抉擇。」

「為什麼？」

「你還記得那個天子托孤給諸葛丞相的流言嗎？若嗣子可輔，輔之；如其不才，君可自取。」

「這跟我的抉擇有什麼關係？」馬承還是不明白。

楊洪朝白帝城的高大城牆看了一眼，表情有些異樣。「乍一聽，這句話是天子欲行禪讓之事，但其實諸葛丞相不可能代劉而起，所以這句話真正的重點，是落在『如其不才』四字上，也就是說，天子對太子是有不滿的。」

馬承的表情登時僵住了。

「既然諸葛丞相不可能代漢，而天子又覺嗣子不才，那麼君可自取，取的是什麼？當然不會是取益州。所以這句話潛藏的意思，是讓諸葛丞相另外找一位子嗣來取代。」

馬承一下子想到了魯王和梁王。看來劉禪聽到這流言，很快就讀懂了其寓意，這才心急火燎地把他們派到白帝城來。

「可這只是流言，真偽莫辨。」馬承的嗓子有些發乾。

「我原來也這麼覺得，可白帝城的奇怪狀況你也看到了，先是單向封城，然後天子親衛居然被分散佈置，宿衛卻換了陳到所部。種種跡象，莫名詭異。」

「你是說陳到有問題？」

楊洪苦笑著搖搖頭說：「這絕不是陳到一個人能做到的，他一定是得了什麼人的授意。你想想，可能是誰散佈的這種更易嗣子的流言？是誰在封鎖白帝城天子的病情？又是誰把天子宿衛全都換掉的？」

「有人要矯詔篡位。」馬承差點大聲脫口而出，旋即意識到不妥，改為小聲。

「這就是為什麼在進城前我要與你談談。」楊洪的臉色變得嚴肅，「我們代表的是太子殿下，進城以後，處境可能會非常艱難。你如果還保持著從前那種謹小慎微的曖昧作風，就只有死路一條。」

「何至於此，何至於此……」馬承囁嚅道，汗水從額頭細密地沁出來。

「就至於此！關乎帝位，誰都不會手軟。我們既然選擇了太子，就只能豪賭一把，一條路走到黑，毫不猶豫地擺明立場，容不得一點曖昧和猶豫。若是敗了，難免身死；若是勝了，從此一片坦途。你們馬氏便可擺脫危懼之局，挺起胸膛了。」

楊洪語氣嚴厲，眼神如同兩柄長戟，直直刺向馬承的內心。馬承怔怔地盯了楊洪一會兒，終於抱拳一拱道：「聽憑季休做主，在下唯君馬首是瞻。」

楊洪鬆了一口氣，他即將面對一個異常艱難的局面，可不想唯一的同伴有所動搖。這個時候需要的是決斷、執著、敏銳，以及可以放心託付後背的戰友。

兩人剛談完，白帝城的城門忽然開始緩緩開啟，最後露出一個黑漆漆的城門樓，有如巨獸的口器。一名頭戴鐵盔的衛兵走了出來，他的盔頂兩側垂下紅色的垂旄，看來是陳到的部下。白毦兵說得果然不錯，他們連進白帝城的資格都沒有了。

衛兵查驗了兩人的身分後，要他們下馬，牽著坐騎往城裡走去。白帝城本身是一座要塞式的城池，範圍並不大，常住居民也不多，城中街道狹窄曲折，兩側都是魚鱗式的倉庫與磚堡，層疊相倚，逼仄不堪。楊洪伸長脖子，發現只能勉強看清頭上的一線天空。馬承告訴楊洪，這是為了防止敵人在巷戰時展開兵力而設計的，一夫當關，萬夫莫開。楊洪「哦」了一聲，眼神閃爍。

衛兵帶著兩人轉來轉去，最後將他們帶到一處衙署模樣的地方，讓他們進去。楊洪卻站在原地不動，說這次來是要覲見陛下的，軍情緊急，耽擱不得。

「陛下病重，不能視事。」衛兵面無表情地回答。

「那麼我們要見諸葛丞相。」楊洪堅持道。

「諸葛丞相正在永安宮議事，不允許外人進入。請兩位暫時在此安歇，隨時聽候召見。」衛兵的口氣很大，楊洪和馬承的身分對他來說毫無影響。

馬承面色一沉，正要發作，楊洪卻示意他少安毋躁，向衛兵問道：「那麼李嚴將軍呢？」

「同樣在宮中議事。」

「宮中還有誰？」

「此等大事，自然只得諸葛丞相和李將軍與聞。」衛兵回答。

「也就是說，他們暫時都無法見到嘍？」

「沒錯，至於何時離宮，在下不知道。」衛兵警惕地封死了所有的可能性。

「很好，很好。」楊洪似笑非笑，「既然如此，那我們先拜訪一下別人也不妨事了。」

說完他就要往外邁，衛兵這才覺得有些不妙，連忙伸手阻攔。楊洪眼睛一瞪，厲聲喝道：「滾開！陳將軍只說不允許我們離開白帝城，可沒說我等在城內也要被禁足！我等也是朝廷官員，又不曾作奸犯科，連這點自由都沒有了？」

「吳兵未退，城內戒備，無關人等不得擅走。」衛兵有些狼狽地解釋道。

「你是說我和馬君侯有細作嫌疑嘍？你敢當著諸葛丞相、李將軍和陳將軍的面再說一遍嗎？」

衛兵被楊洪的氣勢壓倒，往後退了幾步。楊洪趁機邁出門去，馬承連忙緊隨而出，擋在衛兵面前。衛兵結結巴巴地說道：「至少您得告訴我去哪裡。」

楊洪從懷裡掏出一封密封的信函，晃了晃上頭的大印說：「這是太子府發出的信函，是太子送給兩位兄弟的問候。所以我們要去魯王和梁王的居所，請你帶路吧。」

衛兵臉色奇差，他有心說魯、梁二王也在宮中，但剛才已經被楊洪把話堵死了，如今改口已經來不及。何況楊洪手裡握有劉禪的信，棠棣之華，太子關心自己兄弟，誰敢阻攔？

「還請你帶路。」楊洪幾乎要把劉禪的信貼到衛兵臉上。衛兵沒有任何辦法，只得帶著他們朝著魯、梁二王的府邸而去。

馬承心中大為欽佩。楊洪這一手，可以說是別出心裁。他們在白帝城裡孤立無援，與其在逼仄狹窄的街道裡慢慢被敵人逼到死角，不如手持重錘破開房屋殺出一條路來。

白帝城內的黑手若要矯詔篡位，必然要依託於魯、梁二王之一，所以楊洪直接去二王府邸拜訪，正是直擊要害，攻敵所必救。如果能驚出幕後黑手，楊洪的任務就算是完成大半了。

「說不定他真的能把這個局破開。」馬承心想，原本快要熄滅的信心火苗變得旺盛了一些。

魯、梁二王的府邸在白帝城中靠近永安宮的一處三進宅子內，這是為了便於隨時進宮覲見父皇。此時府邸前站著甲士，戒備比平時要森嚴許多。衛兵將他們送到門口，立刻告辭，估計是跟陳到彙報去了。

楊洪也不在乎，他有劉禪的信件在手，這些甲士都不敢阻攔。只是略做交涉，他們就順利地走進了宅院。不過他們被告知二王正在會客，要稍微等一下才行。楊洪問府內管事是什麼客人，管事說是吳國來的使者，叫鄭泉。

楊洪一愣，又問作陪的是誰，管家說是昭德將軍簡雍。

天子與孫吳的和談一直在低調地進行著，這不算是什麼祕密。可為什麼鄭泉會來拜訪魯、梁二王？這於禮制不合。難道說，白帝城之事的策動者來自孫吳？他們想趁天子駕崩之際扶一個有利於東吳的新君上位？這個念頭劃過楊洪的腦海。

他們等了大約半個時辰，鄭泉才告辭離開。這位儒雅的使者走過楊洪和馬承身旁，只是淡淡地掃了他們一眼，眼神旋即移開，神情倨傲地朝府邸大門走去——這可以理解，東吳剛剛擊敗了益州的十幾萬大軍，逼得天子困守白帝城，不得不主動求和，使者實在沒必要太過謙恭。

緊跟在鄭泉身後的，是簡雍和他的一名親隨。簡雍泰然自若地與鄭泉聊著天，那名親隨卻時刻注意著周圍的動靜，渾身緊繃，彷彿整個府邸裡都殺機四伏。

簡雍走過來，注意到了楊、馬二人，衝他們做了個「等我回來再說」的手勢，然後跟著鄭泉走了出去。

「怎麼會是他？」馬承問。

「還能是誰？」楊洪反問道。

簡雍是天子在微時就追隨其左右的耆宿老臣，整個朝廷沒人比他資格更老。不過這個人除了生性滑稽以外，沒什麼特別的本事，所以天子登基以後他只得了個昭德將軍的名銜。他如今在白帝城的職責，應該是輔佐魯、梁二王，類於國相。不過二王無藩可就，所以他這個國相也是可有可無——位高權虛的職位倒是最適合安置簡雍這種老臣。

沒過一會兒，簡雍回轉過來，親熱地跟兩個人打了個招呼：「季休、繼文，什麼風把你們兩個吹來啦？」跟簡雍相比，無論楊洪還是馬承都是後輩，但他一點架子也沒有。

兩人連忙起身，把來意說了一遍。簡雍笑了笑道：「多事之秋，還勞煩你們跑來這裡一趟，真是辛苦了。」楊洪趁機問道：「天子病守國門，我等人臣豈敢惜身？」簡雍指指府邸大門道：「其實也不用那麼急著過來，東邊不是派人來了嗎？我看很快就不用這麼辛苦了。」

「要議和了？」楊洪裝作不經意地隨口問道。

「還能做什麼？」簡雍回答，「今年都往返好幾輪使者了，兩邊都沒什麼打的心思，再加上北邊還有個新登基的愣頭青盯著，議和勢在必行。喏，你們看，這次鄭泉來白帝城，還特意給魯王和梁王捎來了孫夫人的禮物。」

「原來是用的這個理由。」楊洪心想。劉備曾經娶了孫權的妹妹，後來兩家交惡，孫夫人回歸江東。但名分上她也算是魯王、梁王的母親，鄭泉用這個理由接近二王，誰也說不出什麼來。

但這樣一想，事情越發蹊蹺了。白帝城對益州嚴密地封鎖了消息，對東吳卻沒限制，這白帝城到底是誰家的勢力？

問題的關鍵，始終在於天子和諸葛丞相。而這兩個人，恰恰都是楊洪現在無法見到的。白帝城永安宮如今在陳到的宿衛控制之下，楊洪不知道這究竟是天子的授意，還是別的什麼人……

「簡將軍最近可曾覲見過天子？」楊洪決定主動一點，問了一個比較敏感的問題。

簡雍臉上浮現出一絲自嘲的笑意。「我的職責，就是看顧好二王，其他的事情都管不著。以後有機會，朝廷應該給我專設個官位，叫作國相洗馬，哈哈哈哈……」

簡雍對自己的這句玩笑話很滿意，笑得很開心，不過楊洪和馬承都沒什麼心情笑。簡雍這麼說，意味著他最近其實也見不到天子，只能安心在府邸伺候二王。

簡雍催促說：「趁二王如今還在正堂，咱們去拜見吧。」然後吩咐隨從守住廳門，不要讓任何人進去。

魯王今年只有十一歲，梁王只有十歲，不過是兩個黃口稚子。楊洪把劉禪的信交給魯王，二王依禮拜謝，一絲不苟，看來被簡雍教得很不錯。劉禪的信裡沒什麼實質內容，無非是問候身體、勸誡勤學之類。兩位王子也回了幾句場面話，整個過程冗長無趣。

看著兩位王子略顯呆滯的神情，楊洪忍不住想拿劉禪做比較。若以皇帝而論，劉禪要比他們成熟得多；但若是要扶起一位傀儡，魯、梁二王的年紀倒真是正好。漢家歷代天子裡幼兒眾多，殤帝、安帝、順帝、沖帝、質帝乃至後來的少帝、獻帝，無不淪為木偶任人擺佈，這個詛咒，不會到了這一代還在繼續吧？

二王年紀尚幼，楊洪跟他們沒什麼好說的，簡雍反而是個突破口。這個人資歷老，對益州諸勢力都熟稔得很，地位也不敏感，所以很多話可以放開來說。

告別二王以後，楊洪問簡雍最近有沒有什麼人也來拜會過，簡雍想了想，回答道：「除了鄭泉以外，李嚴將軍和陳到將軍都來見過，不過待的時間都不長。」

「他們是為什麼來的？說過什麼事？」

「都是普通拜會。二王都還只是孩子，跟他們能說什麼正經事？」簡雍忍不住笑出聲來。

「那麼諸葛丞相呢？」

「諸葛丞相只來過一次，後來再也沒來過。」

「那麼天子召見過兩位王子沒有？」

「年初還挺頻繁，不過最近倒沒再召見過。」

楊洪暗暗心算了一下，這與白帝城封鎖的時間是吻合的。不過當楊洪再問簡雍其他問題，後者就答不出什麼了，畢竟他的視線只在二王府邸範圍內。

他們一邊說著，一邊朝大門口走去。簡雍的親隨忽然匆匆迎面走過來，對簡雍道：「陳到將軍到了門口。」

「陳到？他來做什麼？」簡雍眉頭一皺。

「沒說，不過他不肯進府，只說讓您出去。」親隨回答。

簡雍看了眼楊洪和馬承，笑道：「這傢伙難得擅離職守，走，出去看看新鮮去。」

三人走到門口，馬承突然「咦」了一聲，搶先擋在楊洪身前。楊洪抬眼看去，一隊全副武裝的士兵站在前頭，一個將軍打扮的長臉大漢正冷冷看著自己，一身皮甲披掛，目光如刀。馬承感受到了這股殺氣，這才第一時間做出了反應。

好在陳到的視線只在楊洪和馬承身上停留了數息，就很快轉向了簡雍。

「簡將軍。」陳到的聲音很低沉，表情很是奇怪。

簡雍似乎意識到了什麼，原本笑瞇瞇的臉色「唰」地陰沉下來。

「陛下駕崩了。」陳到說。

新帝人選

天子駕崩？

這個消息一下子讓府前所有人都變成了石像。

那個縱橫中原多年、終於偏安一隅稱帝的梟雄，就這麼死了？聽到這個消息的人，一下子都難以接受。楊洪和馬承對視一眼，都在對方眼裡看出了異樣的情緒。如果天子就這麼死了，那他們兩個人的處境可就很微妙了。

簡雍上前一步，嘴唇顫動了一下，勉強抑制住自己的情緒，問道：「何時之事？」

陳到答道：「就在剛才，李中都護從宮中傳來的消息，陛下病篤不治，召你等帶兩位公子從速入朝。」簡雍愣了愣，回頭讓親隨趕緊入府去叫兩位王子出來，自己則放聲大哭起來。

在一旁的楊洪卻突然瞇起眼睛，嘴角流露出一絲冷笑。

李嚴入白帝城時，只是個犍為太守、輔漢將軍，後來加了一個尚書令的頭銜，那是天子為了平衡益州勢力而做出的安撫。而這時候李嚴居然升到了中都護，這其中的意味，可就不一般了。

中都護是什麼官？那是能統領內外軍事的要職。天子臨死前給李嚴這個職位，意味著把最重要的軍權交給了他，讓李嚴一躍成為朝廷舉足輕重的托孤重臣。

這種安排，置諸葛丞相於何地？

而且剛才陳到也說了，是李嚴從永安宮傳出的天子駕崩的消息，那麼諸葛丞相在哪裡？按照順位，有諸葛丞相在，怎麼輪得著李嚴來宣佈這等重大的消息？

有問題，這絕對有問題！

親隨帶著兩位王子匆匆從府邸裡鑽出來，兩個孩子臉色都是煞白。簡雍收起眼淚，和他們一起登上一輛事先備好的馬車，朝著永安宮風馳電掣而去。

陳到送走了簡雍，重新把冰冷的視線挪到楊洪與馬承身上。

楊洪意識到事情有些不妙，率先從懷裡掏出太子府的印信道：「我等奉陛下之命，進宮恭領遺訓。」

從法理來說，劉備一死，太子劉禪自然就變成皇帝了。楊洪不稱太子殿下，改稱陛下，是一個試探手段。如果陳到承認，那就說明劉禪地位不會有變化，餘下的事情好說。如果陳到對這個稱呼反應消極，那就……

果然，陳到對這句話恍若未聞，一指楊、馬二人，說：「茲事體大，不可輕言，兩位還是先待在衙署吧，待得諸事底定，再議不遲。」他非但沒對「陛下」做正面回應，連「恭領遺訓」都不肯答應，只說「再議」。

這說明了什麼？

幾名膀大腰圓的士兵不懷好意地圍了過來。馬承猶豫了一下，大喊一聲，抽出佩刀擋在楊洪身前，讓他快走。楊洪拍了拍馬承的肩膀，二話不說，轉身就跑。幾名衛兵見狀連忙撲過來，馬承佩刀一捲，整個人把街道封鎖得嚴嚴實實。關西馬家雖然凋零，但一身軍中的搏殺功夫還在，加上白帝城街道狹窄，馬承這一擋，士兵們一時間居然無法突破。

陳到對太子的態度昭然，馬承正如在城門前對楊洪做出的承諾，一改平時的謹小慎微，果斷地選擇了站在太子這邊，一條路走到黑——而此時此刻，效忠太子最好的辦法，就是保護楊洪，讓他逃出白帝城，把消息傳遞給太子。

楊洪撒腿在白帝城的小巷裡飛跑起來。他從小出身寒門，生在山地，踏入仕途以後又一直忙於民生，體格鍛鍊得十分健壯，速度絲毫不遜於軍中健兒。只要他能搶在陳到通知守軍關城之前跑出去，獲得白毦兵的保護，就有機會把消息遞到成都，讓太子早做反應。

他一邊跑，腦子一邊飛快地轉動起來。

劉備身邊的臣子分為三派：中原派系、荊州派系和益州派系。益州新降，不被信任；中原派系人才凋零；只有以諸葛亮為首的荊州一系日漸興盛——這勢必會引發其他兩個派系的不滿。

眼前的情況很明顯了，諸葛丞相不知為何被軟禁隔絕起來，如今控制整個白帝城的是李嚴、陳到、簡雍三個人。前一個是益州人氏，後兩個是劉備的原從僚屬。他們三個人除了籍貫出身，還有一個共同點——在新朝都是鬱鬱不得志。

如今一人掌兵權，一人掌宿衛，一人控制著兩位王子，只要天子一死，他們就能架空諸葛丞相，強行篡改遺詔改嗣。說不定如今在永安宮裡，一份墨汁淋漓的詔書已經草草寫就……

想到這裡，楊洪突然停下腳步，抑制住令肺部火辣辣的喘息。不對，太子劉禪在益州盡人皆知，雖無高望，卻也無失德之處，僅憑天子一份曖昧不清的遺詔就廢長立幼，勢必會引發強烈反彈。就算諸葛丞相被架空，荊州派也絕不會坐以待斃，勢必會擁立劉禪為帝。屆時永安一帝、益州一帝，最好的結果也是益州四裂。

李嚴、陳到、簡雍何德何能，他們哪裡來的信心能控制局面？

這時候，鄭泉那趾高氣揚的身影突然浮現在楊洪腦海中。

倘若幕後真正的黑手是孫權，這一切就都可以得到解釋了。李嚴等人先擁立一帝，引陸遜以為奧援，打開白帝城放吳兵入蜀，許以割地。只是這等開門揖盜的手段，難保那些貪得無厭的吳人不會得寸進尺。

楊洪想到這裡，突然轉了個彎，不再向著城門，而是朝著白帝城的深處奔去。

劉禪讓他只帶著眼睛和耳朵來，但楊洪知道，如果這事裡還有吳人插手，就算把消息送出去也無濟於事。他現在不能只靠眼睛和耳朵，而是必須更加主動才行。

現在陳到肯定加派了不少人手到城門去圍堵，楊洪反其道而行之，重新逃回到城中來，追兵一定想不到。楊洪簡單整理了一下思路，決定去找那個吳國的使者鄭泉。

如果陳到他們真的跟吳人勾結的話，那麼鄭泉的住所他們一定不會去搜查，反而成了最安全的地方。

至於鄭泉住在白帝城哪裡，這根本不是問題。那個好招搖的吳使唯恐別人不知道他進城議和，把帶來的「孫」字白邊淺黃色遣使的牙旗高高豎起，在一片低矮的迷宮巷道中顯得格外醒目。

楊洪把長袍脫下來捲好藏到一處石下，然後拿出自己在蜀漢崇山峻嶺裡攀岩的功夫，像壁虎一樣攀到房屋頂端，慢慢朝那牙旗挪動而去。

白帝城是個要塞城市，為了禦敵，城內的房屋很少有坡頂覆瓦，大部分是平頂，一來方便守軍據高防禦，二來防止瓦片四濺傷人。宿衛士兵在下面巷道裡氣勢洶洶地來回奔走，楊洪在上頭悄無聲息地爬動，很快就接近了鄭泉的住所。

此時這個小院很是喧鬧，顯然吳使也收到劉備駕崩的消息了。楊洪偷偷探起頭，看到為數不多的幾名吳人來回忙碌著，準備弔唁用的各類事物。鄭泉站在院中叉著腰指揮他們做事，他的情緒高漲，興奮到脖子都變紅了。

「你們手腳俐落點，今晚可不要給我丟人。喂，小心點，別把箱子裡的玉琮弄碎了，砍你十次腦袋都賠不起！」鄭泉喝道。

楊洪聽在耳朵裡，為之一愣。玉琮？那是重大祭祀時才用的禮器，從來都是朝廷自己準備，沒有用外人的道理。鄭泉連這玩意兒都替新皇帝拿來了，未免也太越俎代庖了吧？而且聽他的口氣，似乎今晚這件大事就會發生。

除了新帝登基，楊洪想不出更重大的事情。

魯、梁二王中的一個將會在李嚴、陳到和簡雍的擁立下登基，然後吳軍進入白帝城，開始向成都進發。這是最壞的一種情況，看來最遲到今晚，白帝城的迷霧就會塵埃落定，現出它的本來面目。

「希望霧後面的真相，不要像我想的那樣。」楊洪暗自心想。

他把身體儘量平伸，巧妙地嵌在鄭泉頭頂上的屋頂與鄰屋的夾縫裡。今日江風很大，那一面孫字牙旗被吹得呼呼作響，伸展的旗面正好把夾縫擋住。

陳到的人除非爬上房頂，公然把吳使的旗幟撥開，否則肯定無法發現他的藏身之處。

楊洪就在這裡蜷縮了數個時辰，靜等著黑夜降臨。可惜鄭泉沒再多說什麼，而是返回到屋子裡，不知在做些什麼。

到了太陽即將落山之時，鄭泉終於再度從屋子裡走了出來。他換了一身正式的赤色官服，頭頂平粱，看起來一副要去覲見天子的模樣。鄭泉躊躇滿志地環顧四周，邁步正要朝外走去，忽然背心一涼。他回頭一看，楊洪正站在他的背後，一身塵土，手裡握著一把匕首，刀尖正頂在他的脊樑上。

「你是誰？」鄭泉略帶驚慌地問道。

「楊洪。」楊洪簡單地回答，旋即把刀一逼，讓鄭泉身子挺直，「你是要去永安宮弔唁？」

問到這裡，他自己都忍不住笑了。鄭泉穿的是赤色官服，無論如何都不像是要去弔唁的意思。於是他換了個問題：「今晚白帝城要有大事，到底是什麼？」

鄭泉聽到這個問題，輕蔑地笑了。「原來你就是那個潛逃的治中從事啊，成都是真著急了。」看來陳到也派人來向他通報這件事了。

「不錯，快說！今晚白帝城的大事到底是什麼？」楊洪追問。

「這似乎與你無關吧？」

「也與你無關。」楊洪沉著臉道。一個東吳使者在白帝城說這種話，實在是欺人太甚。

鄭泉略抬起頭來，望著城頭的霧氣，忽然笑了。「也是，跟我也沒什麼關係，反正是益州的內鬥罷了。我只是個使者，既然漢中王已薨，我與新君主繼續和談便是。」

「哼，反正哪裡都少不了你們吳人。」楊洪道，他注意到鄭泉說的是「漢中王」不是「天子」，是「薨」不是駕崩，故意把用詞降格，說明東吳拒絕承認益州朝廷的正統地位。這從一個側面說明，吳國對接下來益州朝廷的變動很有信心，已經開始對蜀中的新統治者指手畫腳了。

鄭泉無法回頭，看不到楊洪閃爍的眼神。他索性背起手來，把脊樑徹底亮給楊洪。「既然你這麼想知道，不妨跟著我去看看，馬上就能明白了。」

鄭泉說的話別有深意。面對他出乎意料的合作，楊洪有些不適應。但他身處絕境，沒有什麼選擇，只得硬著頭皮答應下來。楊洪不敢離開鄭泉，沒有換衣服的餘裕，只得弄來一塊方巾纏在頭上，勉強能遮掩住臉部。

鄭泉身旁的人對這個突然出現的傢伙都很警惕，不過鄭泉揮手讓他們少說話，邁步朝前走去。楊洪亦步亦趨，不敢稍離。他們一出門，周圍已經聚集了不少陳到的宿衛士兵，他們自動把鄭泉和他的手下圍起來，簇擁著朝前走去。

不過這並不是去永安宮的方向，反而是朝著城外走去。楊洪縱然心中一萬個疑惑，在衛兵環伺下也是不敢聲張，只得閉上嘴打起精神，緊貼著鄭泉朝外走去。

他們穿過狹小的街道，來到白帝城城門口。在這裡，城門外側環繞著一圈拱形甕城，敵人即使打破城門，也要面臨甕城之上弓弩手的威脅。鄭泉和楊洪走到甕城與城門之間的小廣場上，這才停下腳步。楊洪注意到，白帝城的城門已經完全敞開。

這是個很耐人尋味的細節。白帝城以東是吳軍咄咄逼人的兵鋒，按道理，城門在吳人撤兵之前是絕不允許完全開啟的，這是個防禦的措施，也是個姿態，其象徵意義大於實際意義。

而現在城門打開，鄭泉又作為吳使站在這裡，其意義不言自明。

「果然是要引吳軍入城嗎？」楊洪心想。

他轉動脖頸，看到廣場附近早有許多人在等候，其中為首的是李嚴和陳到，還有簡雍。此時太陽已落山，天空灰濛濛的一片，氣氛緊張而壓抑。李嚴和陳到均騎在馬上，面色嚴峻。看到鄭泉來了，李、陳、簡三人都施了一禮，不過看得出來，他們三個都有點心不在焉。其中數李嚴的神色最為複雜，一張方正的臉上似乎湧動著什麼情緒。

楊洪望著這個黑臉膛的男子，百感交集。李嚴對他算是有知遇之恩，當他還是一個普通小吏時，李嚴獨具慧眼，把他提到功曹的位子，晉升中層官吏，這對一個寒門出身的人來說，是一個極為難得的機會。可惜後來因為徙郡治舍的事，楊洪與李嚴發生矛盾，楊洪憤而掛印辭官。但李嚴不計前嫌，仍推薦他去做蜀部從事，這才有了接觸諸葛亮的機會。

他十分瞭解李嚴，知道這個人一向自命不凡，自信能在劉備的益州朝廷中做出一番大事業，若不是諸葛亮從中壓制，李嚴的頭銜早已不是輔漢將軍這麼寒酸了。所以當楊洪看到李嚴參與到這次陰謀中來時，雖然感慨萬分，卻也不怎麼意外。

「為了制衡諸葛丞相，您竟然願意向吳人低頭？」楊洪感慨地想。

這時鄭泉問道：「兩位王子呢？」

「他們在宮中。」李嚴簡單地回答道。他的聲音有些嘶啞，似乎之前說過太多的話。

「很好，我想他也已經在路上了，快到了。」鄭泉說得沒頭沒腦，楊洪完全聽不懂。

李嚴卻一抱拳，說：「萬事俱備，只待明公。」

「希望這一次，吳蜀兩家能像從前一樣親密無間。」鄭泉呵呵一笑。

楊洪的眉頭陡然皺了起來。他原來一直以為，吳人的打算是扶植一個小孩子稱帝，然後派兵去平定蜀地。可他們幾個主謀如今不急著輔佐其中一人即位，反而把兩位王子扔在永安宮內，自己跑來甕城，不知在打算什麼。聽李嚴的口氣，似乎明公另有其人，而且還不在城中，而是在城外還沒來。

想到這裡，他焦慮地掃視了一圈，想努力撥開這些迷霧，鄭泉的赤袍一下子映入他的眼簾。

赤袍？對啊，怎麼會是赤袍呢？

漢家以孝治天下。如果魯、梁二王中的一位以劉備繼任者身分登基，朝廷一定會為先皇風光大祭，以明孝道，否則會惹來全天下的物議。而在大祭期間，就算是場面上，吳國使者也必須換上喪服以示哀悼。

只有一種可能，吳使才會在這個時候公然穿赤袍而非喪服——他們期待著的登基之人，與劉備並無親緣關係。甚至可以說，非但沒關係，而且還要廢除劉備的正朔，以表示兩人之間沒有繼承關係，自然更不可能盡孝了。

並非劉備一系的親緣，卻有自信在益州登基，這樣的人，會是誰？

一個名字跳入楊洪的腦海裡，他還沒來得及消化，遠處的官道上就傳來一陣車輪碾軋碎石的聲音。一輛馬車由遠及近，在場所有的人都緊張起來。

那輛馬車慢慢駛入甕城，停在廣場當中，然後一隻枯瘦的手掀動門簾，從車廂裡探出一個老人的頭來。

劉璋？

楊洪握著匕首的手為之一抖，鄭泉敏銳地覺察到他的動搖，身體朝前一躲，大聲叫道：

「有刺客。」周圍幾名衛士飛快地把楊洪按在地上。楊洪對自己的安危毫不關心，他拚命仰起頭，要去看清老人的臉。

劉璋！沒錯，是劉璋。

劉璋，劉焉之子，他曾經是益州的統治者，只因為過於信任劉備，結果變生肘腋，被後者篡取了蜀中河山。劉備稱王以後，唯恐劉璋在益州仍有影響力，就把他趕到南郡公安軟禁。等到呂蒙奇襲荊州殺死關羽，吳軍占領南郡，把劉璋給接了回去，封其為益州牧，駐在秭歸。

要知道，劉璋在蜀中經營多年，門生故吏遍佈天下。所以吳國一直把他好生供養起來，當作制衡劉備的一枚棋子。

劉備奪取蜀中不過數年，遠未到四方賓服的地步。如今天子新死，幼主未立，益州人心惶惶。這時候如果劉璋重新現身益州，一定會一呼百應，讓無數當地人士景從。

種種跡象表明，李嚴是這一次陰謀的主使者。當劉璋一現身的時候，種種疑問全都廓清了。

難怪李嚴會成為這次陰謀的主使者，擁立故主對他來說豈不是順理成章之事嗎？難怪陳到會封鎖白帝城；難怪簡雍毫不關心二王的去留；難怪鄭泉會穿上赤色朝服！

這一切的答案，就是劉璋。

楊洪——或者說劉禪——從一開始就搞錯了方向。二王從來不是威脅，劉璋才是。

幾道憐憫的目光投向被按在地上的楊洪，他本來也是川籍人氏，可以在劉璋手下混個從龍之臣，可惜押錯了注，以至於成為劉璋復國的第一個犧牲品。

鄭泉惡狠狠地瞪了楊洪一眼，拿手一指，尖聲喝道：「你這個渾蛋，連我都敢挾持，現在知道厲害了？我告訴你，這益州的天氣，可是要變了！」

他還想過去踏上一腳，卻被李嚴攔住了。

「殺俘不祥，還是先接下劉州牧再說吧。」李嚴淡淡道，鄭泉這才收住手腳，又狠狠瞪了楊洪一眼。

劉璋從馬車上走下來了，他整個人老態龍鍾，臉上滿佈暗色斑點，渾身都散發著衰朽的氣息。失去權力的他，生命在飛速地流逝著，即使到了這時，也沒看出來這老人有多麼興奮。他抬起混濁的雙眼，木然掃視四周。李嚴上前一步，親熱地說：「劉州牧，您到家了。」

劉璋彷彿沒聽到這句話，嘴唇嚅動，喃喃道：「劉玄德……他死了？」

「是的，剛剛去世。」鄭泉笑道，「我主一直給您保留著益州牧的頭銜，如今可算是實至名歸了。」

劉璋又問道：「怎麼死的？」

李嚴回道：「病重。」

劉璋「呵呵」乾笑一聲，沒說什麼。鄭泉又湊過來。「我家主公說了，若您想稱帝，東吳一定鼎力支持。屆時東西各有一帝，聯手伐魏。」他一拍胸脯，「登基用的禮器在下都備好了，只要您願意，今天就能在這白帝城裡當上皇帝。」

劉璋對鄭泉的絮絮叨叨顯得很不耐煩，他開口道：「吳使節，你可聽過北郭先生遇狼的故事？」

鄭泉一愣，不明白他為什麼突然扯出這麼個無關的故事。

劉璋繼續道：「北郭先生進山遇狼，手中只帶著一根大白長蠟燭。北郭先生百般無奈，手持蠟燭作勢要打。狼不知蠟燭是何物，以為是棍棒，怯怯不敢靠近。北郭先生見狀大喜，真的去拿蠟燭砸狼，結果一下砸斷了，狼立刻撲上去將他吃掉。」

鄭泉接道：「若這北郭先生一直持燭不打，孤狼疑懼，他便不會葬身狼腹了。」

劉璋仰起頭來，悠悠道：「劉玄德是孤狼，你們東吳是北郭先生，而我，豈不就是那根蠟燭嗎？」

鄭泉細細一琢磨，面色大變，顫聲道：「你……你到底在說些什麼？」

劉璋露出一絲曖昧不明的笑容，看向鄭泉。「燭棒之威，勝在不用。若我一直身在東吳，益州無論誰當權，必然深為忌憚。你們憑此折衝樽俎，無往不利；如今你們把我放了回來，就好比北郭砸燭一般，平白折了一枚好棋子……」說罷他搖搖頭，嘖嘖嗟歎不已。

鄭泉愣在了原地，半晌他才發狂似的喝道：「胡說！你這個老糊塗，怎麼長他們志氣，正方，你說說……」說到一半，他去看李嚴、陳到和簡雍，發現他們三個人的神情一改初時的諂媚，都投來憐憫的目光。一道陰寒的印痕從他心中裂開，逐漸延伸到全身，連腳指頭都變得冰涼。

勸誘益州人廢掉劉嗣，迎回劉璋，這是鄭泉一手操作的計謀。他自己對此非常得意，孫權的評價也很高，指示前線全力配合。鄭泉苦心經營這麼久，就指望著靠這一個不世出的大功勞，躋身東吳高層，與周瑜、魯肅、呂蒙、陸遜等人齊名——可劉璋突如其來的一席話，把他從仙宮打入黃泉。

原來這一切只是圈套，什麼白帝城陷入沉默，這不過是蜀人利用劉備之死玩的一個圈套罷了！他們故意擺出高深莫測的姿態，讓鄭泉覺得有機可乘，藉機把劉璋誘回白帝城，徹底消弭這一個隱患，讓東吳再也沒什麼可利用的棋子。

鄭泉回想起來，這才發現自己的這個計劃似乎正是在李嚴、簡雍這些人多次暗示之下慢慢形成雛形的——看來自己是徹底被玩弄於股掌之中了……

「你是什麼時候看穿這一切的？」鄭泉問劉璋。

劉璋望向李嚴，說：「就在你告訴我白帝城中有李嚴居中配合時——李正方這個人我太瞭解了，即使整個益州都重新倒向我，他也不會。與他商議迎我回蜀，不啻與虎謀皮。」

李嚴抱拳道：「您還是如從前一樣，目光如炬。」

「既然看穿了這一切，為什麼不早說!?」鄭泉氣急敗壞地對劉璋吼道。

劉璋負手仰望白帝城的夜空，長長歎了一口氣。「若劉玄德能借益州之勢奪下中原，恢復漢室江山，對我這漢室宗親來說也不是件壞事。我已經老了，早沒了爭雄之心，我唯一的心願，就是再回一次益州，再看一眼這片土地——若不是答應配合你的計劃，孫權又怎麼會放人呢？」

老人搖搖頭，似乎疲憊至極。李嚴走上前去，把劉璋攙扶起來，小心翼翼地將他送回到車裡。誰都看得出來，劉璋已是油盡燈枯，恐怕不久於人世，對任何人都產生不了威脅了。不管怎麼說，他已經完成了最後一個夙願，遙望到了益州河山。

這時陳到上前一步，鄙夷地看了渾身顫抖的鄭泉一眼。「你居然真的以為我等會背叛主公，實在可笑！」

一口鮮血從鄭泉嘴裡噴出來，他身子晃了晃，幾乎倒在地上。他心中的憤懣與惱怒已經達到頂峰，即使是海上的風暴也不能與之相比。

「為了迷人耳目，你還處心積慮地把奪嫡的髒水往兩位王子身上潑。若不是我受命要配合你，真想放聲大笑。身為一個使臣，居然還幻想搞什麼立嗣之爭，真是不知你怎麼讀的書，難道不知道只有嫡長子才有資格即位嗎？」

鄭泉的身分是東吳特使，就算他參與了這麼大的陰謀，陳到也沒辦法殺他。因此陳到不介意多說兩句刺激的話，讓這位使者自己吐血而死。

陳到越說越尖刻，這個貌似忠厚穩重的人，嘲諷起人來比他的長槍更毒。鄭泉在他一句句嘲弄下，差點癱坐在地，白皙的面皮幾乎漲成紫色。

就在這時，一個聲音響了起來：「陳將軍，你說得對，只有嫡長子才能繼承皇位。」

無論劉璋、李嚴、陳到，還是憤怒的鄭泉，動作都滯了一下。他們一起望去，發現說話的人，是一直沒有作聲的簡雍。他就站在甕城的陰影裡，任由這些人表演著。

「憲和，你這是怎麼了？」陳到與簡雍認識很久，立刻覺察到他的神色有些不對勁。

「我是說，只有嫡長子才能繼承皇位，這一點你說得一點錯都沒有。」

簡雍說完這一句，突然閃身，從甕城的城門溜了出去。然後一陣「嘩啦嘩啦」的鐵索響動，似乎有人從另外一側用鎖鏈將門拴住了。陳到一愣，大步流星跑過去一推，居然沒推開。他憤怒地拍門，大喊道：「憲和，你到底在搞什麼？」

簡雍慢悠悠地登上甕城的城頭，跟他一起上來的還有二十多名弓手，他們各自挽弓持箭，把箭尖對準了甕城廣場中的這一堆人。只要簡雍一聲令下，這些人誰也活不了。

「憲和！你瘋了？」陳到勃然大怒。

「螳螂捕蟬，黃雀在後，你們處心積慮要鄭泉時，沒想過我也在耍你們吧？也是，你們何曾正眼看過我、重視過我呢？」簡雍的聲音在城頭悠然傳來，帶著些許自嘲和些許復仇的快意。

「難道你真的要給二王爭嗣？」李嚴停下手中的動作，抬頭望去。

在他們的計劃裡，二王爭嗣只是一個誘惑鄭泉的藉口，難道說簡雍入戲太深，真以為他輔佐的二王有機會繼位登基不成？

「我再說一次，只有嫡長子才能繼承皇位，這一點是毫無疑問的。」簡雍面無表情地又重複了一次。

「難道你還想給主公變出一個長子來不成？」陳到譏笑道。劉備確實有個大兒子，不過那是義子劉封，而且早已死去。

「不用變，主公的長子就在這裡。」

突如其來的篡位者

簡雍的身旁忽然多了一個人的身影，廣場上的人都認出來了，那是與簡雍形影不離的親隨。簡雍一改往常的態度，恭敬地衝他行了個禮。那人簡單地點了點頭，什麼都沒說。

「好大的膽子！什麼人也敢冒充漢室子嗣！」陳到喝道。

李嚴卻沒急著叫，他沉思片刻，把劉璋從車廂里拉出來。「您認識不認識這人？」劉璋睜開混濁的雙眼，仔細地辨認了一下，枯老的手為之一顫。「竟然是他！」

李嚴忙問道：「是誰？」

劉璋答道：「劉升之。」

「那是誰？」李嚴越發糊塗了。

劉璋笑道：「看來益州有許多事情，你也不知道啊……這個劉升之，還真是劉玄德的嫡長子呢。」

「怎……怎麼說？」穩重如李嚴也有點傻了。

劉璋繼續道：「這是劉玄德剛剛入益州時發生的事情了——當時簡雍被派去出使漢中，結果他在漢中看到了一個孩子，稱自己的父親叫玄德。簡雍詢問了孩子的養父劉括，得知這孩子是劉括在中原買來的，一起帶入漢中避難。簡雍詳細詢問了這孩子以前的遭遇，和劉備失散的長子劉升之完全契合，就稟明張魯，把他帶回益州。我當時恰好在張魯身邊有個細作，所以對這事知道得還算詳細。」

「居然還有這樣的事？為何後來我們一點都不知道？」李嚴問。

「正方，你怎麼糊塗了？劉禪是太子，這時候冒出一個比他年紀還大且是嫡出的大哥，你讓劉玄德怎麼辦？」劉璋的話裡帶著點幸災樂禍。

臨江仙

三國演義卷首語

明．楊慎

滾滾長江東逝水，
浪花淘盡英雄。
是非成敗轉頭空，
青山依舊在，
幾度夕陽紅。
白髮漁樵江渚上，
慣看秋月春風。
一壺濁酒喜相逢，
古今多少事，
都付笑談中。

三國配角演義

馬伯庸——著

瑞昇文化

李嚴拍拍腦袋，劉璋提醒得是。子嗣的承繼，關係到朝廷的穩定。倘若突然冒出一個變數，許多人都會受到影響，如何站隊，如何應對，可著實要亂上一陣，搞不好還會讓百官分裂——這是劉備所不願見到的，那麼最好的辦法，就是將這個「劉升之」雪藏起來。大家不知道他的存在，自然也就不會生出什麼心思了。

「劉升之是憲和去漢中找回來的，看來他是處心積慮、蓄謀已久啊。」

李嚴感慨道。這次還真是螳螂捕蟬，黃雀在後，他們故意露出破綻誘出鄭泉和劉璋，想不到簡雍假意配合他們，暗地裡卻有了這樣的謀劃。他們以為勝券在握，簡雍卻輕輕摘走了果實。

這個突如其來的篡位者，可著實是誰都沒想到。

簡雍這時在城頭開口道：「我在漢中苦心孤詣為陛下尋回長子，陛下不知感激，反而斥責我多事。那個時候我就明白了，在你們眼中，我只是個老朽的東方朔罷了！但我不是！絕不是！」說到這裡，他的眼中升起一種癲狂式的狂熱。「我現在帶著升之去永安宮，在陛下靈前宣佈繼位。諸位可以在甕城裡慢慢想想，願意效忠真正天子的人，可以活著離開白帝城。」

說完，簡雍和劉升之從牆頭消失了，只有弓箭手一絲不苟地保持著射姿。

白帝城的高級官員們，居然被這麼一個簡單的設計困在甕城動彈不得。

如今的白帝城，是簡雍一個人自由穿行的天下。

「喂，正方，你想想辦法啊。」陳到焦慮地催促道。

李嚴卻是好整以暇，坦然坐在地上。陳到再三催促，他才不慌不忙地回道：「簡雍要去永安宮，你猜他會遇到誰？」

「諸葛丞相？」

「是啊，那你還有什麼好擔心的？」李嚴反問。

陳到聽到這個名字，略微安心了點。封鎖白帝城、故意製造沉默假象，正是這位丞相的授意。在那個人面前，無論變數是什麼，應該都不會出什麼亂子吧。

「諸葛丞相也真是的，故意搞出這樣的假象，騙了敵人不說，連太子也嚇得不輕，還派人來打聽。害得我不得不假裝擒住他們，省得鄭泉起疑心。哎，那個楊洪還挺能幹的，幾乎接觸到真相了……咦？」

陳到正想著，突然發現異狀。原本被衛兵按在地上的楊洪，居然消失了。

「人呢？」陳到問。

「剛剛跑了。」衛兵一臉沮喪地說。剛才所有人的注意力都被簡雍吸引了，沒留神手底下的俘虜。

「他打算幹嗎？」陳到大為疑惑。

楊洪在房屋之間瘋狂地奔跑著，跑到胸口幾乎爆炸也不敢停。甕城裡一浪一浪的真相撲擊過來，讓他艱於呼吸。劉禪只讓他帶耳朵和眼睛過來，但他發現根本不夠用！

劉璋的事也就罷了，楊洪已經有了猜測；可劉升之的異軍突起，讓他徹底陷入驚慌。簡雍居然隱藏得這麼深，還握著這麼一枚籌碼。

劉升之的身分，應該是被劉備承認的，理應留下文書或信物為證，說不定這些就被簡雍握在手裡。如今天子已死，諸將被困甕城，若真被簡雍得逞，劉禪乃至他楊洪可就徹底完蛋了。有劉升之在，劉禪可就算不上嫡長子了。

絕不能讓這種事情發生！

楊洪現在唯一的希望，就是諸葛丞相。楊洪希望自己能比簡雍快一些，好讓諸葛丞相早一刻知道，著手應對。既然李嚴迎劉璋是個圈套，那麼諸葛丞相被軟禁一定也是圈套的一部分。

他一口氣跑到永安宮城前，看到陳到的衛兵們仍舊一絲不苟地在巡邏，對甕城之事渾然不覺。簡雍有進入的資格，他楊洪可沒有。楊洪眼看著簡雍和劉升之大搖大擺進了宮城，心急如焚。

楊洪忽然看到一隊巡邏兵，帶頭的那人的臉似曾相識，他稍微回憶了一下，發現正是帶他和馬承進城的那個衛兵。楊洪病急亂投醫，顧不上多想，從巷道裡一下子跳到那人面前。

那衛兵先是嚇了一跳，一隊人全都下意識地抬起槍尖。衛兵看清楊洪的臉，不禁大怒：「原來是你，你在這裡做什麼！衝撞宿衛，宮城遊走，這可是大罪！」

楊洪一把抓住他的衣襟，厲聲道：「聽著，現在主公有危險，我要馬上進宮。」

「天子剛剛駕崩，能有什麼危險？」衛兵不耐煩地喝道。

「我以益州治中從事的身分，命令你馬上讓我進去！」

衛兵也火了，反駁道：「您官職是比我大，但我是宿衛，職責是保衛宮城。哪怕你是丞相，也得按規矩辦。」

「我就是要去裡面見諸葛丞相。」

「不行，沒有諸葛丞相、李中都護或陳將軍的命令，任何人不得進入。」

衛兵堅持道。

「讓他進去。」一個稚嫩的童聲突然響起。

楊洪回頭一看，魯王劉永正站在他身後，不禁一愣。魯王劉永一掃孩子氣，帶著深深的憂慮，但表情比起站在簡雍身旁時生動了許多。

「殿下，您怎麼會在這裡？」

「簡將軍本來是帶我們來宮中見父王的，可走到一半，他把我們安置在另外一間屋子裡，吩咐我們不要亂動，就出去了。弟弟餓了，附近又沒僕人，所以我出來找些吃的。」劉永說得很流利。

楊洪大概明白這是為什麼。簡雍既然要帶著劉升之在劉備靈前做大事，自然不希望節外生枝。這兩位王子雖然是庶子，可終究也是兩個變數，所以簡雍沒帶他們進宮，而是留在了外頭。

「我記得您叫楊洪吧？」劉永問道，「我雖然不認識您，但我相信您。您的眼神和簡將軍不太一樣。」又轉向衛兵，「放他進去。」

「可是……」

「放他進去。我有話讓他帶到父王的靈前。」劉永固執地重複著。衛兵可以不管楊洪，但兩位王子的話不能不聽。尤其是劉永拿孝道一壓，他更是壓力陡增。

「殿下，我們有我們的規矩……」

「我記得剛才有人說什麼『天子剛剛駕崩，能有什麼危險？』，我是個小孩子，記性不太好，不知是不是這麼說的？」劉永道。

衛兵一下子僵住了，剛才他脫口而出，根本沒多考慮，想不到被這小孩子抓住了把柄。這話若是傳出去，一個大不敬的罪名是免不了的，說不定還得殺頭。衛兵猶豫了一下，雙肩下垂，只得妥協。

按照規矩，他搜了一遍楊洪的身體，確認沒有任何利器，才打開宮門，放他進去。

「楊從事，您覺得我該入宮嗎？」在楊洪轉身要走之前，劉永忽然問。

楊洪回道：「以臣之見，還是暫時不要的好。」他現在不清楚宮城內會發生什麼，劉永還是個孩子，保險起見還是先不要去比較好。

「嗯，明白了，替我向家人問好。」劉永眼神閃閃，沒有堅持。他自始至終都很淡定，穩重得不像是個小孩子。白帝城的這一場亂子，似乎讓他束縛已久的睿智全都綻放出來了。

楊洪顧不上問他家人指的都是誰，拱手一拜，然後撒腿就往宮城裡跑。

永安宮城並不大，楊洪沿著石道一直向南，繞過兩座小殿，便來到了高大巍峨的永安宮前。這座宮殿分為兩層，四角的垂脊很短，重簷不是高挑而是垂低，這讓整座宮殿看起來十分壓抑，透著森森的不祥氣息。它的形制，很好地反映了劉備困守在白帝城的心境。

接近永安宮時，楊洪放緩腳步，調勻呼吸，抬眼望去。此時映入眼簾的一幕，讓他在很多年後都依然記得清清楚楚。

在丹陛之下，簡雍躺倒在地，雙目圓睜望著天空，已然氣絕身亡，劉升之則倒在一根柱子旁，殷紅的血跡塗滿了半個柱基。馬承半跪在地上，單手執刀，站在兩具屍體之間喘息不已。他看到楊洪跑過來，沒有說話，只是無力地嚅動了一下嘴唇，臉色有些煞白。

楊洪注意到，站在永安宮殿門前俯瞰這一切的，是一名男子。這男子白衣長髯，身材修長，如同一塊璞玉被琢成了人形一般。

「季休。」諸葛亮溫和地打了個招呼。

楊洪越過諸葛亮的肩膀，看到殿內停放著梓宮，天子正躺在裡面，緊閉著雙目，雙手握著一把寶劍，兩支大白蠟燭立在兩側，如同忠心耿耿的衛士一般。

「丞相，發生了什麼……」楊洪覺得自己的力氣徹底耗盡了，兩條腿連邁上臺階的力氣都沒有。

「如你所見。天子駕崩，簡雍將軍悲痛過度，殉死棺前；其僕欲行不軌，馬君侯為保護天子靈柩，出手擊殺。」

諸葛亮輕輕一句話，給整起事件定了性。楊洪看向馬承，後者勉強露出一絲苦笑，說他被陳將軍抓走以後，是諸葛丞相派人把他領出來，帶入宮中。

楊洪一聽這話，立刻明白怎麼回事了。簡雍是中原派系碩果僅存的幾個人之一，劉升之是主公的子嗣，他們兩個都是諸葛丞相沒辦法下殺手的。諸葛亮把馬承叫進宮裡，就是為了借他之手用粗暴的方式破解這個難題。

斬殺老臣和皇室嫡子，這兩件事都是犯了大忌諱的。即使這麼做有充分的理由，但為了避免物議，做事的人以後也絕不可能獲得什麼高位，仕途被徹底堵死。馬承確實履行了他的諾言，為了太子一條路走到了黑。

而諸葛丞相能承諾他的，估計就是馬氏一族在益州的平安吧。楊洪記得馬承在軍中還有個叔叔叫馬岱，馬承這麼做，等於用自己的前程換取了馬岱未來在軍中的地位。為了家族存續，馬承真可算得上苦心孤詣了。

這時候，諸葛丞相又輕輕歎道：「憲和真是太傻了。天子去世，新君即位仍需這些老臣輔弼，他怎麼連這點耐心都沒有，就這麼走了呢……」

楊洪抬起頭，不知從哪裡湧現出一股力量，促使他開口問道：「丞相，劉璋和簡雍，這一切都是在您掌握中嗎？」

丞相搖搖頭說：「不，我不知道。」楊洪看著丞相，後者的眼神清澈透亮，沒有一絲作偽的神色。

「那白帝城的封鎖和那則流言……」楊洪欲言又止。

「益州新附，陛下駕崩，背地裡不知有多少不安分的人在籌謀打算。不把這些傢伙引出來，以後陛下怎麼能安心？把木棍上的荊棘拔光，才能握在手中。」諸葛丞相淡淡地對道。

楊洪豁然開朗。白帝城裡異乎尋常的舉動，以及那則聳人聽聞的流言，全都是諸葛丞相和李嚴、陳到等人故意做出來的，好讓那些懷有異心之人覺得有機可乘，一個一個跳出來。黃元、劉璋、劉升之，劉禪新君繼位的隱患，就這麼被一個個拔除掉。

這到底是諸葛丞相的計策呢，還是天子臨終前的遺命？

楊洪沒敢再問，他慢慢地走到劉升之的屍身前，蹲下身去看。那張臉如果仔細端詳，還真的與劉備有幾分相似。這個不幸的傢伙大半輩子都在顛沛流離，好不容易回到父親身邊，卻落得這樣一個結局。

可這又能怪誰？如果他安心隱居，以劉禪的性格，不會對他做出什麼決絕的事情來，可他偏偏聽信簡雍的話，來爭這虛無縹緲的皇帝之位，也算得上咎由自取。

「季休，記住，從來沒有什麼劉升之。」諸葛丞相的聲音從身後輕輕傳來。

楊洪站起身來，吐了一口氣。他把馬承從地上攙起來，拍了拍馬承的肩膀。

馬承鬆開手裡的刀，眼神複雜，其中有驚恐、有狠戾、有失意，還有一絲欣慰。

「以後的史官會怎麼記錄這一段呢……」楊洪問道。

「不設史官就是。」諸葛丞相毫不在意地說。

最後這句話楊洪並沒有聽見，他抬起頭來，看到白帝城上空的江霧慢慢散去，顯露出一片璀璨的星空。

章武三年（223年）夏四月癸巳，先主殂於永安宮，時年六十三。臨終時，呼魯王與語：「吾亡之後，汝兄弟父事丞相，令卿與丞相共事而已。」詔敕後主曰：「汝與丞相從事，事之如父。」五月，梓宮自永安還成都，謚曰昭烈皇帝。後主襲位於成都，時年十七。尊皇后曰皇太后。大赦，改元。秋，八月，先主葬惠陵。

建興元年（223年），諸葛亮封武鄉侯，開府治事；李嚴為中都護，統內外軍事，留鎮永安。後李嚴移鎮漢中，陳到繼為永安都督、征西將軍，封亭侯，麾下所督，皆先帝帳下白毦，西方上兵也。

馬超卒於章武二年（222年），時年四十七。臨沒上疏曰：「臣門宗二百餘口，為孟德所誅略盡，惟有從弟岱，當為微宗血食之繼，深托陛下，餘無復言。」追謚超曰威侯，子馬承嗣。其族弟馬岱位至平北將軍，進爵陳倉侯。

超女配梁王劉理。而馬承從此再不見於任何史書，徹底消失在人們的視野裡。

楊洪於建興元年賜爵關內侯，復為蜀郡太守、忠節將軍，後為越騎校尉，領郡如故。六年卒於官上。

至於簡雍，則記錄湮滅，不知所終。陳壽撰寫《三國志》的時候，翻遍了蜀漢的文書，都找不到任何關於他的結局的記錄。陳壽沒辦法，只得潦草地記錄了他前半生的些許事蹟，聊勝於無。

【附記】

劉備子嗣考略

在官方記錄裡，劉備一共有四個兒子：義子劉（寇）封、長子劉禪，以及劉禪的兩個弟弟劉永、劉理。劉封是認養的寇家子弟，劉禪是甘皇后生的，劉永、劉理的生母則不明。

在《三國志·蜀書·後主傳》下，裴松之附了一條引自《魏略》的八卦：

初備在小沛，不意曹公卒至，遑遽棄家屬，後奔荊州。禪時年數歲，竄匿，隨人西入漢中，為人所賣。及建安十六年，關中破亂，扶風人劉括避亂入漢中，買得禪，問知其良家子，遂養為子，與娶婦，生一子。初禪與備相失時，識其父字玄德。比舍人有姓簡者，及備得益州而簡為將軍，備遣簡到漢中，舍都邸。禪乃詣簡，簡相檢訊，事皆符驗。簡喜，以語張魯，魯為洗沐送詣益州，備乃立以為太子。

簡單來說，這條記錄是說劉禪在小沛被劉備遺棄，然後逃到了漢中被人當成奴隸給賣了。一直到了建安十六年（211年），他才被一個叫劉括的人收為義子。後來劉備得了益州，麾下有一個姓簡的將軍來漢中拜訪張魯，碰到劉禪，發現他還記得自己的父親字玄德。詳細查問之下，簡將軍確定他就是劉備失散多年的兒子。張魯連忙給送回益州，劉備立其為太子。

裴松之這個人挺有意思的。他給《三國志》做注，加入了大量亂七八糟的史料，然後再一一批駁證明是假的，不知道他到底是圖個什麼……總之，裴松之引完這段故事以後，自己又在後面批駁考據，說劉禪生於荊州，不可能在小沛被遺棄，時間對不上，可見《魏略》這段記錄是胡說。

那麼，這個流落漢中的「劉禪」有沒有可能確是其人，只是名字寫錯了？

在回答這個問題之前，要先搞清楚一個問題：劉備除了禪、永、理之外，還有沒有親生兒子？

答案是：有。

《三國志．蜀書．先主傳》裡記載：「布擄先主妻、子，先主轉軍海西。」這是在建安元年（196年）發生的事情，可見那時候劉備已經有了妻子、兒子，而且這個「子」肯定不是劉禪。

很快劉備和呂布講和，呂布把劉備的老婆、孩子又送還回來。但這兩位梟雄不久便第二次翻臉，高順「復擄先主妻、子送布」。一直等到曹操親自出手打敗呂布，呂布才把劉備的妻、子交還給他。後劉備偷偷離開許都襲擊徐州，斬殺了守將車冑。建安五年（200年），曹操從官渡回軍，把劉備打跑，「盡收其眾，擄先主妻、子，並擒關羽以歸」。

《三國演義》裡把這一段演繹成關羽降漢不降曹，千里走單騎，把兩位嫂嫂送回劉備身邊，而史書裡沒有關於曹操把劉備「妻、子」送還的記錄。

關羽在向張遼坦白自己歸依劉備的決心時，慷慨激昂，真情流露，卻半句不提兩位嫂嫂，這是很奇怪的事。關羽離開曹操是高舉著大義旗幟的，護嫂歸兄是一個辭行的絕佳理由，他為何不利用呢？

《三國志·蜀書·先主甘后傳》裡提到過「先主甘皇后，沛人也。先主臨豫州，住小沛，納以為妾。先主數喪嫡室，常攝內事」。也就是說，劉禪的生母甘夫人本來是劉備的妾，其上有正妻。因為劉備「數喪嫡室」，她才升到正妻的位子。

再聯想關羽在曹營隻字不提兄嫂的境況，可以得出一個結論：劉備的這位正妻，很可能被曹操抓走後不久就去世了。想想看，一個柔弱女子，先後被丈夫遺棄三回，被亂兵擒住三次，這麼折騰之下，驚懼而死也不是不可能。

曹操擒的是妻、子，妻死了，那麼子在哪裡？

《魏略》裡的那條記載寫得很清楚，說「劉禪」是曹公襲擊小沛時被劉備遺棄的。這個被錯寫成「劉禪」的人，應該就是「擄先主妻、子」中的那個「子」了。換句話說，這個「劉禪」才是劉備嫡妻所生的嫡子，若論起繼承順位來，比劉禪要靠前很多——只要他還活著。

這個嫡長子的母親在曹營亡故，他則趁亂脫離了曹操的掌握，跑去了局勢相對平靜安全的漢中。在經歷過艱苦的十幾年平民生活後，終於回歸父親懷抱。

那個撿回劉禪大哥的傢伙，《魏略》裡記載說是劉備麾下一個姓簡的將軍。劉備部屬裡姓簡而又有將軍頭銜的，只有一個昭德將軍簡雍。

簡雍是劉備的老鄉，從劉備起事起就跟著他混，一直混到劉備去世，論起資歷來很少有人比得過他。不過這個人的才能有限，和糜竺、孫乾一起，只算是劉備的「談客」，連參謀都算不上。劉備把他們幾個當成老朋友優容養著，但不予重用，法正、龐統、諸葛亮等人後來居上，穩穩壓過這些老臣一頭。簡雍唯一立過的功勞，就是先主在成都圍城之時，他隻身進去勸降了劉璋。

而劉備得了益州以後，給他的獎賞只是一個雜號將軍，比糜竺的安漢將軍低一等，與孫乾的秉忠將軍同級。具體的職責呢？在別人身兼數職忙得不可開交的時候，簡雍的職責卻是「優遊風議」，意思是別人幹活你在旁邊看著就行，完全是離休老幹部的待遇。

史書說簡雍這個人「性簡傲跌宕，在先主坐席，猶箕踞傾倚，威儀不肅，自縱適；諸葛亮已下則獨擅一榻，項枕臥語，無所為屈」。可見這個人心中是有傲氣的，對自己的待遇很是不滿，所以無論是在劉備面前還是在其他人面前，他都擺出一副高調放蕩的姿態，來消解自己心中的不平衡。

《三國志》裡說簡雍是個滑稽的人，還記下他一個笑話。我覺得這不是他的本性，只是他對仕途失望的一種表現罷了。「跌宕」兩個字，很精確地描繪出這個看似滑稽幽默、實則滿腔鬱悶的人的心理狀態。他時而倨傲，時而滑稽賣萌，心情起起落落，正是因為鬱憤無處抒發之故。

理解了簡雍的這種處境，也就明白為何簡雍在漢中要認領劉禪的大哥並將他送回益州了。

作為一直追隨劉備左右的部屬，簡雍當年肯定見過劉禪的大哥。這次在漢中無意中發現他的下落，簡雍想來是欣喜若狂的——為劉備找回失散多年的嫡長子，這該是多麼大的一份功勞呀，主公一定會因此而褒獎我吧？

可他的才能畢竟平庸，行事也欠缺考慮。

當劉備見到這個流落多年的兒子時，他會是什麼反應？

當已經被確定為繼承人的劉禪見到自己的大哥時，又會是怎樣的心情？

沒人知道，但我們約略推測得出來，那絕不會是兄弟相認抱頭痛哭的感人情景。論起血統，他比劉禪更合法統；論起經歷，他比劉禪遭遇更豐富；論智力，比劉禪還低也不太容易……所以他真要動了爭奪嗣位的心思，劉禪還真拿他沒辦法，劉備處理起來也很棘手。

關係到皇位更迭，自古以來沒人會溫良恭儉讓。劉備、劉禪父子非但不會高興，反而只會覺得這個憑空出現的傢伙實在是多餘，簡雍實在是多事。

何況劉禪身後已經形成了一個利益集團，他們在劉禪身上的投資很大，絕不會容許出現一個變數。

於是，劉禪的大哥回歸益州以後，再也沒半點消息，什麼記錄都沒有，徹底湮滅無聞。他遭遇了什麼，誰也不知道。而一心把他迎回益州的簡雍，結局也特別離奇——關於這麼一位耆宿老臣的結局，史書裡居然什麼也沒寫。

《三國志．蜀書．簡雍傳》只有短短幾百字，分為三部分：一是簡要回顧他早年生平；二是描述他的古怪性格；三是寫了一則《世說新語》式的逸事，然後戛然而止。他什麼時候死的，怎麼死的，是否有子嗣，完全沒有提及。

《三國志》對於傳主的生卒年都會儘量記下來，還要寫明子嗣繼統，再簡略，也會寫一個「卒」字。簡雍是劉備麾下的重要臣子，是有資格入史傳的人物，而且他一直活到蜀漢建國後，晚年生活穩定，局勢平靜，沒發生任何大的動盪。這樣一個人，為何結局沒記下來？究竟是沒有結局，還是說他有一個結局但蜀漢官方諱莫如深不敢公開？

我們可以模模糊糊地感覺到，簡雍的傳記恰好在劉備得益州之後不久就結束了——而這恰好是他迎回劉禪大哥的時間。

再回想起陳壽評價諸葛亮「國不置史，注記無官」，這其中的奧妙，就是後人難以索解的了。

官渡殺人事件

此時滿天星斗燦然，我把懷裡揣著的木牘取出來把玩，忽然有一種不真實的奇妙感。次日這裡就要拔營，曹公即將接管整個中原大地，成為不可撼動的霸主。

假如徐他能夠成功的話，那麼這一切將完全顛倒過來，袁本初將率領大軍南下許都，我則會變成張郃那樣的投降者，或者在某一場戰鬥中殉難吧。

未遂的殺意

我被曹公叫去的時候，正忙著清點在烏巢繳獲的袁紹軍糧草。這可是一筆巨大的收入，幾十個大穀倉堆滿金燦燦的稻穀，裝著肉脯與魚鮓的草筐滾得到處都是，還有兩三百頭生豬與雞鴨亂哄哄地嘶叫著，其他輜重更是數也數不清。在饑腸轆轆的曹兵眼裡，這些東西比袒胸露乳的女人更有吸引力。

雖然烏巢一場大火燒去了袁紹軍七停糧草，可這剩下的三停，也已經足夠曹軍放開肚皮大吃了。

我和十幾名計吏拿著毛筆和帳簿，在興奮而紛亂的人群中聲嘶力竭地嚷嚷著，試圖把這些收穫一個子兒不少地記錄下來。

我的副手鄭萬拽住我的袖子，對我說曹公召見，讓我立刻回去。正巧一匹受驚轅馬拽著輛裝滿蕪菁的大車衝過來，然後轟隆一聲，連馬帶車側翻在泥濘的水坑裡，濺起無數泥點子，周圍的人都大叫起來。我光顧著聽鄭萬說話，躲閃不及，也被濺了一身，活像隻生了癩癬的猿猴。

鄭萬扒到我耳邊，重複了一次。我有點不相信，生怕自己聽錯了，瞪著眼睛問他：「你說的是曹公？」鄭萬斬釘截鐵地點了點頭。於是我立刻放下帳簿，顧不上把衣服上的污泥擦乾淨，對那群暈頭轉向的部下交代了幾句，然後便匆匆趕回位於官渡的曹軍大營。

這時候的官渡大營已經沒了前幾個月的壓抑，每一個人都喜氣洋洋。剛打了大勝仗，而且對方還是那個不可一世的袁紹，這讓大家都鬆了一口氣。

曹軍主力在各位將軍的率領下，已經出發去追擊潰逃的敵人了，現在剩下的只是不多的一些守備軍和侍衛。

我見到曹公的機會並不多，他是個讓人琢磨不透的人，有時候和藹可親，像多年的老朋友，有時候卻殺人不眨眼。但有一點是公認的，曹公是個聰明人，而聰明人總有一些奇怪的地方。

我越過幾道防守不算嚴密的關卡，走到曹公的帳前，一名膀大腰圓的衛士走過來。這名衛士就像一頭巨大的山熊，幾乎遮住了半個營帳。他狐疑地看了看我，估計我這一身泥點裝束讓他感覺很可疑。

在檢查完我的腰牌之後，他甕聲甕氣地說：「在下許褚，請讓我檢查一下你的身體。」我順從地高舉雙手，他從頭到腳細緻地摸了一遍，還疑惑地瞪著我看了半天，好像對我不是袁紹細作這一點很失望。

「讓他進來吧。」帳子裡傳來一個聲音。

許褚讓開了身子，我恭敬地邁入帳篷。許褚「唰」地從外面把簾子放下去，把整個帳篷與外面的世界徹底隔絕開來。曹公斜靠在榻上，正捧著一本書看得津津有味，他身前的酒杯還微微飄著熱氣。

「伯達，你來啦？」曹公把書放下，和藹地說。

「恭喜主公大敗袁紹。」我深施一禮，其他什麼也沒說。面對曹公，絕對不可以自作聰明，也不要妄自揣度他的心思——除非你是郭奉孝。

曹公招呼我坐下，然後問了一些烏巢的情況。我一一如實回答，曹公咂了咂嘴，說早知道的話當初偷襲的時候應該少燒一點，現在能得到更多。我知道他是在開玩笑，不過我沒有笑。

曹公忽然把身子挺直了一些，我知道開始進入正題了，連忙屏息凝氣。

曹公指了指身旁的一個大箱子，讓我猜裡面是什麼。我茫然地搖了搖頭，射覆這種事我從來就不很擅長。

曹公自嘲似的笑了笑，說：「這是在袁紹大營裡繳獲的，裡面裝的都是咱們自己人前一陣寫給本初的密信。本初可真是我的好朋友，敗就敗了，還特意給我留下這麼一份大禮。」

從他的口氣裡，我聽不出任何開玩笑的意思。我把注意力重新放到那箱子上，這口木箱子大約長三尺、寬二尺、高三尺，裡面裝滿了各種信函，有竹簡，有絹帛的、麻紙的，還有印信。這大概是在官渡對峙最艱苦的那段時間裡，我方陣營的人給袁紹的降書吧。但這個數量……還真是有點多啊。

我意識到這件事很嚴重。曹公不喜歡別人背叛他，從這箱中密信的數量看，少不得有幾百人要人頭落地；可是從另外一方面想，曹軍剛剛大勝，新人未服，新土未安，如果一下子要處置這麼多人，怕是會引發一連串震盪，這肯定也是曹公所不願意看到的。

這大概就是袁紹在崩潰前，故意留給曹公的難題吧？

「若你是我，會怎麼處置？」曹公瞇起眼睛，好奇地問道。我恭敬地回答：「當眾燒毀，以安軍心。」曹公滿意地點了點頭，看來他的意見和我想的一樣。

「這些東西我明天會拿出去公開燒掉。面對袁紹，連我都曾考慮過撤回許都，別人存有異心，也是正常的。」曹公整個身體從榻上坐了起來，慢悠悠地披上一件大衮，把桌上的酒一飲而盡。他把身子朝箱子傾去，從裡面抓出一封信。

這一封信是木牘質地，不大，也就二指見寬，上面密密麻麻地塗著一些墨字。曹公把它捏在手裡，肥厚的手指在木牘表面反覆摩挲。

「別的我可以裝作不知道，可這一封不同。這一封信承諾本初會有一次針對我的刺殺，而且這件事已經發生了。」

我心中一驚，行刺曹公，這可真是件不得了的事情。

曹公看了我一眼，彷彿為了讓我寬心而笑了笑。「刺殺當然失敗了，可隱患依然存在。別人只為了求富貴，猶可寬恕，但這封信是為了要我的性命——更可怕的是，這枚木牘沒留下任何名字，這就更危險了。」

我能理解曹公此時的心情，讓一個心存殺機的人留在身邊，就像讓一頭餓虎在榻旁安睡。

「伯達，我希望你能夠查出來，這封密信出自誰手。」曹公把木牘扔給我。

我趕緊接住，覺得這單薄的木牘重逾千斤。

「為什麼會選中我呢？」我小心翼翼地問道。

曹公大笑道：「你是我的妹夫嘛。」

我確實娶了曹氏一族的女人，但我知道這不是他的真實理由。我之前一直負責屯田事務，每天就是和農夫與算籌打交道；官渡之戰時，我被派來運送軍器與糧草到軍中，總算沒出大疏漏。大概曹公是覺得我一直遠離主陣，比較可以信賴吧。

「你們這些做計吏出身的，整天都在算數，腦子清楚，做這種事情最適合不過。」曹公從腰間解下一枚符印遞給我。這是塊黃燦燦的銅製方印，上面還有一個虎頭紐，被一根藍條牢牢地繫住。

「這是司空府的符令，拿著它，你可以去任何地方，詢問任何人。」然後曹公又叮囑了一句，「不過這件事要低調來做，不要搞得滿營皆知。」

「明白了。」

「這次事成，我給你封侯。」曹公說，這次他神色嚴肅，不像是開玩笑的樣子。

我拿著木牘和符令從大帳裡走出來，許褚仍舊守在門口。他看到我出來，朝帳篷裡望了望，很快把視線轉移到別的地方。一旦我脫離了威脅曹公的範圍，他大概連看都不會看我一眼。

「許校尉，我想與你談談。」

「談什麼？」許褚的表情顯得很意外。

「關於刺殺曹公的那次事件。」

許褚的眼神變得凌厲起來，我把符令給他看了一眼。許褚沉吟片刻，說他現在還在當值，下午交班，到時候我可以去宿衛帳篷找他。

我問清了宿衛帳篷的位置，然後告別許褚，走到官渡草料場。

這裡是許都糧道的終點，我在整個戰事期間押送了不知多少車糧草和軍器到這裡。草料場旁邊有幾間茅屋，是給押運官員辦理交割手續與休息用的。

現在大軍前移，這裡也清靜了不少，場子裡只剩下滿地來不及打掃的穀殼、牛糞，幾隻麻雀在拚命啄食；兩輛牛車斜放在當中，轅首空蕩蕩的；為數不多的押糧兵懷抱著長矛，懶洋洋地躺在車上打瞌睡。

我喊起一名押糧兵，命其去烏巢告訴鄭萬，讓他統籌全域，我另有要事。押糧兵走後，我走進一間茅屋，關好門，把曹公讓我帶走的木牘取了出來，仔細審視。這是一枚用白樺木製成的木牘，大約兩指見寬，長約半尺，無論質地還是尺寸，均是標準的官牘做法。我從事文書工作這麼多年，對這種官牘文書再熟稔不過了，即使閉著眼睛去摸也能猜出來。

這讓我有些失望。如果密信的質地是絲帛或者麻紙就好了，這兩樣東西的數量都不太多，不會有太多人能接觸到，追查來源會比較容易。而木牘這種東西，充斥著每一個掾曹府衙，每天都有大量的文書發往各地，或者從各地送來，任何人都可以輕易獲得。

我沒有先去看上面的字。我希望自己能夠從木牘上不受干擾地讀出更多東西，這樣才能減少偏見，最大限度地接近事實。對普通人來說，這些木牘千篇一律，乏善可陳；對一位老官吏來說，卻意味著許多東西。我想這大概也是曹公把任務交給我的原因之一吧。

我翻到木牘背面，背面的樹皮紋理很疏鬆，應該是取自十五年到二十年生的白樺樹。許都周圍出產木牘的地方有五個縣，我以前做過典農中郎將，曾經跑遍三輔大半郡縣，哪個縣有什麼作物、什麼年成，我心裡都大概有數。

木牘的邊緣有些明顯的凹凸，因為每一個縣在繳納木牘的時候，都有自己特有的標記，以便統計。兩凹兩凸，這個應當是葉縣的標記。

把原木製成木牘的過程不算複雜，無非四個字：選、裁、煮、烤。「烤」是其中最後一道，也是最重要的工序。工匠將木牘放在火上進行烘烤，使其乾燥，方便書寫。

而我手裡的這枚木牘，墨字有些洇，這是濕氣未盡的緣故，說明這枚木牘還沒完成最後一道工序，就被人取走了。我用指甲刮開一小截木牘的外皮，蹭了蹭，指肚微微發涼，這進一步證實了我的猜測。

在官渡前線並沒有加工木牘的地點，換句話說，這枚半成品的木牘，只能是寫信者在前往官渡之前就準備好了的。他很可能去過葉縣，順手從工房裡取走了這枚還在製作中的木牘，以為這樣做便不會留下官府印記，讓人無法追查。

不熟悉這些瑣碎事情的小吏，是無法覺察到這些小細節的。

這也從一個側面證明，這封信的作者早在出征前就已有了預謀，絕不是臨時起意。

現在所能知道的，也只有這麼多了。接下來我翻開正面，去讀上面的字。

木牘上的墨字並不多，筆跡很醜，大概是怕別人認出來，所以寫得很扭曲。

上面寫著：「曹賊雖植鎩懸皼，克日必亡，明公遽攻之，大事不足定。」

一共二十一個字，言簡意賅，而且沒有落款。

這位寫信者的語氣很篤定，看來在寫信的時候就已經胸有成竹。不留名字的原因可能有好幾種。可能是因為他行事謹慎，不希望在成功前暴露身分；也有可能是因為他壓根沒打算投靠袁紹，而只是為了向曹公報私仇——曹公的仇家實在不少。

木牘上的好幾處筆跡都超出了木牘的寬度，使字顯得有些殘缺。這是初寫者經常犯的毛病，他們掌握不好木牘書法的力度，經常寫偏、寫飛。

寫密信的這人，應該不是老官吏。

看來還是打聽一下刺殺曹公的事為好。

我下午如約來到宿衛帳篷。許褚已經交了班，正赤裸著上半身，坐在一塊青石上擦拭著武器。他的武器是一把寬刃短刀，在太陽下明晃晃的，頗為嚇人。

「許校尉，能詳細說明一下那次刺殺的經過嗎？」我開門見山地問道。

許褚緩緩抬起頭來，短刀在青石上發出尖厲的摩擦聲。他很快就磨完了刀，把它收入鞘裡，然後從帳子裡拿了一件短衫披在身上。每一個路過營帳的士兵都恭敬地向他問好，我看得出他們的眼神裡滿是敬畏。

許褚的證言

許褚說話很慢，每說一句話都經過深思熟慮，條理清晰，有一種和他的形象不大符合的沉穩風度。以下是他的敘述：

「事情發生在九月十四日。你知道，那段時間是我軍與袁紹軍最艱苦的對峙時期。袁紹軍建起了很多箭樓，居高臨下對我軍射箭，我軍士兵不得不隨時身背大盾，營務工作十分危險。

「在這種環境下，曹公的保衛工作也變得棘手起來。曹公的中軍大帳是我軍的中樞，往來之人特別多，很容易招致袁紹軍的襲擊。經過審慎的討論，曹公的營帳最終被安排在大營內一處山坡的下方。從袁紹軍的方向來看，那是一個反斜面，弓矢很難傷及帳篷。中軍大帳的設立，是在九月十日。」

這時候我插嘴問道：「那麼當時營帳的格局是怎樣的？」

「按照曹公一貫的生活習慣，中軍大帳分成了兩個部分。在帳篷最內側曹公寢榻，緊貼著山坡陰面的土壁。寢榻大約只有整個營帳的六分之一大小，剛剛夠放下一張臥榻與一張案几，與外側的議事廳用一道屏風隔開。

「一般來說，整個中軍大帳只有議事廳正面一個入口。不過當時為了防止袁紹軍突然襲擊，我特意讓侍衛在曹公寢榻旁邊開了一個隱蔽的小口，便於曹公隨時撤離——不過這一點請您不要外傳。

「九月十三日整個晚上，曹公都在與幕僚們討論戰局，通宵達旦。我擔任宿衛，執勤從十三日未時一直到十四日巳時。曹公解散了幕僚，吩咐我也去休息一下，然後他便就寢了。那時候我已經相當疲憊，於是在與接防的虎衛交班之後，就回到自己的營舍休息。那大概是在午時發生的事情。

「當我回到營舍準備睡覺的時候，忽然心中感覺到有些不安。你知道，我們這些從事保衛工作的軍人，直覺往往都很準確。我決定再去曹公大帳巡視一圈，看看那些虎衛有沒有偷懶。為了達到突擊檢查的效果，我選擇從曹公寢榻旁的小門進入。

「當我進入小門時，曹公正在酣睡。我待了一陣，忽然聽到外面的議事廳傳來腳步聲。我悄悄地掀開簾子，發現進來的一共有三個人。他們身穿虎衛號服，手裡拿著出鞘的短刀。是的，就跟我手裡的這一把一樣。」

我問：「虎衛是曹公身邊的侍衛嗎？對不起，我一直沒怎麼在軍隊裡待過，不太瞭解這些。」

「嗯……怎麼說呢？曹公的侍衛，一半來源於他在陳留時就帶著的親兵，還有一半是我從譙郡帶出來的遊俠們。前者負責貼近保衛；後者成分比較複雜，所以一般只負責週邊警戒——被稱為虎衛，有專門的赭色號服。在最外層，還有中軍的衛戍部隊。親兵、虎衛、衛戍部隊構成了曹公身邊由近及遠的三層警衛圈。

「那三個人中只有一名虎衛成員，叫作徐他。其他兩個人我並不認識，大概是衛戍部隊中的成員。衛戍部隊都是從諸軍中臨時抽調的，變化太大，認不全。

「無論是虎衛還是衛戍部隊，無事持刀入帳都是絕對不允許的。我正要掀開簾子去斥責他們，卻發現他們沒有東張西望，而是徑直朝著寢榻方向走來。

我立刻感覺到事情有些異樣，曹公當時正在睡覺，我不想驚動他，就轉過寢榻的屏風進到議事廳。

「看到我突然出現，三個人都嚇了一跳。我壓低聲音問徐他這一切是怎麼回事。徐他支支吾吾地說是走錯了。就在我問話的同時，另外兩個人從我的兩側飛快地衝過去，試圖趁我不注意的時候，越過我衝進寢榻。

「這種程度的威脅，雖說事起突然，但想對付我還是太幼稚（說到這裡，許褚露出自得的表情）。我用雙臂把那兩個傢伙攔下來，重重地摔開。其中一個還想反抗，被我一刀殺掉了。徐他和剩下的一個傢伙轉身要跑，我把短刀擲了出去，刺死了一個。最後徐他成功地跑出了中軍大帳，可惜沒跑出幾步，就被箭樓上的袁紹軍箭手發現，被活活射死了——一直到那時候，曹公才被驚醒。」

「就是說，參與刺殺的三個人都死了？」

「是的，很遺憾沒留下活口，不過在當時我也顧不上許多了，畢竟曹公的安全最為重要。」

「屍體呢？」

「經過仵作檢查以後，被埋在軍營附近了，現在不是腐爛就是被狗吃了吧。那個時候，戰爭局勢還不明朗，誰也不會有閒心去看護幾個叛徒的屍體。」

許褚不以為意地說。

「當時在曹公帳外當值的侍衛呢？徐他也就算了，他們怎麼會允許兩個陌生面孔的傢伙隨意進入？」

「徐他當時剛好輪值。根據兩名侍衛的說法，徐他帶著兩個人過來，對他們說，虎衛的人被袁軍的弩箭射傷了，所以從衛戍部隊臨時抽調了兩個人過來。你知道，那時候軍事壓力太大，諸軍人手都不足，經常拆東牆補西牆，這種臨時性調動太平常了。侍衛們查驗完他們的腰牌以後，就信以為真，放心地離開了。」

「我想見見那兩名侍衛。」

「沒問題，他們都被拘押在附近的牢房裡，還沒來得及問斬。」

「不過在這之前，我想問一下，這個徐他，是哪裡人？」

「廣陵人。兩年前加入了虎衛。」

「哦，徐州人。」我隨口說道。

許褚聽到我的話，把刀平放在膝前，眼神裡閃過一絲極力壓抑的不快。

徐他的身分

曹公對徐州民眾來說，並不是什麼美好的回憶。在初平四年（193年）和興平元年（194年），曹公的軍隊兩次進攻徐州，屠戮了數座城池。在一些詩人的誇張形容裡，泗水甚至為之斷流。

我無意去指摘曹公的作為，但就結論而言，無疑徐州人都不喜歡曹公，或者說十分痛恨曹公。

徐他是徐州人，雖然他的籍貫是廣陵，但說不定他有什麼親戚朋友在那兩次大屠殺中喪生了。這麼來看的話，他的動機很可能是要報仇——畢竟在徐州對曹公恨得咬牙切齒的大有人在。

「這是我的失職，在把徐他召入虎衛時，沒有嚴格審查過。可誰又能料到一個廣陵人會因泗水附近的屠殺而起了恨意呢？」

許褚在辯解，似乎在推卸自己的責任。可在我看來，他這麼說，別有深意。

不過我沒有說破，時機還未成熟。

帶著幾絲疑慮，我來到關押那兩名侍衛的牢房。這間牢房只是個臨時羈押所，很簡陋，如果裡面的囚犯想逃跑的話，不用費太大力氣。

守衛打開牢門的時候，那兩名衛士正蜷縮在牢房裡，聽到開門聲，兩個人驚恐地抬起頭。他們嘴邊只有淡淡的鬍子，還是兩名少年。這場曠日持久的戰爭讓每一個青壯年男子都拿起了武器。

我走進牢房，示意守衛把門關上，還不忘大聲交代一句：「如果我被挾持，不必管我，直接殺死劫持者。」

這是曹軍的一項傳統，是從夏侯惇將軍開始的：對於劫持人質者，不必顧忌人質安危。這個原則貌似粗暴，卻杜絕了許多問題。

「我受曹公的指派，來調查一下徐他的背景，你們要如實告訴我。」

我和顏悅色地對他們說，不需要多餘的威脅。他們已經犯了足以殺頭的大錯，如果不趁這次機會將功補過，就是死路一條。

「你們之前認識徐他嗎？」

其中一個點點頭，另外一個搖搖頭。那個說認識徐他的衛士叫鄭觀，他跟徐他還算熟悉。

鄭觀的描述和許褚差不多，刺殺當天，徐他帶著兩個陌生士兵走到大帳前，稱這二人是從別處調撥過來接替虎衛執行宿衛工作的。鄭觀查驗過腰牌發現無誤，就跟他們換崗了。然後他和自己的同伴回到宿營地，一直待到被抓起來。

「徐他跟你換崗的時候，有沒有說什麼話？」

「例行公事，其他的沒說什麼。徐他一向是個沉默寡言的人。」鄭觀回答。

「例行公事的話也可以，每一個字我都要聽。」

鄭觀仔細地回想了一下，告訴我：「他說本該換崗的虎衛被箭射傷了，許校尉讓他從其他部隊抽調兩個人來頂替。就這些。」

「他們當時穿的什麼衣服？」

「普通的侍衛裝。」

「三個人都穿著嗎？你確定？」

「確定，虎衛是赭色的號服，和普通侍衛裝不同。」

「刺殺發生以後，你們回到過現場嗎？」

兩個人一起搖搖頭道：「我們回去後一直在睡覺，直到被抓起來投入大牢。」

我低頭沉思了一陣，又問道：「你對徐他瞭解多少？知道他平時跟誰來往比較頻繁嗎？家裡還有什麼人？」

鄭觀很為難，他對徐他只是一般程度的熟悉。想了半天，他終於開口道：「徐他性格比較孤僻，不大跟人來往，很少提到自己家裡的情況。不過人倒還算熱心，經常幫著我們唸些佈告、家書什麼的。」

「他幫你們唸佈告？他認識字？」

另外一個人抬起頭來說：「是啊，他說是哥哥教的。」

「他還有個哥哥？」

「應該是吧。他是廣陵人，不過口音很像是兗州地方，我們打趣他是個逃犯，他辯解說是跟哥哥口音走的。」

從牢房出來，我的心情有些沉重。可以肯定，許褚沒有完全說實話。看來這位彪形大漢比他的外貌要精細得多，十句中九句都是實情，只在關鍵之處說了謊，如果稍不注意，很容易就會被蒙混過去。

幸虧我是個計吏，每天都跟數目打交道，就算是一個數字的閃失也是大麻煩，這讓我養成了謹小慎微的習慣。

許褚說他在帳篷裡遭遇的殺手，穿著虎衛號服。鄭觀卻說換崗的時候，這些殺手穿的是普通侍衛服。這是一個微小的矛盾。

不過這個矛盾足以揭示許多事情。

現在還不好說誰對誰錯，但許褚一定還有事情隱瞞著。這提示了我，在這之前，我有一個地方得去，希望還趕得及。等我做完那件事再去找許褚時，已經接近傍晚。我的衣服上散發著惡臭，讓路過的人都掩住了鼻子。

我再次找到了許褚，開誠佈公地說：「我相信您對曹公的忠誠，但有些事情您沒有說出來。」

許褚虎目圓睜，似乎被我的話冒犯了。我毫不膽怯，把我的疑問說出來。

許褚不以為然，說也許是在站崗時偷偷換的號服。

「作為刺殺者，徐他怎麼可能還有餘裕去換衣服？何況他為什麼要脫下虎衛服，換成普通的侍衛服，這有何必要？」

許褚有些煩躁地看著我說：「一個滿懷仇恨的瘋子，是難以用常理去揣測的。」

「也許吧，但一個正常人可以用常理去揣測，比如您。」我盯著他的眼睛，把衣服上沾著的星點腐土拍下去。許褚皺起眉頭，鼻子聳動一下，也聞到了我身上的這種味道，而且這種味道絕不陌生。

我深吸一口氣道：「我猜，您在刺殺結束後，先把徐他的屍體拖回了帳篷，又給其他兩具屍體換上虎衛服，然後才彙報給曹公。」

「我圖什麼？」許褚忍不住反駁。

「是圖對屍體的絕對處置權。」我回答，「誰都知道虎衛是您管轄的，如果刺殺者穿著虎衛號服而死，那麼您將有權第一時間進行處置——如果死的是尋常侍衛，恐怕還要知會其他將領和仵作——您在仵作檢查之前，一定對屍體動了什麼手腳，來掩蓋一些東西。還需要我繼續嗎？」

許褚的氣勢陡然減弱了，向曹公隱瞞刺殺事件的線索，這可是要掉腦袋的。如果這事洩露出去，就算他不死，也別想再做貼身侍衛了。有那兩個倒楣侍衛的證詞，許褚想狡辯也沒辦法。許褚聽到我的話，整個人的鋒芒陡然消失了，長歎一聲，雙肩垂下，我知道他已經認輸了。

「您除了給他們換了衣服，是不是還換了皮？」我瞇起眼睛，不疾不徐。

我們四目相對，許褚苦笑道：「任先生，真是什麼都瞞不過你。」

「我花了一下午時間挖墳剖屍，在腐爛的屍體上找線索並不容易。」我冷冷地說，「在徐他的屍體上，我找到一片被剝皮的痕跡。想必那個就是您希望向其他人與仵作隱瞞的東西吧？」

許褚默然不語，他從腰帶裡拿出一樣東西。我注意到這是一片人皮，巴掌大，似乎還帶著淡淡的血腥味。

我暗自鬆了一口氣，其實徐他的屍體已經腐爛得不成樣子了，我只能勉強看到一些細微痕跡，認真起來的話這些證據什麼都證明不了。我只能裝出胸有成竹的樣子去詐許褚，想不到居然成功了。

「這是我從徐他身體上剝下來的。你看了這片皮膚，就知道我為什麼這麼做了。」許褚遞給我。

我看到那片人皮上有一個烙印，烙印的痕跡是一個字——霸。

「這是泰山郡處理囚犯用的烙印，霸指的是臧霸。」許褚深吸了一口氣，「徐他是我招進虎衛的，他還有一個哥哥，這個人你也認識。」

「叫徐翕？」我問。

許褚點點頭。我的腦袋「嗡」的一聲，這次事情可複雜了。

螺旋的迷局

這個徐翕，可是個麻煩的人物。

他是兗州本地人，以前是曹公手下的一個將領。呂布在兗州發動叛亂的時候，他背叛了曹公。等到兗州被平定之後，徐翕害怕曹公殺他，就逃去了青州投奔琅琊相臧霸。曹公找臧霸要人，臧霸卻不肯交出來，曹公沒辦法，就隨便封了徐翕一個郡守。一直到現在，他還是不敢離開青州半步。

如果徐翕出於恐懼，派自己的弟弟來殺曹公，這倒也說得過去。

但我總覺得事情沒這麼簡單。

徐翕無權無勢，曹公若真想對付他，一萬個也殺了。真正麻煩的，其實不是徐翕，而是站在徐翕背後的那位琅琊相——臧霸。

這位大爺是青、徐地界的地頭蛇，在當地勢力盤根錯節，無比深厚。就連曹公都要對他另眼相看，把兩州軍事盡數交付給他。曹公與袁紹爭霸，全靠臧霸在東邊頂住壓力，才能全力北進。現在他保持著半獨立的狀態，只聽調，不聽宣。

假如臧霸對曹公懷有反意——這也是曹公身邊許多幕僚一直擔心的，然後通過徐翕和徐他之手行刺曹公，這將會把整個中原的局勢拖入一個不可知的漩渦。

「現在你明白我為何要那麼做了？」許褚問我。

我諒解地點了點頭。難怪許褚要偷偷把徐他的皮膚割下來，這個細節要傳出去，影響實在太壞了。且不說徐翕、臧霸是否真的參與刺殺，單是旁人的無窮聯想，就足以毀掉曹公在青、徐二州的苦心安撫。

許褚看來要比他的外貌精明得多，一個侍衛居然能站在這個高度考慮問題，實在難得。

「曹公知道這件事嗎？」

許褚搖搖頭道：「徐他已經死了，我當時希望將這起刺殺當作普通的徐州人復仇案來結束，免得節外生枝。」

「難怪您開始時一直刻意引導我往那個方向想。」我笑道。

許褚不好意思地撓了撓頭，說：「我想得太簡單了。」

「我也希望如此，這會讓我省些力氣，可惜事與願違。」我苦澀地笑了笑，「你也知道，這起刺殺和那一封給袁紹的密信有關係。不把密信的作者挖出來，我們誰都別想安生。」

「我會去找虎衛詳細詢問一下徐他最近的活動，也許會有發現。」許褚說，然後站起身來。

「嗯，很好。我認為這營中至少還有一個人與徐他有接觸。這個人的身分很高，有機會接觸到木牘，而且有資格給袁紹寫信。」

「我知道了。」

當下，房間裡的氣氛緩和起來。共同的壓力，讓我和許褚由一開始的敵對轉變成了微妙的同盟。整個宿衛都是他來管理，他去調查要比我更有效率。
可惜在下一刻，我還是硬著心腸把這種氣氛破壞無遺了。許褚正要離開，被我叫住。
「許將軍，在離開之前，還有一件事情我需要與您確認一下。」我瞇起眼睛，「我認為您的敘述裡還有個疑點。」
許褚回過頭來，出乎意料的是，他沒有流露出氣憤的表情。
「在之前的敘述裡，您提到您在刺殺前回到營舍準備睡覺，忽然心中感覺到有些不安，所以才回到曹公大帳巡視，撞見了刺殺。您對此的解釋是，你們這些從事保衛工作的軍人，直覺往往都很準確。可是我不這麼認為。」
「哦？」許褚抬了抬眉毛。這個小動作表明他既驚訝又好奇。
「您突然返回曹公營帳，極其湊巧地趕上了徐他行刺。這太巧合了，我覺得用直覺解釋太過單薄。」
「先生的意思是，我也有份嗎？」
「不，我只是忽然想到從另外一個角度去考慮……」我瞇起眼睛，緩緩說出我的猜想，「也許主使者壓根沒打算讓徐他行刺成功，而是讓他故意暴露在您的面前。」
「可目的呢？」
「很簡單。您知道徐他是徐翕的弟弟，又瞭解他身上的霸字烙印。如果徐他這個人意圖行刺曹公，那麼您會得出什麼結論？」

「徐翕和臧霸在幕後主使。」

「沒錯，這樣曹公和臧霸之間就會互相猜忌，整個東方都會陷入混亂，袁紹則可以趁機從中漁利。這是那個主使者的意圖——當然，如果您沒及時返回，徐他成功刺殺了曹公更好。這是一個雙層計劃，無論成功還是失敗，主使者都能獲得巨大的好處。」

許褚似乎追上了我的思路，他把手裡的短刀抓得更緊，似乎要把黑暗中的那個主使者一刀砍翻。

「幸運的是，這個神祕的主使者雖然很瞭解您，但沒料到您為了大局，私自把徐他的身分隱瞞下來，以至於曹公把刺殺當成一起普通事件，交給我來調查。」我拍了拍他的肩膀，「我們還有機會把他抓出來。」

「可我確實是心血來潮突然返回曹公營帳，那個主使者總不可能連這一點都算進去。」

「您確定是自己做的決定，而不是被人暗示或者影響？」我盯著他的眼睛。

許褚的表情變得不自信起來。

「這個給您暗示的人，也許與指使徐他進行刺殺的是同一個人。」我說，「所以許校尉您去調查的時候，可以在這方面多多留心。」

從許褚那裡離開以後，我背著手，在軍營裡來回踱躂。這個軍營馬上就要被拆除了，大軍即將北移，許多士兵吵吵嚷嚷地搬運著木料與石頭。

我又拿出那一枚木牘，反覆觀察，希望能從中讀出更多的東西。一起失敗的刺殺，幾乎撬動整個中原的局勢，這個佈局的傢伙，實在是個可怕的對手。

一隊袁軍俘虜垂頭喪氣地走過，隨隊的曹軍士兵拿起長槍，不時戳刺，讓他們走得更快些。這些可憐的俘虜前幾天還是河北強軍，現在卻腳步倉皇，表情驚恐。所謂成王敗寇，真是叫人不勝唏噓。

看著他們走過身旁，我忽然停住了腳步，靈光一現。

我一直在想這枚木牘是如何在曹營裡寫就的，卻忽略了幾件事。它是如何從曹營流到袁營的？在袁紹營中又是被如何處置的？更重要的一點是，主使者給袁紹寫這麼一封信，目的何在？

這些疑問，有兩個人應該可以回答。只是這兩個傢伙的身分有些敏感。

我下意識地摸了摸曹公給我的符令，心想莫非曹公從一開始就預料到了這種狀況？

我拉住一名軍官，打聽他們所住的帳篷。軍官警惕性很高，直到我出示符令，他才告訴我具體位置。

原來他們所住的帳篷距離曹公的中軍大帳居然只有三帳之遠，這可真是殊榮。曹公在籠絡人心方面，就像他對付反對者一樣不遺餘力。

這兩頂帳篷前的守備十分森嚴，有足足十名士兵圍在四周。我剛剛靠近，就有人喝令我站住，然後過來檢查。士兵見我是個陌生人，便冷著臉問我幹什麼。我恭敬地回答道：「在下是典農中郎將任峻，受司空大人所託，求見許攸許大人和張郃張將軍。」

叛徒與功臣

許攸被曹公叫去商談要事，一時半會兒還回不來，所以我先去見了寧國中郎將張郃。張郃和我想像中的大將形象截然不同，他是個瘦長清秀的年輕人，手指修長而白皙，眉宇間甚至還帶著幾絲優柔的女氣，沒有尋常武將身上那種強烈的煞氣。

張郃把我迎進帳篷，神情頗為恭敬。作為新降的袁家高級將領，他現在行事很低調，我注意到，他對把守帳篷的曹軍衛士都客客氣氣的。

根據我的瞭解，張郃的投降經歷是這樣的：當曹公偷襲烏巢的時候，張郃建議袁紹立刻派兵去救援，袁紹的一位謀士郭圖卻堅持圍魏救趙，去攻擊曹公的本營，於是袁紹派了一支偏師去救援，然後讓張郃率重兵攻打本營，結果本營未下，烏巢已被徹底焚毀，張郃發現大勢已去，只好投降曹公。

據張郃自己說，他之所以投降，是因為郭圖對袁紹進讒言，說他聽到烏巢兵敗後很開心。他怕回去會被袁紹殺害，才主動投誠。

我覺得這只是個美妙的藉口。曹公大營距離袁紹主營有三十多里路，除非張郃有順風耳，否則在前線的他不可能聽到郭圖對袁紹的「讒言」，然後陣前倒戈。

不過我無意說破。投降畢竟是一件羞恥的事情，大概張郃是想為自己找一個心安理得的藉口吧，曹公想必也是心知肚明。這是人之常情，曹公都沒發話，輪不到我這麼一個小小的典農中郎將來質疑。

「請問您來找我，有什麼事嗎？」

張郃拿起我的名刺，露出不解的表情。我簡要地把自己的身分說了一遍，張郃的眼神裡立刻多了幾絲敬畏。在他看來，我大概是屬於刺奸校尉那種專門刺探同僚隱私並上報主公的官員吧。

「在下今日冒昧來訪，是想詢問將軍袁公營中的一些事情。」

「只要不違反道義，您儘管問就是了。」張郃似乎鬆了口氣，下意識地把額髮往上撩了撩。這個小動作表明他很膽怯，卻不心虛——而且說明他確實很在意自己的容姿。

「袁公麾下有『河北四庭柱』之說，其中顏良、文醜兩位將軍負責前鋒諸軍事，高覽高將軍坐鎮後軍，而居中巡防的就是將軍您對吧？」

張郃微微得意地抬起下巴。

「我想再確認一下，自從兩軍交戰以來，袁軍大營方圓幾十里內，都屬於將軍的巡防範圍，有任何可疑的動靜或者人都會由巡哨與斥候報告給將軍，對吧？」

「是的……呃，應該說，大部分情況我都可以掌握。」張郃停頓了一下，又補充道，「曹公奇襲烏巢，真是一個傑作，我完全沒有預料到。那可真是戰爭的最高美學。」

這個人真是太小心了，一絲言語上的紕漏都不肯出。我衝他做了一個安心的手勢，表示這種事跟我沒關係，繼續問道：「也就是說，如果曹公這邊有什麼人想給袁公傳遞消息，勢必會通過您的巡防部隊，才能夠順利送抵嘍？」

張郃的臉原本很白皙，現在卻有些漲紅，兩隻丹鳳眼朝著左右急速地閃動了幾下，身子往下縮了縮。

我意識到自己太心急了，這個人屬於極端小心的性格，這種可能會得罪曹營許多人的事情，他避之不及，又怎麼會主動告訴別人。

「曹營與袁公往來之事，皆屬軍中機密。我只是個中郎將，不能與聞。」

他的反應果然如我的預料，把自己擇得一乾二淨。

我暗暗罵自己不小心，然後把眼睛瞇起來，拖起長腔道：「將軍，您已是別人的眼中釘、肉中刺，還不自知嗎？」

「郃一向與曹營諸君只秉持公義而戰，卻從無私仇。先生何出此言？」

張郃試圖抵抗，可他的防線已經是搖搖欲墜。現在的他，正處於每一個背主之人心志最為脆弱的時候，十分徬徨，稍微施加一點壓力，就能把他壓垮。

「從開戰時起，曹公麾下有多少人送過密信給袁公，我想將軍您心裡有數。將軍您掌管袁營防務，就算您自承未曾與聞密信通達，別人又怎會放心——以後您在曹營的日子，恐怕不會好過哪。豈不聞錯殺之憾，勝若錯失？」

這就近乎赤裸裸的威脅了，其中的利害，不用我細說，張郃也會明白。

我看到張郃的皮膚上開始沁出汗水，便開口勸慰道：「不瞞將軍您說，我這次來，乃是奉了曹公的密令，追查其中一封密函。這件事辦好了，曹公便會將所有信函付之一炬，表明不予追究。屆時那些寫信之人便不必疑神疑鬼，將軍也就解脫了。」

極端小心之人，意味著極端注重安全。只要抓住這一點，他們便會像耕地的黃牛一樣俯首聽命。張郃思忖片刻，終於向我賠笑道：「任先生如此推心置腹，我自然知無不言，言無不盡。」

根據張郃的說法，在袁營與曹營之間，並不存在一條固定的通信管道。

大部分情況下，是曹營裡的人祕密遣心腹出營，半路被巡防袁軍截獲。這是件極其危險的差事，即便逃過了曹營的哨探，也會經常被袁軍誤以為是敵人而殺死。及時表明身分僥倖沒死的，會被帶去張郃處，人羈押起來，密信轉呈給袁紹。直到袁紹下了命令，送信之人或殺或放。

張郃的責任是送達，但沒有權力拆開信件。他如果私拆，別說袁紹，郭圖第一個就不放過他。所以送的是誰的信、裡面什麼內容，他一概不知道。

「巡防會有每一次送信的記錄嗎？」

「這是極機密的事情，中軍或許會有保存，但我沒有。」張郃苦惱地回答，彷彿這是他的錯。

「那你還能記得什麼時間送過什麼樣的密信嗎？」

張郃搖搖頭，軍中事務繁重，誰都不會去關心這些細枝末節。我估計也是這樣，但還是有些失望。我仔細回想了一下之前的對話，忽然眼睛一亮。「您剛才提到，那是大部分情況下，就是說還有例外嘍？」

「嗯，是的，有些極少數情況，還有信要送回去。這時候就需要巡防的人跟隨信使，以防止被我軍誤傷。必要的時候，我們還要吸引曹軍哨探的注意，讓信使順利溜回去。」

「冒著這麼大的風險去回信，看來是非常重要的事情啊……」我搓動手指，覺得看到了一絲光亮，還有什麼事情比刺殺曹公更重要呢？

「這樣的事情發生了幾次？」

「一次。」張郃毫不猶豫地回答。瑣碎的普通密信，他也許沒什麼記憶。但這種需要護送回信的特例，他一定留有深刻印象。

「什麼時候？」

「九月十日。」

果然是在曹公遇刺之前。我連忙追問：「你還記得信使的相貌或者聲音嗎？」

張郃回憶了片刻，最終還是搖了搖頭。「他用黑布裹住了臉，從始至終都沒出聲。」

我還想再問問細節，不料帳篷外忽然傳來腳步聲，然後響起衛兵的阻攔聲和一陣大聲的叱罵。很快衛兵敗下陣來，腳步聲接近了我們這頂帳篷，隨即門簾被掀開。闖進來的人是個中年人，整張臉是個倒置的三角形，下巴像一把削尖的錐子，一看就是相書上說的刻薄之相。

他冷冷地瞥了一眼張郃，從牙縫裡擠出三個字：「哼，叛徒。」

張郃大怒，不顧風度地站起來，反唇相譏：「你又算什麼？」

「別把我和你相提並論。爾等是見風使舵，豈比得上我逆水行舟？」中年人得意揚揚地捋了捋山羊鬍，把注意力放到我身上，「你就是任峻？」

「是的，您是？」其實我已經猜到了答案。

「很快曹公就會奏請天子，封我這位官渡的大功臣高爵上職，起碼兩千石以上——你就先稱呼我為許大夫吧。」

許攸居高臨下地對我說道。

殺意

許攸如今可是個大名人。曹公最艱苦的時候，曹營的人都呼啦啦地往袁紹那裡跑，這位許先生卻反其道而行之，連夜從袁紹那裡投奔了曹公。聽說曹公當時高興得連鞋都沒穿，光著腳出來迎接他。

偷襲烏巢的計劃，就是許攸向曹公提出來的，這才有了官渡的大勝。所以他看不起張郃，又自稱是大功臣，實在是無可厚非。

「許大夫，我們去您的帳子裡談吧。」我看了一眼張郃，不想太刺激這位投誠者。

「也好，我那裡畢竟大一些，衛兵也少一些。」許攸臨走前還不忘諷刺一下張郃，張郃氣得面孔發紫，卻無可奈何。

到了許攸的帳篷裡，我恭敬地坐在下首。許攸吩咐下人端來一壺酒和兩個酒樽，誇耀道：「曹公軍中，酒是違禁之物。這酒還是從袁本初那裡繳獲的，曹公賞賜給我，所以請隨意飲用。」

他已經開始用輕蔑的口氣來稱呼袁紹了。我暗自感慨，然後恭維了幾句，雙袖一拱，把杯中酒一飲而盡。香冽辛辣的液體從口腔流入胃袋，讓我整個人的精神都微微一振，不愧是產自河北的好酒啊。

「你找我有何事？」許攸問。

我把來意說了一遍，末了又補充道：「許大夫，您當初在袁營裡是第一謀士，河北軍政所行，無不出自您的謀劃。所以我想幕府之事，詢問您再合適不過了。」

許攸喜歡恭維，那麼我就多奉承幾句好了。果然，這幾句話說出來，許攸的面孔歡喜得似乎開始放光，連連舉杯勸酒。我趁熱打鐵地提出了自己的問題。

「您可曾與袁公商議過關於曹營密信的事？」

我的問題一出，許攸的表情遲疑了一下。傲慢如他，也知道這件事的嚴重性，可惜剛才已經誇下海口，他現在恐怕已經不好意思推託。從某種意義上來說，他比張郃還容易受影響。

「呃……這個問題嘛，很敏感，相當敏感。」許攸開始打官腔。

「是啊，所以若非您這樣身居要職之人，是沒辦法知道詳情的。」我敲磚轉腳，不容他反悔。

望著我逼視的眼睛，許攸只得應道：「那時候每天都會有密信偷偷送來給袁本初，數量太大，所以幾個謀士——主要是我和郭圖、辛毗幾個人——輪流審看，只有特別重要的，才會送到袁本初那裡去做最後定奪。」

「您呈遞過類似的信件嗎？尤其是木牘，涉及曹公人身安全的。」

「沒有。」許攸有些赧然，他剛誇口說自己經手了袁紹的全部機密。但他很快說道：「我記得每一個寫密信的人的名字，你要一份名單嗎？」

「那個就不必了……」我有些失望，「那您有沒有聽別的幕僚提過？」

許攸認真地回想了一下，用指頭點了點太陽穴。「郭圖郭公則，這個討厭的傢伙曾經有一次跟我炫耀，說袁本初答應他，等打下許都捉住皇帝以後，就封他當尚書令。我當然不會相信他的吹牛，反駁說曹軍尚在官渡，你就做起春秋大夢，實在可笑。郭公則只是冷笑，丟下一句話說曹賊克日必亡。」

我心中一動，那木牘上寫著類似的話：克日必亡。看來兩者之間一定存在著什麼特別的聯繫。

現在事情有些眉目了。曹營裡的這個神祕人向袁營送了密信，由張郃的巡防部隊轉給郭圖，然後再轉給袁紹。袁紹看完以後很重視，專門回了一封，讓張郃護送信使回曹營。緊接著，這個神祕人就唆使徐他前去刺殺曹操。

「您是怎麼從袁營跑來曹營的？」我忽然想到一個問題，開口問道。

許攸不以為意地揮了揮手說：「小事一樁，我先對袁軍巡防說要去視察，然後繞到官渡以南，快馬加鞭，從你們的後方隨糧車進去，表明身分，你們的衛兵自然就會送我去見曹公。」

「為什麼要特意繞到南方呢？」

「廢話！」許攸毫不客氣地教訓道，「袁、曹兩營對峙，中間地帶只要有會動的東西，還容不得你說話，就被袁軍弓手射死了，要麼就是被曹軍的霹靂車砸死，不繞行就是死路一條。你這小吏沒見過陣仗，哪裡知道這其中厲害。」

「繞到南方就安全了嗎？」

「那當然，南方多是運糧隊，警惕性要差一些。」

聽了他的話，我微微露出笑意。我也許沒打過仗，但說到糧草運輸，我可有著不輸給任何人的自信。

他這段描述對我來說，提示已經足夠多了。

「對了，您對張衡的《二京賦》可有什麼心得？」我有意無意地問了一句。

許攸沒料到我會忽然問一個離題萬里的問題，愣了一下，才回答道：「曾經在家兄府上讀過，不過已經記不得內容了。」

「是啊，在這個時代，誰還會去背那樣的文章。」我回答。

從許攸的帳篷出來，已經是深夜了。我長長地伸了一個懶腰，覺得十分疲憊。我從烏巢趕回官渡，馬不停蹄地調查了一整天，身心俱疲。目前的調查還是在週邊兜圈子，不過包圍圈已經收緊，逐漸接近曹公想要知道的主題了。

此時滿天星斗燦然，我把懷裡揣著的木牘取出來把玩，忽然有一種不真實的奇妙感。次日這裡就要拔營，曹公即將接管整個中原大地，成為不可撼動的霸主。

假如徐他能夠成功的話，那麼這一切將完全顛倒過來，袁本初將率領大軍南下許都，我則會變成張郃那樣的投降者，或者在某一場戰鬥中殉難吧。

就像剛才許攸在醉酒後嚷嚷的那樣：「蠢材們，如果沒有我，你們就都淪為階下囚了。」

有時候，整個歷史就取決於一個人在短短一瞬間的舉動，這可是董狐、司馬遷和班固他們從來沒有想過的。

我正沉醉地想著這些事情，不知從何處的黑暗裡射出一支飛箭，刺入我的胸膛，把我整個人向後推去。

幕後之敵

當箭尖觸及我胸膛的時候，我聽到一個清脆的撞擊聲，然後整個人仰倒在了地上，疼得眼冒金星。

救了我一命的是曹公的司空印，這枚銅製符印成功地擋住了箭矢的突刺。

我在黑暗中不敢有任何動作，那個不知名的殺手一定潛伏在附近，觀察著這裡的狀況。如果我貿然起身，恐怕就會招致更多的冷箭。

是意外嗎？

我很快就否認了，在這種沒有蠟燭的黑夜裡，殺手還能準確地把箭射入我的胸口，一定是處心積慮觀察過我的行蹤才下的手。

看來我的調查驚動了一些人。反過來想的話，我應該已經接近真相了。

我躺在地上，又是鬱悶，又是欣慰地想。如果殺手就此罷手離開還好，如果他想摸過來檢查屍體，那我真不知道該怎麼辦才好了。我的格鬥水準不高，很可能會被殺手「再度」殺死。

這時遠處有微弱的光芒閃起，是巡夜的士兵提著燈籠走過來了，我暗自鬆了一口氣。等到士兵靠近，我從地上抬起頭來，表明身分，吩咐他們把光源拿得遠一些，然後讓四個人圍住我。這樣那個在暗處窺視的殺手，便拿我沒有辦法了。

我就這樣回到了帳篷，發現許褚居然在等我。他看到我受了傷，大吃一驚，連忙剝開我的衣服檢查。好在司空印卸掉了大部分勁力，胸膛除了瘀青以外倒沒什麼別的損傷。許褚讓侍衛取來軍中常用的活血老鼠油，給我揉搓了片刻，我感覺稍微好了一些。

「這是用來射我的箭。」我遞給他一根箭矢。剛才那箭被我擋住以後，掉落在腳邊，被我偷偷撿了起來。

許褚拿起來檢查了一番，把箭桿拿給我看，一臉認真地說：「這根箭矢是袁紹軍的。」

「你怎麼知道？」我很好奇，這些東西在我這外行人眼裡長得都一樣。

「你知道，弓弧和箭長必須相匹，否則準頭會變得很差。為了防止射過去的箭為敵軍所用，我軍的箭矢都是二尺三寸長，使用的弓也是相匹配的。而袁紹軍通用的是二尺五寸長。」

「我可是在黑暗中被正正射中胸膛哪……」我沉吟道，「就是說，要麼那個人是養由基再世，要麼就是他有一張袁軍用的弓。」

「也許兩者兼有之。」許褚感歎，「不能從這方面查一查嗎？」

「談何容易。咱們繳獲了多少袁紹的糧草軍器，我心裡可有數。想查出誰多拿了幾支箭矢一張弓，根本不可能。」

「我馬上去跟曹公說一聲，封閉大營，挨個帳篷檢查，不信抓不出來。」

「曹公的意思是要低調地進行調查。你這麼幹，等於把整個中軍大營都掀起來了。」

「那你豈不是白挨了一箭？」

「也不完全是……」我想直起身子來，猛地牽動胸口肌肉，疼得齜牙咧嘴，「對了，你這麼晚來找我，是有新發現了嗎？」

許褚抓了抓頭。「我問過了虎衛的人，徐他最近表現得很正常，除了另外兩個殺手，他很少跟別人接觸，也幾乎沒離開過大營。」

「幾乎沒離開？就是說還是離開過嘍？」

「因為張郃曾經遊說袁紹偷襲我軍後方，那段時間營裡很緊張。每次運糧隊靠近，都會由虎衛離營三十里南下去接應運糧隊。徐他出去過一次，前後也就一個時辰吧。」

「那是在什麼時候？」

「八月底吧。」

我閉上眼睛想了想，堅定地說出一個日期：「八月二十五日。」曹軍糧秣的所有運輸計劃，都在我的腦子裡，在八月底到九月初之間，對曹軍大營唯一一次進行大補給的行動，就是八月二十五日。如果必要，我甚至還能說出那一次糧車、牲畜和民伕的數量。

「可這又能說明什麼呢？徐他與繞道南路的袁紹奸細接頭？」

我輕輕地搖了搖頭，這在日期上對不上。事實上，按照張郃的說法，袁紹軍在九月十日才接到神祕人的來信，然後在九月十一日凌晨送信使回去，刺殺發生在十四日。

「你知道這個順序意味著什麼嗎？」我有節奏地拍著大腿。

從許攸的證詞裡可以判斷，袁紹一直到十日接到神祕人來信，才有所反應。

在這之前，袁軍全不知情。

「這說明，袁紹不是刺殺的策劃者，他只是一個配合者，只是一枚計劃內的棋子罷了。」我感歎道，「大手筆，真是大手筆。袁本初坐擁大軍幾十萬，也不過是一枚棋子罷了。」

許褚有點跟不上我的思路，我放慢了語速：「既然袁紹只是配合，說明刺殺計劃另有籌謀之人。仔細想想，如此迫切希望曹公遭遇不測進而攪亂中原局勢的，除了袁紹，還會有哪方勢力呢？」

「那可多了，孫策、劉表、馬騰……」許褚一五一十地數起來。

「那些都是外敵。而這個敵人，明顯出自內部。」我斷然否定，「袁公此人，族內四世三公，他一向眼高於頂。曹營送來那麼多通敵文書他都不屑一顧，而神祕人送來的密信，他居然特意委派大將張郃親自護送其回曹營——能讓袁本初如此重視的，天下能有幾人？」

我的話，不能說得再透了。許褚瞳孔驟然收縮，因為他大致猜出了我的意思。

我們的目光同時投向南方，在那邊有一座叫許都的大城，許都大城裡有個小城，小城裡住著一位瘦弱的年輕人。

「陛下嗎……」許褚的聲音幾乎輕不可聽。

感謝

皇帝陛下大概是這個時代最矛盾的人了。他是天下之共主，卻幾乎沒人在乎他；普天之下莫非王土，他卻沒有立錐之地——但他偏偏還代表著最高的權威。

我身為司空府的幕僚，對於皇帝的處境很瞭解。公平地說，曹公把這位皇帝弄得確實是太鬱悶了。我朝歷代皇帝之中，比他聰明的人俯拾皆是，比他處境淒慘的也大有人在，但恐怕沒人如他一樣，混得如此淒慘而又如此清醒。

就在今年年初，這位皇帝發動了一次反抗，結果輕而易舉就被粉碎了。為首的車騎將軍董承和其他人被殺，劉備外逃。皇帝陛下雖然不用擔心自己的安全，卻只能眼睜睜地看著自己已懷孕的妃子被殺掉。

眼下曹公和袁紹爭鬥正熾，懷著刻骨仇恨的皇帝陛下試圖勾結外敵，從背後插一刀，也是可以理解的吧。

當然，皇帝本人是不會出現在曹軍官渡大營裡的，他會有一個代理人。

這個代理人策動了徐他去刺殺曹操，也是他寫信給袁紹要求配合，然後在暗中射了我一箭——他就是我最終需要挖出來的人。

雖然董承已經死了，保皇派星流雲散，但仍舊有許多忠心漢室的人。比如曹公身旁他最信賴的那位尚書令荀彧，就是頭號保皇派。所以曹公麾下有人會暗中效力漢室，我一點也不意外。

我軍的糧草大部分都從許都轉運，皇帝陛下在運糧隊裡安插幾個內應，然後讓這個代理人以運糧隊為跳板往來於曹、袁之間，是最好的選擇。畢竟曹軍巡防都不會特別留意從後方過來的運糧隊。

董承才失敗不到半年，這位皇帝又策劃了這麼大一個陰謀，他對曹公的恨意還真不是一般深哪。我暗自感慨。

「那個問題，你想清楚了嗎？」我問許褚。

許褚搖搖頭道：「我仔細回想了半天，那天在回營的路上我碰到過好幾撥人，但我跟他們都沒說過話。我確信我突然返回中軍營帳的決定，是直覺，不是受別人影響的。」

「不說話不代表什麼。」

人的心理是很奇怪的，有的時候會非常容易接受暗示，甚至他們自己都不會覺察到這種暗示的存在，把它當成自己獨立做出的決定，並確信無疑。

於是我讓許褚把碰到的人寫一份名單給我，要詳細到他們碰到許褚時的姿態、表情、動作，甚至包括他們跟別人的交談。

這可苦了許褚，他在我的營帳裡待了一夜，又是撓腦袋，又是抓鬍子，絞盡腦汁。

次日清晨，我一大早就起了床。許褚很細心地派了兩名虎衛給我，還拍著胸脯說這兩個人都是譙郡出身，非常可靠。他的兩眼發腫，一看就熬了通宵。

「樂進、韓浩、張繡、夏侯淵……每一位都是獨當一面的大人物哪。」

我接過他寫的名單，感歎道。

不過這些人和許褚都沒有什麼交談，最熟的夏侯淵衝他拱手說了兩句毫無意義的寒暄話，像張繡、韓浩，甚至沒打招呼就迎面過去了。

我把名單揣到懷裡，走出營帳。光天化日之下，我想我還算安全。神祕人既然選擇了在暗夜出手，就說明不希望暴露自己的身分。他膽敢在白天再射我一箭，真面目恐怕立刻就會被拆穿。許褚的兩名護衛一前一後跟著我。

今天是移營的日子，營地裡很是熱鬧。我迎面看到曹公和許攸騎馬並轡而來。許攸看到我，只是冷漠地拱了拱手，曹公倒是拉住轡繩，對我笑著問道：「伯達，如何了？」

我遲疑了一下，回答道：「有了些頭緒，只是還要再參詳一下。」關於徐他身分的事情，我還不能說，免得影響曹公的心情和青州的局勢。同樣，我也不能公開說皇帝陛下與這起事件有關。

「我聽說你還被那個人射了一箭，這可太不像話了。」曹公語帶惱怒，但我聽得出來，他對我沒鬧得滿營皆知很滿意，他就喜歡「識大體」的人。

「若沒有許大夫，必不能如此順利。」我轉向許攸，深深施了一禮，許攸臉色好看多了。

曹公大笑道：「若沒有子遠，別說你，就連我都要死在官渡。咱們都得感謝子遠。」

許攸在馬上淡淡應道：「不必謝我，先感謝郭嘉。」

「郭祭酒回來了？」我有些驚訝。

曹公道：「他剛從江東回來，身體不太好，一直在休養。今天移營，他堅持要隨軍前行，所以在營外的一輛大車裡。你有空可以去探望他一下。」

拜別了曹公和許攸，我帶著兩名護衛來到了曹公遇刺的原中軍大帳處。

大帳雖然已經被拆除了，但從地面上的凹痕與木樁看，還是能夠大致勾勒出當時的樣子。

現場和許褚描述的差不多，大帳紮在這附近唯一的一處山坡下方，是一個反斜面，除非弓箭會拐彎，否則根本無法危及帳內之人。

但帳外就不同了，小山坡能夠遮蔽的範圍，只有大帳周圍大約數尺的距離。

離開這個範圍，就是開闊的平地。我慢慢走到當時第三個殺手被射死的位置，朝著袁紹營地的方向望去，在心裡默默地估算。

袁營只要有一個十丈高以上的箭樓，就可以輕易威脅到這個區域。我用腳踢了踢土地，土還帶著一抹隱約的紅色。

「那幾天，袁軍的兔崽子們很囂張呢。」我身旁的一名護衛感歎道，「我們出門如果不帶盾牌，就是死路一條。好幾個兄弟，就是這麼死掉的。」

另外一個護衛也插嘴道：「幸虧劉大人的霹靂車，要不然日子可慘了。」

劉曄改良的霹靂車，是曹軍的法寶。霹靂車所用的彈索與石彈都是訂製的，根據發石的遠近，要選取不同彈索與不同重量的石彈。所以只要操作的人懂一點算學基礎，就能比普通的發石車精準許多。

我聽到他們談起霹靂車，回頭問道：「九月十四日那天，這附近佈置了霹靂車嗎？」

「對啊，還砸塌了敵人一座高樓呢。」護衛興高采烈地說。

「高樓？在什麼位置？」

護衛指了指一個方位，我目測了一下，又問道：「那樓有多高？」

「怎麼也有二十多丈吧。」護衛撓撓頭。

「它附近還有其他箭樓嗎？」

另外一個護衛答道：「有，不過都比那座矮一點。」

「砸塌那座箭樓是什麼時候的事？」

「午時。當時我還想去霹靂車那兒祝賀一下，不過很快中軍帳就傳來刺殺主公的消息。我就趕來這裡，沒顧得上去。」

「就是說，砸塌箭樓是在刺殺事件之前發生的。」我心裡暗想。

袁紹軍的箭樓並非統一的高度，高低各有不同，有高十餘丈的，也有高二十餘丈的，錯落佈置在營地之中。

從曹軍的角度來看，袁軍的箭樓林立，逃走的殺手被飛箭射殺實屬正常，這是長期處於袁紹箭樓威脅下所產生的心理定式。這種定式，讓他們忽略掉一個重要的因素——只有高於二十丈的箭樓，才能危及這個區域。

但在刺殺發生前，唯一的一座高箭樓已經被霹靂車摧毀。

也就是說，至少在九月十四日午時這段時間，袁紹軍無法威脅到這個區域。

所以這第三個殺手，是死於曹營的箭矢之下。

「不可能。」許褚斷然否定了我的推測，「我仔細檢查過了，射死殺手的那支箭，是袁軍的。」

「射我的那支箭，也是袁軍的。」我懶洋洋地回答，「別忘記了，袁紹曾經把信使送回曹營，也許那信使會隨身帶幾支箭矢。」

「但那個貫通的傷口的位置，明顯是從上方斜射而入，這一點我還是能分辨出來的。

如果躲在營地附近射箭，我早就發現了。」許褚爭辯道。

我冷冷地道：「別忘記了，我軍也有箭樓。」

曹軍的大營並非一個矩形，而是依地勢形成的一個近乎凹字的形狀。中軍大帳位於凹形底部，兩側營地突前。如果是在兩翼某一座箭樓朝中軍大帳射箭的話，很容易讓人誤以為是從外面射入的。

那個神祕人，恐怕就是一早躲在箭樓裡，手持弓箭監視著中軍大帳的動靜。一旦發現殺手失敗向外逃竄，就立刻用早準備好的袁軍箭矢射殺，以此來造成那名殺手死於意外的飛箭的假象。

可惜霹靂車的出色發揮，反而把他暴露出來了。

「我立刻去查！」許褚站起身來。箭樓是曹軍的重要設施，每一座都有專職負責的什伍，想查出九月十四日午時值守的名單，並非難事。

許褚在軍中的關係比我深厚，查起來事半功倍。很快他就拿到了一份名單，但我看他的表情，就知道事情沒那麼簡單。

曹軍為了與袁軍對抗，除了霹靂車，也修建了許多箭樓來對抗。因此在十四日午時前後，在箭樓上與袁軍弓手對抗的士兵和下級軍官，足有二百三十人，連高級將領也有十幾個人駐足過。

沒有精確的時間計量，從這些人裡篩出那個神祕人實在是大海撈針。要知道，箭樓之間的對抗極其殘酷，每個人都需要全神貫注在袁軍大營。神祕人偷偷朝反方向的曹營射出一箭，只要半息時間，同處一座箭樓的人未必能夠發現。

調查到這裡，似乎陷入了僵局。

「接下來的事情交給我吧。」

我拿起那份名單，決定去請教一下司空軍祭酒郭嘉。

這個年輕人半躺在一輛大車裡，身上蓋著珍貴的狼裘。他的額頭很寬。全身最醒目的地方是他的一雙眼睛：瞳孔顏色極黑，黑得像是一口深不可測的水井，直視久了有一種要被吸進去的錯覺。

「郭祭酒，南邊一定很溫暖吧？」我寒暄道。這個人據說在南邊幹了一件驚天動地的大事，那件大事與中原局勢干係重大，連高傲的許攸都不得不承認，官渡之戰，要首先感謝郭嘉。

「別寒暄了。」郭嘉抬起手，露出自嘲的笑容，「直接說正題吧，我沒多少時間了。」

我把整個事件和猜測毫無隱瞞地講給他聽，然後把名單遞給他。郭嘉用瘦如雞爪的蒼白手指拂過名單，慢慢說道：「董承之後，陛下身旁已無可用之人。即便曹公突然死了，他也不過是個再被各地諸侯裹挾的孤家寡人——除非他能找到一個擁有勢力的合作者。這個合作者的勢力不能大到挾天子以令諸侯，但也不能小到任人欺凌。只有如此，在他一手攪亂的中原亂局中，才能有所作為。這是其一。」

然後他伸出了第二根手指。「這個合作者，必須有一個與陛下合作的理由，不一定是忠於漢室，也許是痛恨曹公。這是其二。」

「刺殺曹公這個局，發自肘腋，震於肺腑。所以這個合作者，必須來自曹公陣營，方能實行。這是其三。」郭嘉彎下了第三根指頭。

我聽到他的分析，心悅誠服。這就是差距啊。

「擁有自己的勢力，身處曹公陣營，又對曹公懷有恨意。從這份名單裡找出符合這三點的人來，並不難。」

「可是對曹公的恨意，這個判斷起來很難，畢竟人心隔肚皮。」

郭嘉輕輕笑起來，然後咳嗽了一陣，方才說道：「不一定是曹公曾經對他做過什麼錯事，也可能是他對曹公做過什麼錯事，所以心懷畏懼嘛。」

我打開名單，用指頭點住了一個人的名字。郭嘉贊許地點點頭：「先前我只知道他槍法如神，想不到箭法也如此出眾。至於那個策劃者……」

「我大概知道是誰了。」我拿出那封木牘密信，遞給郭嘉，指給他看。

他接過去，蒼白的指頭滑過上面的刻痕，露出奇妙的微笑。

「曹營的往來書信，應該都還有存檔吧？」郭嘉說，又提醒了一句，「不是讓你去查筆跡。」

「我知道。」

The Truth Is Out There

北地槍王張繡，那是一個傳奇性的人物。

自從董卓兵敗之後，西涼鐵騎散落於中原各地，其中一支就在張繡及其叔父張濟的率領下，盤踞在宛城。

後來張濟死了，曹公一直想收服這支勁旅，與張繡反覆打了幾仗，有輸有贏。建安二年（197年）的時候，張繡終於投降。當曹公走入軍營的時候，迎接他的卻是一支嚴陣以待的大軍。在那場變亂中，曹公失去了他的長子、侄子和一員大將，兩家遂成仇敵。

曹公與袁紹開始對峙之後，所有人都認為張繡會投靠袁紹。結果出乎所有人的意料，張繡聽從賈詡的建議，趕走袁紹使者，再次投靠曹公，曹公居然也答應了。於是張繡作為曹軍新參將領，也來到了官渡。

作為一位諸侯，曹公表現出了恢宏的氣度；但作為一位父親，我覺得他不會這麼輕易原諒張繡——張繡大概也是這麼覺得的，所以不惜鋌而走險。

但真正讓我在意的，不是張繡，而是他身旁那個人。張繡的一切行動，都是出自那個人的智謀——也許也包括這一次。

只憑藉一個小小的虎衛，就幾乎改變了整個官渡乃至中原的走向。這種以小搏大的精湛技藝，我曾經見識過一次。那是在長安，那個人輕飄飄的一句話，致使天下大亂。

賈詡賈文和。

我們三人此時正置身於一座破敗的石屋。石屋位於官渡通往冀州的大路上，曹公的大軍正絡繹不絕地朝著北方開去。官渡已經沒有營寨，我在行軍途中截住了張繡與賈詡，把他們帶來這座石屋。

我不擔心他們會殺我滅口，聰明如賈詡，一定知道我來之前就有所準備。

其實我如果直接把結論告訴曹公，任務就算完成了，至於如何處置那就是曹公的問題了。但我想把這件事弄清楚，既是為了曹公，也是為了我自己。

我胸口的傷仍舊隱隱作痛。

「伯達，你為什麼認定是我呢？」賈詡和顏悅色地問。

「那封密信。」我回答，「我太蠢了，從一開始就繞了圈子。直到郭祭酒提醒，我才把這個細節與事實匹配上。」

我掏出木牘，丟給賈詡。木牘上的字歷歷在目：「曹賊雖植鎩懸廠，克日必亡，明公遽攻之，大事不足定。」

「文風這種東西是很奇妙的，就像人的性格，無論如何去掩飾，總能露出一些端倪。」我點了點「植鎩懸廠」那四個字，「我去查過，這四個字的用法很特別，來自張衡的《二京賦》。」

「徼道外周，千廬內附，衛尉八屯，警夜巡晝。植鎩懸廠，用戒不虞。」賈詡徐徐把這一段朗誦出來，拍著膝蓋，表情頗為陶醉。

「許攸說得不錯，在這個時代，沒人會去背誦這東西——除非他是飽學之士，比如您。」我盯著賈詡的眼睛。

亂世飄搖，漢代積累下來的那些書，散佚的極多，那些傳承知識的經學博士大多喪亡流散，許多名篇就此失傳。有時候一個郡裡甚至都找不出一個大儒。在曹營裡，有能力接觸到張衡《二京賦》並熟極而流的，只可能是那些受過高等教育的大儒或者貴冑，可以限定到很小的範圍內。

我拿出一摞書信，丟在地上。「我查閱了曹營的往來文書，只有文和你經常引用《二京賦》的詞句，非常頻繁。不需要我一一指出來了吧？」

「唉，你知道，我曾經歷過洛陽燔起、長安離亂，吟誦起《二京賦》，更有一番感慨啊！沒辦法，我太喜歡那一篇了。」賈詡仰起頭，眼神有些迷茫，彷彿又回想起那個混亂不堪的時代。

不過我沒表示任何同情和諒解，洛陽大火姑且不論，長安城的崩亂他絕對是有責任的。

「是的，都是我策劃的。」賈詡很快恢復了平靜，我從他的表情看不出任何驚慌。反倒是在他身旁的張繡有些尷尬，眼神閃爍。

「是的，我知道。」我也平靜地望著他。

賈詡看到我的表情，笑道：「我已經準備了一個很好的替罪羊。這個人選你會喜歡的。」

「你為何如此篤定我會接受這個建議？」我冷冰冰地反問，心中升起一股怒氣。這個傢伙在被揭穿以後，還如此篤定，一副把我吃定的樣子。

「因為這個建議對大家都有利。這樣你就可以向曹公交差，我們也不必頭疼了。」

「我對你的建議沒興趣，我只想知道真相。」

「真相你不是都知道了嗎？皇帝陛下拜託我來刺殺曹公，我卻失敗了。」

賈詡拍拍張繡的肩膀，張繡一臉不自在地躲開了。

「我倒是有另外一個猜測。」我語帶嘲諷，對上這個老狐狸，可一絲都不能放鬆。

「願聞其詳。」賈詡不動聲色。

「你們根本沒打算殺曹公，對不對？」

聽到我這句話，賈詡的眼神陡然一變。

「我問過許褚了，他十四日換崗後沒和任何人交談，直接回了營帳。唯一被暗示的機會，只能是在半路上——而他肯定地回答我說沒和任何人說過話，於是我讓他盡力回憶所有碰到的人，其中就有你。」

我突然轉向張繡。「建安二年你搞的那場叛亂實在太有名了，每一個曹家的人都記憶猶新。賈詡安排你故意與許褚迎面而過，不需要任何接觸，以許褚的謹慎與責任心，自然就會聯想到曹公的安全，從而折返檢查。」

張繡面露苦笑，若是知道自己在曹軍將領心目中就是這麼一副形象，沒準就不會來投誠了。

「你故意在許褚面前晃了晃，然後趕去箭樓監視中軍大帳。等到許褚及時趕到以後，你把所有的漏網之魚滅口。你在箭樓上，還有另外一重意義，就是如果許褚沒有接受暗示及時進入帳篷，你將替他殺死徐他，以免殃及曹公。」

賈詡笑眯眯地看著我問：「郭奉孝是這麼告訴你的？」

「差不多。」我點點頭。

「我們大費周折弄出一次失敗的刺殺，又是何苦？」

「不是你們，而是你。」我糾正他的用詞，「如果我猜得不錯，刺殺是一個腦子發熱的笨蛋搞出來的，而你作為他的監護人，只能拚命為他擦屁股。」

賈詡一陣苦笑，不置可否。

結局

屋外的車馬轔轔地前進著，屋子裡卻是一片寂靜。一直沒說話的張繡忽然站起身來，手裡攥緊了一桿長槍。

他莫非想把我滅口？

張繡走到我面前，槍尖從我鼻子前劃過，我卻紋絲不動。他表情抽搐一下，右手頹然下垂，猛然回頭對賈詡說道：「文和，一人做事一人當，你別說了。」

「你閉嘴！」賈詡皺起眉頭，像一個嚴厲的父親在訓斥自己的孩子，「你還嫌自己惹的麻煩不夠多嗎？」

張繡委屈地撇了撇嘴，卻不敢直言抗辯。

賈詡無奈地把目光投向我。

「伯達，事到如今，如果你想知道真相，我可以告訴你。至於告不告訴曹公，你自己決定就是。」

「好。」我點點頭。賈詡肯自己開口，是最好不過了。我手裡雖然有證據，可惜以推測為主，真憑實據沒有多少。如果他抵死不認，我也沒辦法。

但我沒辦法不等於曹公沒辦法，曹公不是縣衙裡的縣官，他不需要用證據來定罪。只要我的解釋合乎情理，他就會對賈詡、張繡起疑心，這才是最危險的事情。

所以我斷定賈詡一定會被迫主動開口。

「首先我得說，你的推測基本上都是正確的，我們的幕後主使確實是皇帝陛下——準確地說，是他的幕後主使。」

他的目光投向了張繡，我換了一個跪坐的姿勢。

「張繡這孩子和曹公的關係，你是知道的，拿不共戴天來形容都不過分，畢竟曹公的大兒子和愛將都是死在我們手裡的。」賈詡輕描淡寫地說著，但我知道這件事對曹公衝擊力之大，遠非別人可以想像。

「我從中平年間開始，就去了南陽。他叔叔張濟跟我有舊，我得照顧好故人侄子。跟曹公打的那幾場仗，都是我給出謀劃策，以求自保，說曹昂與典韋之死出自我手，也不為過。但我並不希望事情這麼下去，良禽擇木而棲，良臣擇主而依，在這個亂世，必須找到合適的靠山，才能生存。」

「所以你勸他投降了曹公？」

「對。曹公與袁公對峙以來，袁紹派使者來招攬，我便說服張繡選擇曹公而不是袁紹，曹公就如同我推測的那樣，對我們厚加安撫。但安撫不代表信任，曹營諸人對我們的態度始終不冷不熱，充滿猜忌。我一個老頭子無所謂，可繡兒還是個年輕人，哪裡忍受得了這種待遇。」賈詡說到這裡，語速放慢，「這個時候，皇帝陛下的使者出現了。」

「那時候董承應該已經覆滅了吧？」

「對，所有人都認為陛下遭受了空前沉重的打擊，已經一蹶不振，沒人再重視他。陛下就利用這個空子，給繡兒送來一條密詔。」

賈詡拍拍膝蓋，感歎道：「陛下雖深居宮內，卻是目光如炬。他敏銳地覺察到，繡兒雖身在曹營，心中卻極其不安定。陛下在密詔裡告訴他，曹公絕不會忘記殺子之仇，勸他刺殺曹公，以絕後患。」

「那個跟張繡聯絡的人，就是徐他吧？」

「是。繡兒這個傻孩子，居然把密詔當真了，稀里糊塗地摻和進了這個陰謀——而且這事居然背著我。我如果知道，絕不會允許他做這種自尋死路的事。」賈詡責怪地看了一眼張繡。

張繡漲紅了臉辯解：「復興漢室，匹夫有責。」

賈詡怒道：「你懂什麼叫復興漢室？你就是害怕曹公報復你，所以想自保，對不對？少跟老夫說什麼大道理，我見過的三公九卿，比你殺的人還多。」

「和我猜測的差不多。」我說，「我一直很奇怪，這起刺殺事件呈現出一個強烈的矛盾之處。它的一部分計劃，是要拚命殺死曹公，而另外一部分，是要拚命保住曹公。現在我明白這矛盾之處在哪裡了，辛苦你了，文和兄。」

「照顧孩子可不容易，尤其是個不懂事的孩子。」賈詡大倒苦水。

我微微一笑，賈詡的解說，讓一切都豁然開朗了。

「你發現張繡和徐他勾結在一起的時候，應該是九月十四日當天吧？」

「嗯，那還是因為那天早上繡兒的舉動很奇怪，追問之下，我才發覺這是個陰謀。在那之前，他還模仿我的文風，偷偷弄了木牘密信，讓徐他送去袁紹營地。陛下的意思，是把這事栽贓給袁紹。」

我知道賈詡並未撒謊。張繡在投降曹公後，就駐守在葉縣，恰好是木牘的製作地。而且那木牘上筆跡稚嫩，不是老官吏的手筆，更像是張繡這類有點文化的武將所為。

「陛下的計劃，是讓徐他與張繡合作，刺殺曹公。刺殺成功，就再好不過；如果刺殺失敗，就可以栽贓給袁紹和臧霸，讓中原局勢變得混沌不堪。

徐他和繡兒，說白了都是陛下的兩枚棋子。徐他因為他哥哥和徐州屠殺的關係，對曹公懷有強烈仇恨，早有殺身之心，死也心甘情願。不過可惜了，這傻小子尚不自知，還以為是自保之道呢。」賈詡歎道。

張繡聽到這位亦師亦父的老人的話，慚愧地垂下頭去，不敢再說什麼。

「如果你知道得早，這一切就根本不會發生。」

「當然，我絕對不會允許這種事發生。」賈詡挺直了腰，「但九月十四日我才知道，已經來不及了。我甚至不敢去向曹公或者別人舉報，別人一定會問：當初你為何不說？這會讓我和繡兒陷入險境。」

「我當時唯一能做的，就是把繡兒大罵一通，然後讓他到許褚面前故意晃蕩，希望能暗示許校尉升起警惕之心。我又擔心許褚萬一沒覺察出其中意味，就讓繡兒登上箭樓，帶上袁軍的箭，射殺徐他等人滅口。幸運的是，這兩手安排都發揮了作用。兩名刺客被許褚殺死，徐他被繡兒滅了口，曹公安然無恙。」

「能夠在如此之短的時間內想出這樣的補救手段，不愧是賈詡啊！」我心想。

賈詡望著我，混濁的雙眼有幾分讚許、敬佩和惋惜。「如果不是有先生你，這件事恐怕就會悄無聲息地結束，變成一個永遠的謎。」

「你們本不該射我那一箭。」我微笑著說。就是那一箭，讓我的思路瞬間通明，從而挖掘到了真相。

「那先生你打算怎麼辦？」

「如實相告，我不能辜負曹公。」

「我和繡兒投降曹公，已經是天下皆知。他若是現在殺了我等，就等於向天下自抽耳光；而主謀皇帝陛下，曹公一樣無法下手。結果這件事的知情人裡，只有你的處境最微妙了，任先生。」賈詡悠然說道，「還不如考慮一下我之前的建議，找個替罪羊。那個人選很合適的。」

這隻老狐狸難得如此坦誠，原來就是為了這最終的一擊。

向我坦白所有的事情，順勢把我拽進政治鬥爭的密謀裡來。以曹公的行事風格，未必不會做出這樣的事情來——前同僚王垕的遭遇，我記得很清楚。

「我考慮一下。」

我起身告辭，頭也不回地離開了石屋，留下面面相覷的賈詡和張繡。

尾聲

（許攸）其後從行出鄴東門，顧謂左右曰：「此家非得我，則不得出入此門也。」人有白者，遂見收之。

——《魏略·許攸傳》

（任峻）建安九年薨，太祖流涕者久之。

——《三國志·魏書·任峻傳》

（張繡）從征烏丸於柳城，未至，薨，謚曰定侯。魏略曰：五官將（曹丕）數因請會，發怒曰：「君殺吾兄，何忍持面視人邪！」繡心不自安，乃自殺。

——《三國志·魏書·張繡傳》

詡自以非太祖舊臣，而策謀深長，懼見猜疑，闔門自守，退無私交，男女嫁娶，不結高門，天下之論智計者歸之。……詡年七十七，薨，謚曰肅侯。

——《三國志·魏書·賈詡傳》

宛城驚變

曹操這一生的所有危機加到一塊兒，卻都不及他在宛城遭遇的這一次這麼有戲劇性，這麼離奇，這麼充滿了重重迷霧。圍繞著這次危機的種種隱情，更是宛如絲線般繁複雜亂，直至許多年後，仍舊能讓人們感受到它的餘波迴盪，影響無比深遠。

建安二年正月，曹操在宛城遭遇了他人生中最離奇的一次危機。

曹操這個人戎馬一生，遭遇過無數次危機。三十六歲那年他參與討伐董卓，在滎陽被徐榮打得慘敗，連人帶馬都被箭射中，若不是曹洪捨命保護，差點就死在戰場上了；四十六歲的時候，他在官渡與袁紹對峙，差點被一名近在咫尺的刺客刺殺；五十七歲那年，他在潼關被馬超的關西聯軍半渡而擊，險些晚節不保。

曹操這一生的所有危機加到一塊兒，卻都不及他在宛城遭遇的這一次這麼有戲劇性，這麼離奇，這麼充滿了重重迷霧。圍繞著這次危機的種種隱情，更是宛如絲線般繁複雜亂，直至許多年後，仍舊能讓人們感受到它的餘波迴盪，影響無比深遠。

要捋清這次事件的脈絡，還得從董卓進京說起。

中平六年（189年），何進要誅殺十常侍，從關西召回了大軍閥董卓。董卓沒有孤身一人回京，他帶了大批如狼似虎的西涼士卒，這些士兵由對董卓忠心耿耿的關西將領們統率著，成為他獨霸朝政的武力基石。

這些將領中有大名鼎鼎的呂布、李傕、郭汜，還有知名度稍微遜色一點的樊稠、牛輔、張濟。在牛輔的手下，有一個中年人叫作賈詡，他的智謀深不可測；在張濟手下有一個年輕將軍，是他的族侄子，叫作張繡。

賈詡與張繡應該互相認識，彼此見過面，可能交情還不淺。

西涼軍的好日子很快便結束了。初平三年（192年），董卓死在了呂布和王允的手裡，西涼軍團分崩離析，人心惶惶。李傕、郭汜和張濟等人彼此商量，乾脆分好行李跑路算了。這時候，賈詡站出來，提了一條被譽為三國第一毒計的建議：「聞長安中議欲盡誅涼州人，而諸君棄眾單行，即一亭長能束君矣。不如率眾而西，所在收兵，以攻長安，為董公報仇，幸而事濟，奉國家以征天下，若不濟，走未後也。」意思是與其逃跑，不如殺回長安為董卓報仇。

有了賈詡的鼓勵，西涼諸將鼓起勇氣殺回長安。一番大戰下來，結果是王允身死，呂布敗走，只剩下一個孤苦伶仃的漢獻帝劉協，淪為西涼將領的傀儡。從此以後，漢朝的中央權威徹底崩潰，群雄趁機崛起，天下真正進入大亂的時代——裴松之指責說，賈詡是東漢走向滅亡的劊子手，這個評價不算公允，但也不算太離譜。

按照常理推斷，能夠以一句話滅亡漢朝的人，一定是個雄心勃勃的大野心家。可賈詡的表現，超乎了所有人的意料。他既不爭功，也不奪權，婉拒了西涼軍的犒賞，反而斡旋於西涼軍與朝廷之間，小心翼翼地呵護風中殘燭的漢室，許多漢臣因他而得以活命。

李傕、郭汜在長安鬧得越來越不像話，賈詡決定離開這塊是非之地，遂找了個藉口，前往華陰投奔他的老鄉段煨。同時離開長安的，還有張濟與張繡。

張濟一向看不起李傕、郭汜這兩個傢伙，乾脆帶領自己的部屬前往弘農駐紮。

當時遍地饑荒，缺衣少食。張濟手下士兵甚多，沒有糧食吃，只得向南進攻荊州的穰城。結果在攻城之時，張濟中箭而死，他的侄子張繡順理成章地接管了整支軍隊，移屯到了宛城。

張繡終於開始獨當一面，可是他的部隊缺少糧草，又四面受敵，這個老大不好當。在困惑之際，張繡忽然想到了賈詡。張繡聽說，賈詡在段煨那裡過得並不愉快，一直被後者猜忌。張繡便寫了封信給他，希望能得他襄助。

賈詡權衡再三，決定前往宛城。有人勸他說，這麼一走了之，會引起段煨的猜忌。賈詡卻回答說，段煨這個人，表面熱情，生性多疑，我在這裡待久了，早晚要出事。現在我走了，他反而會指望我成為外援，必能厚待我的老婆孩子。

果然如賈詡所預料的，段煨歡天喜地地把他送走，對他留在華陰的老婆孩子關懷備至——從這一件小事上，可以看出賈詡把人性看得有多麼透徹。

張繡對賈詡的到來喜出望外，以小輩的身分執禮。至此，我們故事中的兩個主角合流一處，開始了在南陽（宛）的割據生涯。

時間一轉眼便到了建安二年。故事的第三位主角——曹操終於出現，騎著他心愛的寶馬絕影朝著宛城飛馳而來。

這幾年曹操幹得不壞，他把最大的威脅呂布打回徐州，重新奪回了兗州的控制權。更重要的是，他聽從了荀彧的建議，把漢獻帝劉協迎到了許都，開始了「奉天子以令不臣」的好日子。在東有呂布、北有袁紹的壓力下，曹操決定著手剪除許都周圍的威脅，以便為接下來的大戰做準備。

第一個落入他視野的，就是盤踞宛城的張繡。

曹操點齊大軍，前往宛城討伐。當曹軍走到淯水的時候，張繡忽然派來一個使者，宣佈投降。

對於張繡的這個決定，曹操喜出望外。張繡是一員驍將，麾下又是同時代最為兇悍的西涼兵，能夠兵不血刃拿到這樣一支軍隊，絕對是天降橫財。

張繡在信裡說，希望曹公能夠前往宛城受降，曹操欣然應允。

根據歷史記載，當時曹操帶去宛城的部隊並不多，跟隨左右的只有長子曹昂、侄子曹安民及大將典韋。這是一種誠意的姿態，表明了受降者的坦蕩胸襟與信賴。

曹操萬萬沒有想到的是，這種坦蕩的胸襟最終卻讓他付出了極其慘痛的代價。

曹操帶著兒子、侄子和愛將抵達宛城之後，受到了張繡的盛情款待。在席間，曹操看到了一個生得極其秀美的女子。這個女人是張濟的老婆、張繡的嬸母。她的姓名早已經失傳，《三國演義》裡稱她為鄒氏，為了行文方便，我們姑且如此稱之。

鄒氏的相貌一定很漂亮，否則也不會引起曹操的垂涎。曹操這個人十分好色，他看到美人當前，竟不顧她孀居寡婦的身分，公然納她為小妾。這個舉動讓張繡大為惱火，自己剛剛投降，曹操就把嬸母納為姬妾，這若是傳出去，天下都會以為張繡是賣嬸求榮。這時候的張繡，心理開始失去平衡。

然後曹操又在這座天平上加了另外一個重量級砝碼。曹操看到張繡麾下有一員大將叫胡車兒，生得威風凜凜，不由得起了愛才之心，從兜裡掏出金子親自賞賜給他。任何時代，收買貼身警衛員都是件極其敏感的事情，曹操這麼做，讓張繡以為他打算買通左右來刺殺自己。

曹操在宛城的橫行無忌，讓張繡心中非常恐懼，他開始對投降這件事感到後悔。這時候，賈詡向他獻了一條毒計。

在賈詡的策劃下，張繡假意向曹操請求，說我軍駐紮在城外低窪處，想搬遷到高一點的地方。曹操允許了。張繡又說，這次搬遷路過您的營地，我們的車子少，承受不了太重的物品，士兵的鎧甲能不能讓他們自己穿著。曹操也同意了。

按說這種要求應該會引起曹操的疑惑，可他那時候沉迷於鄒氏，根本無暇理會。於是，張繡軍身披重甲，進入曹軍營地突然發難，猝不及防的曹軍大敗。

曹操在驚慌之際奪馬就逃，典韋守在門口，力抗幾十倍的西涼士兵，最後英勇戰死。曹操殺出營地以後，又被射中坐騎，長子曹昂把自己的馬讓給曹操，與曹安民一同戰死。

這就是歷史上著名的宛城之戰。

宛城之戰以後，張繡與曹操恢復了戰爭狀態，多次爭鬥。一直到官渡開戰前，張繡聽從賈詡的建議，第二次投降曹操。曹操當時正處於與袁紹對峙的緊要關頭，張繡的投誠無異於雪中送炭。曹操表現出極大的熱情，不僅給自己的兒子曹均跟張繡的女兒定了一門親事，還封了兩千戶的封邑給張繡——要知道，連曹操最親信的將領都沒被封過這麼多封邑。

曹操讓全天下人都看到，他曹孟德愛才如命，連宛城的仇都可以一笑泯之。

在曹操擊敗袁紹以後，張繡跟隨曹操北征烏丸，還沒抵達，便離奇地死掉了。《三國志》裡沒具體提他是怎麼死的，《魏略》裡卻給我們講了一個有點讓人心寒的故事——曹操的兒子曹丕多次請求會見張繡，見到以後，曹丕怒髮衝冠，大聲叱責說：「你殺了我兄長曹昂，怎麼還有臉在我家混吃混喝？」張繡聽了以後非常害怕，很快便自殺身亡。

這一條記載裡充滿了疑點。張繡是曹操為了宣揚自己愛才而樹立起來的統戰人物，是擺在櫥窗裡給天下人看的。所以曹操絕對不會追究張繡在宛城的黑歷史，否則就會讓天下人看笑話，把他曹孟德當成一個沽名釣譽、毫無誠信的偽君子。

曹操尚且不敢提及那段歷史，曹丕又怎麼敢跳出來亂講話？曹丕那一年已經二十歲了，不是個口無遮攔的小孩子，不會不知道追究宛城之戰的嚴重性。

除非是有人在背後授意曹丕這麼做。

再者說，曹丕當時不過是曹操的子嗣之一，是不是曹操接班人尚無定論。

張繡身為統軍大將，何至於對這麼一句話害怕到要自殺？

除非張繡覺察到曹丕是被人授意這麼做的。

綜合種種跡象，張繡自殺的幕後推手，正是曹操本人。

曹操從來沒有忘記宛城的仇，只不過迫於袁紹強大的壓力，不得不厚待張繡，以示自己有容人之量。現在袁紹已經滅亡，整個中原無人能抗衡曹操。

這時候，曹操覺得差不多該秋後算帳了。

可把張繡直接推出去殺了是不行的，政治上影響太壞。於是曹操授意自己的兒子曹丕出馬，張繡面對曹丕的指責，完全心領神會，卻又無可奈何。

他知道曹操不會放過自己，為了自己家族的安全，這位西涼將領只能無奈地選擇了自戕。

之前的隱忍，是曹操身為一個政治家的手段；如今的翻臉，是一個父親的復仇。就這樣，曹操雙手乾乾淨淨地除掉了張繡，沒有背負任何挾私報復的名。

疑點就在這裡出現了。

如果我們沒記錯的話，宛城之戰，是張繡和賈詡兩個人聯手製造的——更準確地說，是張繡聽從了賈詡的策劃，才反叛曹軍，襲殺曹昂、曹安民與典韋的。

現在真凶之一的張繡死了，那麼另外一位主謀賈詡呢？

賈詡沒有被打擊報復，更沒有被殺死。在接下來的幾年裡，賈詡的地位節節高，逐漸成為曹魏陣營舉足輕重的謀士，幾能與荀彧、荀攸叔侄抗衡。

甚至在魏國最關鍵的立嗣問題上，曹操別人都不問，偏偏要問這個賈詡的意見。賈詡的看法，最終給曹丕、曹植的立嗣問題一錘定音，決定了魏國接下來的政治走向。

等到曹丕篡漢當上皇帝以後，賈詡被封為太尉，位極人臣。這位老人一直活到七十七歲才去世，結束了傳奇般的一生。與張繡相比較，賈詡的人生可謂是風光無限，當了大官，出了大名，長壽人瑞，而且還得以善終。

這實在有些不公平。

當我們帶著這種想法重新去看史書的時候，便會發現許多有趣的細節。

在陳壽撰寫的《三國志》中，《曹操傳》《張繡傳》《典韋傳》裡都提及了宛城之戰，寫得都非常詳細。可是，這些記載裡都絕口不提賈詡的名字，只說「繡掩襲太祖」「（繡）復反」云云，彷彿賈詡根本不存在。到了《賈詡傳》裡，更有趣了，整個宛城之戰這麼一個重大事件乾脆被全部刪掉了，前頭講完賈詡投奔張繡，下一段便非常突兀地開始講張繡與曹操的第二次交戰。

一直到許多年後裴松之為《三國志》做注，才明確地提出了「繡從賈詡計」。

在這個分歧上，我更相信裴松之。張繡對賈詡一向言聽計從，前期與劉表結盟，後期放棄袁紹投降曹操，都是賈詡的建議。宛城之戰這麼大的決策，張繡絕對不可能繞過賈詡單獨行動，或者可以這麼說，沒有賈詡的慫恿，即使曹操睡了張繡的媳婦，他恐怕也未必敢反叛。

陳壽的史料都採集自魏國的檔案，他在《魏書》裡的記錄，一定程度上能反映出魏國的政治態度。因此，我們可以推斷出來，魏國朝廷對於賈詡在宛城之戰中扮演的角色，從來都是諱莫如深的，乾脆提都不提。

裴松之引用的「賈詡策劃宛城之戰」的記載，注引自《吳書》。《吳書》是東吳國官修的史書，不必避諱魏國的政治事件，裴松之是南朝宋時人，更不會替曹魏隱瞞什麼。所以這一條非常關鍵的記錄被魏國刪除，卻保存在了吳國的歷史記錄裡，並被裴松之補注到《三國志》裡，得以流傳後世。

也就是說，終曹魏一朝，都在極力避免談論賈詡與宛城之戰的關係，並刪除了所有的直接記錄。

這就真叫人有些糊塗了。

曹操、曹丕父子對張繡恨得咬牙切齒，卻對真正的策劃者賈詡倚重有加，甚至不惜抹殺他這一段黑歷史。如此厚此薄彼，實在是詭異至極，其中必定隱藏著我們沒有注意到的東西。

曹氏父子對待張繡與賈詡兩個人截然不同的態度，給我們揭開了幕布的一角。現在，讓我們重新檢視一下宛城之戰，看看究竟有什麼重大的細節被遺漏了。

《三國志》《吳書》《傅子》《魏書》《世說新語》等史料，對於宛城之戰的記載或詳或略。《三國志・魏書・典韋傳》裡說「太祖征荊州，至宛，張繡迎降。太祖甚悅，延繡及其將帥，置酒高會……後十餘日，繡反，襲太祖營」；《吳書》裡說「繡降，凌統用賈詡計……繡乃嚴兵入屯，掩太祖。太祖不備，故敗」；《三國志・魏書・武帝紀》則最為簡略，只說「公到宛。張繡降，既而悔之，復反。公與戰，軍敗」。

綜合這三條史料，可以捋清一個大概的脈絡：曹操至宛城，張繡開始熱情迎接，然後忽然叛變，把曹操殺了一個措手不及。但這三段史料都沒提及張繡叛變的原因。

真正的原因，記錄在《三國志・魏書・張繡傳》裡：「太祖納濟妻，繡恨之。太祖聞其不悅，密有殺繡之計。計漏，繡掩襲太祖。太祖軍敗，二子沒。」

這段記錄告訴我們兩件事。第一點，張繡叛變的原因，是張濟的老婆被曹操睡了；第二點——也是最關鍵的一點，先動手的不是張繡，而是曹操。

也就是說，真正的宛城之戰，與我們腦海裡想像的有差異。在一般想像中，曹操是抱著鄒氏在大營淫樂，完全失去警惕，方被張繡乘虛而入；可實際上，曹操早就有了除掉張繡的計劃，都已經打算動手了，可惜被張繡或者賈詡搶先出招，佔了先機。

可是，這樣一來，一個巨大的矛盾浮出了水面。

暫且回顧一下張繡突擊曹營的戰前準備：他報告曹操想要把部隊移到曹營附近的高處，曹操同意了；他又報告曹操，說車子太輕，希望把甲冑都套到士兵身上，曹操也同意了。於是他打著「移屯」和「車輕」兩個旗號，把身披重甲的西涼精銳送到了曹營附近。曹軍沒有防備，結果一衝即潰。

假如曹操此時忙於淫樂，那麼有可能會答應張繡的請求，可實際上，從《張繡傳》裡我們都知道了，曹操自從睡了鄒氏以後，已經覺察到了張繡對自己不滿，也緊鑼密鼓地籌備著「殺繡之計」。

這個時候的曹操，對張繡一定充滿了警惕。試想，當你知道一個人對你起了殺心的時候，又怎麼會輕易允許這個人的部隊身披甲冑靠近自己營地呢？

除非，曹操認為這支部隊逼近曹營，不會對自己的計劃造成影響——甚至可能對自己的計劃有好處。

在剛才引用《張繡傳》的史料裡，有這麼一句：「太祖聞其不悅，密有殺繡之計。計漏……」在這短短的一句話裡，有四個字特別值得注意——「密有」「計漏」。

「密有」，意味著曹操的「殺繡之計」正在悄悄地籌謀著，而且要保密。

這個保密，顯然不是針對曹軍自己，而是要隱瞞住張繡的人——可是曹操試圖隱瞞什麼呢？

要知道，曹操前往宛城時，把主力部隊都留在了舞陰，隨身帶的兵力不多，而張繡的全部主力此時都集結在了宛城。兩相比較，曹軍在數量上處於劣勢。

曹操如果想要幹掉張繡，硬拼是不可能的，勢必在張繡軍內部尋找一個內應。

曹操試圖隱瞞的，正是張繡營中的這個「內應」。曹操對這個內應提出要求，要求他配合自己攻殺張繡。他們之間的合作極其敏感，所以這裡才用了「密有」二字來渲染這兩者來往的保密程度。

讓我們再看下兩個字——計漏，意思是計劃洩露了。

到底是誰把這個計劃洩露出去的？

這是個絕密計劃，曹營知道這件事的人除了曹操，恐怕只有曹昂、典韋等高級幹部，他們絕不會向張繡洩露機密。既參與了「殺繡」計劃，又可能會將其洩露出去的人，只有這個宛城的內應。

進一步想，恐怕這個內應從一開始就沒安好心。他只是假意與曹操合作，目的是套取情報，並讓曹操喪失警惕之心。先「密有」，再「計漏」，四個字正好勾勒出了這個內應的全部作為。

我們甚至能大概猜到這個內應的身分：胡車兒。曹操曾經親手饋贈黃金給這位將領，對他很是喜愛，選擇他做「假內應」再合適不過了。

接下來發生的事情，可想而知。胡車兒帶領一批士兵前往曹營申請移屯、披甲二事，曹操知道是他帶的兵，遂放下心來，不予提防。結果胡車兒在接近曹營以後，突然發起攻擊，猝不及防的曹操驚慌敗走，幾乎喪命。

我們看到，這是一個十分精緻的多層陰謀。曹操意圖拉攏胡車兒除掉張繡，張繡——其實應該是賈詡——卻將計就計，讓胡車兒反過來誤導曹操，順利把突擊部隊送入曹營。這一次突襲曹營的計劃，以有心算無心，可謂是志在必得。

賈詡這個人對於陰謀的操作能力和對人性的把握，實在是妙到毫巔。

可是，這又引發了另外一個矛盾。

反叛曹操是一件代價高昂的事情，只能成功，不能失敗。而成功的標誌只有一個，那就是將曹操本人殺死。

如何確保曹操一定死？以賈詡滴水不漏的行事風格，除了突擊曹營的胡車兒以外，他一定還安排了其他部隊在營地周圍對曹軍逃兵進行阻截，務求全殲。這裡是宛城，張繡軍對地理遠比遠道而來的曹軍熟稔。

但戰果呢？張繡成功地殺死了曹營裡大部分的重要將領，卻唯獨讓曹操逃出生天了。

賈詡向來算無遺策，怎麼會在如此關鍵的時刻掉鏈子？

讓我們帶著這個疑問，來看看曹操逃亡的過程。

首先是《典韋傳》裡記載的：「太祖出戰不利，輕騎引去。韋戰於門中，賊不得入。」也就是說，曹操在發現自己被偷襲之後，騎馬逃跑，全靠典韋一個人擋在門口，阻擋追兵。

然後是《魏書》記載的：「公所乘馬名絕影，為流矢所中，傷頰及足，並中公右臂。」曹操騎著絕影一路狂奔，半路被流箭射中，曹操自己的右臂也中了一箭。這時候絕影即使不死，也跑不動了。

最後是《世說新語》所記：「昂不能騎，進馬於公，公故免，而昂遇害。」曹昂受了傷，無法騎馬，便把馬讓給曹操。曹操順利逃走，曹昂卻因此而死。這個逃亡過程揭示給我們兩件事。

第一，曹操逃跑的方向一路沒有遭遇任何伏兵，他所遭遇到的最大危機，是身後追兵射來的幾支流箭，沒有任何短兵相接的記錄。

試想一下，殺死曹操是多麼重要的一件事，智謀通天的賈詡竟然會忘記在曹操必經之路上安排幾路伏兵，這怎麼可能？這非但與賈詡的能力不符，根本連基本的軍事常識都不具備！

事實告訴我們，張繡軍確實沒有堵截，他們只是尾隨追擊，追了半天追不上就回去了。

這些西涼出身的驍勇騎兵，竟然連一個受了傷的曹操都無法趕上，實在有些古怪。

第二，曹昂被殺死了，而且是在沒有抵抗的情況下。

這更透著一絲古怪。典韋在同一夜被殺，但他是在軍營裡拚死抵抗，殺敵無數，所以戰死順理成章。可是曹昂當時的情況是不能騎馬，可見受傷很重。

對於這種身分尊貴又喪失抵抗能力的大人物，按照常理應該活捉起來，才更有利用價值。

可是張繡的士兵二話沒說，就把曹昂殺死了，彷彿他只是個無足輕重的小卒子。

這兩個低級錯誤，給人一種強烈的感覺：賈詡對殺死曹操這件事，似乎根本沒怎麼上心，既不派人堵截，也沒有派西涼騎兵認真追擊——卻對殺死曹昂有著莫大的興趣。

賈詡不會犯這種低級錯誤，那麼只有一種解釋，他是故意的。

這麼推論下來，賈詡苦心孤詣營造出這麼一個殺局，真正的目標，難道不是曹操，而是曹昂？

這會不會太荒謬了？

我們姑且擱置這個疑惑，把目光暫時聚焦在曹昂這個年輕人身上，看看他究竟有什麼特別之處。

曹昂，字子修，是曹操的長子，當時年齡不詳，估計二十多歲，接近三十。曹昂的母親姓劉，早亡，他從小是被曹操的原配正室丁夫人撫養長大的，與丁夫人情同母子。

曹昂從小就跟隨曹操四處征戰，表現優異，在曹操的刻意安排下積累了大量的軍事與政治經驗，是他苦心培養的接班人。宛城之戰真正讓曹操痛徹心扉的損失，不是名駒絕影，不是名將典韋，更不是曹安民，而是曹昂。曹操一直對張繡耿耿於懷，歸根到底還是因為這個仇怨。

不過曹昂的死，最痛心的人不是曹操，而是他的養母丁夫人。

丁夫人從小看著曹昂長大，聽說他戰死以後，如同五雷轟頂。曹操從宛城返回以後，為了收買人心，表現出一副對典韋之死痛心疾首的模樣，大行紀念。這讓丁夫人極度不滿，她找到曹操痛哭道：「你害我兒子戰死，就一點都不想念嗎？」

曹操被罵得生氣了，便把丁夫人趕回了娘家。曹操原來以為丁夫人會因此服軟，卻沒料到丁夫人是個剛硬脾氣，在娘家一待就不回去了。曹操自己先沉不住氣，跑到丁夫人家裡去。

丁夫人恰好在織布，有人告訴她你老公來看你了，丁夫人根本不搭理。

曹操硬著頭皮進屋，摸著丁夫人的背懇求道：「跟我坐車回去吧。」她頭也不回，織布如舊。曹操出了門，又喊了一句：「你真不跟我回去嗎？」屋子裡寂靜無聲。

曹操歎息道：「看來你是真打算跟我決裂了。」然後灰溜溜地離開了。

曹操回去以後，直接送來一紙休書。可沒人膽敢娶曹操的女人，丁夫人便獨居在家，直至病逝。後來曹操晚年的時候，感歎說：「我這一輩子幹的事情都不後悔，只有一件事懷愧在心。如果我死後碰到子修，他若是問我母親何在，我該怎麼回答呢？」

丁夫人跟曹操離婚以後，曹操很快把另外一位姬妾扶正。這位姬妾姓卞，出身不太高，是個舞女。不過卞夫人長得特別漂亮，在二十歲那年被曹操納為妾，備受寵愛。

別看這位卞夫人出身低賤，卻有一個十分爭氣的肚子，先後為曹操生了四個兒子，前三個兒子都不得了：老大叫曹丕，老二叫曹彰，老三叫曹植。

如果不出什麼意外的話，以卞夫人的出身，會以一個妃子的身分終了一生。她的兒子們會被封為藩王，在各自的封地裡頭養天年。

可是宛城一戰，讓她的人生出現了轉機。

曹昂之死與丁夫人的被廢，一下子讓曹氏一族騰出來兩個至關重要的位置。而卞夫人和她的三個孩子，就是這兩個位置最有力的競爭者。

這對卞夫人來說，可真是一個意外之喜。

然而，當我們再回想起曹操在宛城逃亡時的離奇經歷時，不禁要湧出一個疑問：「這，真的只是意外之喜嗎？」

對卞夫人來說，什麼樣的宛城之戰才是最有利的結局？是曹昂死亡，曹操不死。這樣一來，她既可以確保世子之位得手，又可以確保曹氏勢力的興旺發展。

這是一件概率極低的事情，根本不必指望能碰到——但如果有什麼人有意識地在背後推動，這件事發生的概率，便會大幅上升……

在那一夜，張繡軍放過了最大的目標曹操，卻殺死了沒有抵抗能力的曹昂，彷彿不是張繡和賈詡的部署，而是嚴格按照卞夫人的利益圖紙來行動的。

儘管根據破案邏輯，最大受益人不等於兇手，可這一次，實在是有些太過嚴絲合縫了，不能不讓人懷疑有人為操作的可能。

奪嗣，本來就是歷史中最為醜惡的事情之一。在權力面前，親情、道德什麼的全都要退居二線。即使用最大的惡意去猜測，有時候也無法觸及它的極限。

當我再一次在史料中翻檢的時候，猛然發現，宛城之戰的結局，遠遠要比想像中更符合卞夫人的利益。這片籠罩在宛城上空的黑幕，陡然被扯開大大的一片。

曹丕曾經在《典論》裡自敘平生，他寫道：「建安初，上南征荊州，至宛，張繡降。旬日而反，亡兄孝廉子修、從兄安民遇害。時餘年十歲，乘馬得脫。」

原來當時在宛城的，不只有曹昂、曹安民和典韋，還有日後的魏文帝曹丕！

他當時只有十歲，也跟隨父親來到了宛城。襲營事件發生以後，曹丕騎馬獨自跑掉了。

看看，年僅十歲的曹丕逃過了賈詡的精密圍殺，逃過了西涼騎兵兇悍的追擊，不但活了下來，而且完好無損——這已經不能用奇蹟來解釋了。

我們看到，賈詡安排的這一次襲營，實在是一次無比精確的打擊：殺死了世子曹昂，卞夫人的丈夫曹操乘馬得脫，卞夫人的長子曹丕乘馬得脫。

不僅完美地幹掉了卞夫人希望消失的人，而且放跑了所有卞夫人希望活下來的人。

這一切，就像是卞夫人與賈詡早就商量好的一場戲，每一個轉折、每一個人物的結局，都被腳本早早安排妥當。卞夫人和賈詡，這兩個八竿子都打不著的人物，卻在宛城聯手上演了一出精彩的陰謀大戲。

也許有人會問，卞夫人從中獲得了足夠多的利益，她有動機，可是賈詡呢？

他做這一切，又是為了什麼？他輔佐的張繡能從這次叛變中得到什麼好處？

答案是，張繡得不到任何好處，他只是賈詡手裡一枚可悲的棋子，而賈詡在這場陰謀中可是收穫多多。

縱觀賈詡的一生，我們會發現，這個人雖然智謀無雙，卻是一個極端的利己主義者。他的所有行動，都是從維護自己的利益出發的。

當初董卓身死之後，西涼將領們要撤回關西。賈詡意識到，自己沒有兵權，一旦王允反攻倒算，他就沒有反抗能力。於是賈詡給西涼諸將獻了毒計，慫恿他們一起反抗，殺回長安。

在長安城裡，他意識到胡作非為的李傕、郭汜早晚要完蛋，便有意識地給漢臣們施捨些小恩小惠，賺取聲望，然後抽身離開，投奔段煨。

當他意識到段煨威脅到自己的生存的時候，又一次毫不猶豫地離開，找到了張繡。張繡對賈詡來說，是一個很理想的主公：戰力很強大，但沒什麼腦子，對賈詡言聽計從，容易控制。

仔細分析就能發現，賈詡對張繡的每一步安排，都是處心積慮、精心計算的。賈詡在張繡帳下，一共為他做了三次至關重要的決策。

第一次決策是淯水降曹。這一次投降，是賈詡施展他驚人謀略的前奏，目的只是把曹操騙來宛城。

接下來，便是賈詡慫恿張繡在宛城叛曹。這一次叛變的結果對張繡來說一點好處也沒有，只是平白惹來曹操滔天的仇恨。

對於賈詡呢？他在策劃時故意放走曹操、曹丕，殺死曹昂，對卞夫人施了一個巨大的人情。這份人情既是恩情，也是要脅，為賈詡日後在曹氏大業中的生存埋下了一個伏筆。換言之，賈詡通過這兩次反叛，拿張繡的政治生命換來了給自己的一份偌大的好處。

第二次決策，是在袁、曹交戰的時候。當時大家都認為該去投靠勢力強大的袁紹，唯獨賈詡力排眾議，說服張繡第二次投降已成死敵的曹操。

當時所有人都認為曹操與張繡有殺子之仇，曹操一定不會原諒，可賈詡偏偏算準曹操在大戰之際一定會優待張繡，以示容人之量。等到袁紹失敗以後，大家都稱讚賈詡有遠見，預見到了袁紹的敗亡，為主公張繡找了一條好出路。

這個決策被視為賈詡最精彩的謀略之一，一直到現在還被人拿來證明賈詡的英明。

可我們仔細想想，這個決策裡，真正得利的是誰呢？

絕不是張繡。

張繡殺了曹昂，與曹操已是死仇。即便大戰之際，曹操不敢對他動手，也早晚會用其他手段把這股怨氣發洩出來。後來的歷史證明，曹昂之死始終是曹操的一個心結，所以他才暗中授意曹丕，終於逼死了張繡。張繡去投奔袁紹，或許無法改變官渡之戰袁紹失敗的命運，但至少比在曹操麾下安全多了。

深諳人性的賈詡，對這一點不會毫無覺察，可他還是義無反顧地說服張繡去投降曹操。

當張繡宣佈投降以後，曹操高興地握著賈詡的手說：「讓我信重於天下的人，是你啊！」聽到沒有，曹操用的是第二人稱單數，單指賈詡，沒有張繡。

張繡付出了極大的代價，錯投了主公，埋下了殺身之禍，所換來的，不過是賈詡一個人的名聲大噪。

更絕的是，沒有人會因此指責賈詡，因為張繡確確實實得到了曹操的禮遇，大家只會讚美賈詡的先見之明。至於張繡投靠曹操以後會發生什麼，那就不是賈詡的責任了。

獲取了最大利益，規避了最多風險，還叫任何人都挑不出錯。賈詡的手法之絕，令人歎為觀止。

可見賈詡當初投靠張繡，只是利用這個單純的青年來提升自己的價值，然後待價而沽，踩著張繡的肩膀攀爬上更高、更安全的位子。他為張繡打造的每一步規劃，最終都是為了自己。張繡就如同一株喬木，被賈詡這根藤蔓死死纏住，表面上兩者共生，實際上結局卻是藤蔓吸乾喬木的最後一滴汁液。

我甚至有一個極端的猜想，說不定整個宛城之戰，都是賈詡一手策劃的。

他擬訂好計劃，主動暗中聯絡卞夫人，說我會給你和你的孩子帶來機會，你也需要在以後的日子裡幫助我。卞夫人無法抵擋這種誘惑，與賈詡開始了合作。

相比張繡的悲慘結局，賈詡在曹營的生活要快樂多了，因為他有一個堅定強大的盟友——卞夫人。卞夫人對賈詡，恐怕是既敬又怕，既對他在宛城的恩情由衷地感激，也對他掌握著自己的祕密而感到恐慌——如果曹操知道曹昂的死與卞夫人息息相關，那麼事情將一發不可收拾。

曹操對賈詡的才能十分讚賞，再加上卞夫人一直吹著枕邊風，曹操不知不覺地把宛城的仇恨全部轉移到了張繡頭上。賈詡此後的仕途一帆風順，平步青雲，成為三國混得最好的幾個人之一，與張繡形成了極其鮮明的對照。

曹丕、曹植長大以後，開始為了立嗣而明爭暗鬥。賈詡作為魏國重臣，選擇了支持曹丕。曹丕曾經向賈詡請教過如何當上世子，賈詡面授機宜，給了他不少建議。而當曹操問賈詡究竟該選誰為繼承人時，賈詡婉轉巧妙地暗示他，應該立曹丕。在賈詡的幫助下，曹丕終於奪取了世子之位。

賈詡為何如此力挺曹丕呢？原因無他，實在是因為曹丕是當年宛城陰謀的參與者——儘管他那年才十歲，未必明白到底發生了什麼事，但參與者就是參與者。

曹植雖也是卞夫人的兒子，可在宛城之戰這件事裡，他是完全無辜的。如果曹植當了皇帝，宣佈徹查宛城事件，那麼連曹丕帶賈詡都要倒大楣；但如果曹丕當了皇帝，宛城事件便會被徹底掩蓋起來，沒人會再提起。

曹丕沒有辜負賈詡的厚望。他篡位當了皇帝以後，下令銷毀以及修改關於宛城之戰的一切，這就是為什麼我們在陳壽的《三國志》裡，看不到半點賈詡與宛城之戰有關聯的記載。後來曹丕授予賈詡太尉之職，用來酬謝他為自己和自己的母親所做的一切。

賈詡明白自己所隱藏的祕密有多麼深重，他對於曹丕不能完全信任，害怕有一天會被皇帝滅口。於是，這位策謀深長的老人老老實實地蟄伏起來，平平安安地度過了餘生。史書記載賈詡在魏國的晚年生活是「懼見猜疑，闔門自守，退無私交，男女嫁娶，不結高門」，完全是夾起尾巴來做人。

天下人都稱讚他是懂得韜光養晦的智者，哪裡知道這位智者不得已而為之的實情。

可是天下沒有不漏風的牆。宛城之事儘管保密功夫做得極好，曹丕和賈詡都閉口不談，可還是有絲絲縷縷的猜疑與揣測在隱祕地流傳著。我們在一千多年之後的今天，尚且可以憑藉隻言片語推斷出事情的真相，當時的人顯然更有條件進行推測。

有一本叫作《荀勗別傳》的史料，記載了這樣一件事。晉武帝在位的時候，司徒的位置出現了空缺，就問荀勗什麼人可以接任。荀勗回答說：三公是極其尊貴的職位，不可以輕易授予別人，當年魏文帝曹丕授予了賈詡太尉的職位，孫權在江東聽到以後，嘲笑不已。

天下人都認為賈詡是高人，為何孫權卻要嘲笑他呢？莫非知道賈詡的什麼醜事，覺得這種小人不配位列三公？

再聯想到南朝宋時的裴松之恰恰是從吳國的官修史書裡找出了賈詡與宛城之戰的聯繫，我猜，大概是宛城之戰被當時的人猜出一點端倪，傳到了江東，被孫權聽到了一部分真相，特意記錄在史書裡。

當我們後來之人翻開滿是灰塵的木簡時，這些隻言片語就會變成一把古舊的鑰匙，引導著我們打開一扇大門，門後則是一個充滿陰謀的世界。

在那個世界裡的建安二年春夜，賈詡就這麼矗立在宛城城樓之上，安詳地等待著。不知在那個時候，這個宛如惡魔一般的男子會低聲呢喃些什麼。

《孔雀東南飛》與建安年間政治懸案

我在滿足之餘，卻還帶著淡淡的遺憾，有一個疑問始終在心中揮之不去——難道《孔雀》真的只是一曲小人物的悲歌嗎？焦仲卿和劉蘭芝，真的只是亂世之中的一粒不為人知的沙子嗎？

我對《孔雀東南飛》的興趣，最早源自陸侃如先生。他在做博士論文答辯的時候，有考官問他孔雀為何東南飛，陸先生答曰：「西北有高樓。」以古詩十九首對樂府，有問有答，可謂精妙至極。

《孔雀東南飛》這首長詩我很早以前就讀過，不過當時只是沉浸在焦、劉二人的愛情悲劇之中，並未有其他想法。在一個晴朗的下午，我厭倦了魔獸、看膩了松島楓，重新從書架上抽出這首長詩，決定陶冶一下情操。

這一次重讀，我發現了一個之前未曾多加注意的細節：這首詩雖然是南北朝時期的作品，但故事發生在漢末建安年間。建安年間，那正是三國鼎立前最熱鬧的二十幾年，究竟《孔雀東南飛》中的人物，是否會與我們耳熟能詳的三國英雄發生奇妙的交集呢？這讓我產生了一些考據的興趣。

《孔雀東南飛》（以下簡稱《孔雀》）的序裡提到「漢末建安中，廬江府小吏焦仲卿妻劉氏」，可見這個故事發生在廬江，而且能稱府的，只能是廬江郡的治所。後漢時期廬江郡的治所在舒城，一直到建安年間，才遷移到了皖城。《孔雀》這個故事可能發生在皖城。這個後面會有解釋。

按照詩裡描述的情節，劉蘭芝被休回家之後，先是縣令來向劉家求親，被拒絕之後，太守又派了郡丞和主簿做說客，為自己的第五個兒子求親。劉蘭芝的哥哥說嫁給焦仲卿和嫁入太守家裡相比，是「否泰如天地」，所以焦仲卿可能是郡府直屬的諸曹掾史中的一員，職位在功曹、督郵、都尉、諸曹掾之下，很可能只是一個上計吏，拿的是最低等級的工資——佐史奉，一個月八斛。因此他家境比較貧寒，還得讓老婆「雞鳴入機織，夜夜不得息」，每天織布以補貼家用。

「云有第五郎，嬌逸未有婚」，所以欲娶劉蘭芝做兒媳婦的太守是個非常重要的線索，它是《孔雀》一詩與外部世界連接的一座重要橋樑。雖然詩裡沒有明確提出太守的名字，但是我們有充分的史料可以找出可能的人選來。

簡單地查了一下，建安年間按照先後順序擔任廬江太守的，有陸康、劉勳、李術（述）、孫河、孫韶、朱光、呂蒙等——中間其實還有個雷緒，但他只是盤踞，並沒正式獲得任命，不算在內。

建安年間的廬江太守演變歷程大略如下：

陸康是靈帝時人，約在光和末、中平初被任命為廬江太守，他在興平三年（196年）被袁術派孫策殺死。袁術隨即委派麾下大將劉勳繼任廬江太守，遷治所於皖城。建安四年（199年），劉勳被孫策殺死，孫策派了李術擔任廬江太守。建安五年，孫策死後，李術頗有反意，被十八歲的孫權一舉擊敗，隨即孫河被擢為廬江太守，但很快這個頭銜又被讓給了孫韶（這個孫韶不是孫策的兒子，而是北海人，後來做了孫權的丞相）。但因為雷緒、梅乾、陳蘭等人一直鬧事，廬江一直無法安定。曹操派揚州刺史劉馥單騎入皖，空手造出合肥空城，雷緒等人投降，皖地遂平。隨後曹操又派了朱光來做廬江太守，以鞏固皖城一線。建安十九年（214年）五月，呂蒙攻下廬江，俘虜朱光，呂蒙拜為廬江太守。從此廬江一分為二。呂蒙轉任漢昌太守後，吳屬廬江太守在孫河、孫皎的督管下空置了一段時間，最後歸到了徐盛頭上。魏屬廬江太守則是劉馥的兒子劉靖——不過那都是曹丕稱帝之後的事情了。

由此可見，給自己的第五個兒子娶劉蘭芝的太守，應該就是這七人之中的一位。

首先，陸康可以排除，他在改元建安之前就死掉了。

其次，徐盛也可以排除，他接任廬江太守的時間太晚，算不上建安年間。

通讀《孔雀》一詩可知，故事發生的時候，廬江還是個太平地方，老百姓不為戰亂所苦，日子過得尚算溫飽，大家吵吵嚷嚷為瑣事煩惱。太守尚有閒情逸致給自己的第五個兒子娶媳婦，婚禮大操大辦，十分隆重。

這樣一來，呂蒙、孫河、孫韶三位也被排除了。

呂蒙被拜為廬江太守時，正駐屯尋陽，主要精力放在鎮壓廬陵山賊上。

廬陵山賊被平之後，呂蒙緊接著就去攻打長沙、零陵、桂陽，忙得暈頭轉向，廬江事務恐怕根本顧不上，更別說給自己兒子娶老婆了。

孫河擔任廬江太守的時候年方弱冠，別說生不出五個兒子，就是生得出，也沒法辦婚禮。而且孫河接任廬江太守的背景，很不尋常。當時孫權剛接替孫策，立足未穩，急於立威，所以對當時擔任廬江太守的李術下了狠手。過程極其慘烈：「是歲舉兵攻術於皖城。術閉門自守……糧食乏盡，婦女和丸泥而吞之。遂屠其城，梟術首，徙其部曲三萬餘人。」（《三國志・吳書・吳主傳》）先是困城，再是鬧饑荒、屠城，然後又是大遷徙，廬江百姓救死不暇，誰也不會有心情辦什麼婚禮。

而接任孫河的孫韶，年紀雖然夠了，但他面臨著南方雷緒等人的叛亂、北方揚州刺史劉馥的壓制，焦頭爛額，沒堅持多長時間就跑了，也沒餘裕做這件事。

朱光是廬江太守裡在位最長的，他於建安中赴任，一直到建安十九年才被孫權俘虜，少說也有十年光景。他會不會就是《孔雀》裡的太守呢？

《吳主傳》載：「初，曹公恐江濱郡縣為權所略，征令內移。民轉相驚，自廬江、九江、蘄春、廣陵戶十餘萬皆東渡江，江西遂虛，合肥以南唯有皖城。」

朱光在任期間，為了防範東吳的軍事壓力，治下居民盡數東遷，整個廬江只留下一個近乎軍事要塞的皖城。

曹操拔漢中數萬戶，讓諸葛亮經營幾十年都不能徹底恢復。從廬江等地一次遷走十幾萬戶，這等規模，可見對當地經濟傷害有多大。

事實上，廬江當時已經變成了曹、孫兩方勢力此消彼長的邊境地帶，長年處於兵鋒之下。朱光承擔著繁重的戰備工作，就算想給兒子辦婚事，也斷不會如詩中所說「青雀白鵠舫，四角龍子幡。婀娜隨風轉，金車玉作輪。躑躅青驄馬，流蘇金鏤鞍」這般奢靡。

那麼，最後只剩下兩個人：劉勳和李術。

《孔雀》的故事基本可以認定發生在建安元年到建安五年之間。劉勳在任時間是建安元年到建安四年，而李術在任時間只有短短一年。到底他們兩個，誰才是《孔雀》裡的太守呢？

看來我們還是要從詩中去找證據。

焦仲卿回去與母親訣別的時候說：「今日大風寒，寒風摧樹木，嚴霜結庭蘭。」庭蘭就是白玉蘭，一般於農曆二月中至三月初開花，花期為整個三月，是以又名「望春花」。長江流域的白玉蘭花期一般在農曆一月。根據竺可楨的觀點，漢末正處於中國歷史上第二個寒冷時期，平均氣溫比現代要低一到二攝氏度，所以位於江南的廬江，花期會和現在黃河流域相等同。

因此，從焦仲卿所描述的情景來看，所謂「大風寒」正是一歲之初倒春寒之際，大概就是二三月間。

從詩中描述可知，就在焦仲卿說這句話的時候，太守正在高高興興地籌備婚禮。《孔雀》詩裡說得清楚：「府君得聞之，心中大歡喜。視曆復開書，便利此月內，六合正相應。良吉三十日，今已二十七，卿可去成婚。」

也就是說，劉蘭芝的婚禮定在了三十日。結合焦仲卿家的「庭蘭」被風霜摧折的情形來看，當為三月三十日。

那一天是太守親自確定的良辰吉日，焦、劉二人殉情，也是在這一天。

接下來，讓我們推算一下從建安元年到建安五年這五個三月三十日的天干地支。年和月份都比較清楚，一查便知：

建安元年為丙子年，三月辛辰

二年為丁丑年，三月甲辰

三年為戊寅年，三月丙辰

四年為己卯年，三月壬辰

五年為庚辰年，三月庚辰

日子較難推算，因為在靈帝末年，朝廷改用《九章算術》的注者劉洪改進過的四分曆。因此我設定了一個基準點。《後漢書．獻帝傳》載：「（建安元年）八月辛丑，幸南宮楊安殿。癸卯，安國將軍張楊為大司馬……辛亥，鎮東將軍曹操自領司隸校尉，錄尚書事……庚申，遷都許。己巳，幸曹操營。」

同一個月內出現了辛丑、癸卯、辛亥、庚申、己巳五個日子。辛丑和己巳一頭一尾，兩者相差二十九天。同傳又說：「秋七月甲子，車駕至洛陽……丁丑，郊祀上帝……己卯，謁太廟。」以此為參照，可以確定建安元年八月一日為甲子。

接下來就是冗長而單調的推算，從略。總之從建安元年到建安五年，這五個三月三十日裡，唯有建安五年的三月三十日符合太守所謂「六合相應，良吉三十」的標準，其他幾個日子，按照傳統命理學說來看，都不算吉日。

而建安五年，在位的盧江太守正是李術。

在這裡稍微回顧一下李術的經歷。

根據為數不多的史料記載，此人是汝南人，在孫策麾下頗受信重。建安四年，袁術去世，袁術手下的一部分將領企圖投奔孫策，卻被盧江太守劉勳截殺。孫策大怒，揮軍攻拔盧江。劉勳無路可去，只能北上投奔曹操。孫策就地派麾下大將李術擔任盧江太守，還撥了三千人馬給他。

曹操眼見孫策坐大，深恐在消滅袁紹之前腹背受敵。恰好荀彧給他推薦了一個名叫嚴象的人，在南邊對付袁術。袁術既然死了，曹操便就地任命嚴象為揚州刺史，去安撫孫策，還舉孫權為茂才以示親切。嚴象沒想到的是，他一抵達盧江，就被李術殺掉了。

李術殺嚴象，究竟是因為李術跋扈，還是孫策授意而為，已無可考據，總之堂堂一位刺史就這樣被殺了。而曹操忙於應付袁紹，也無暇找他算帳。

沒過兩個月，意圖襲擊許都的孫策就離奇地被許貢門人刺殺了。結果嚴象遇害一事，便被擱置了。

年僅十八歲的孫權接下了孫策的事業，周瑜、張昭等人傾心輔佐，卻不代表所有人都認同他。李術久有異心，看到孫策身死，便極其高調地接納了從孫權麾下叛逃的人，打算自立。孫權問他要人，李術回了一封無比囂張的信：「有德見歸，無德見叛，不應復還。」孫權正愁初掌大權無處殺威，見李術這等態度，立刻寫信給曹操，說：「嚴刺史是您親自選拔的，沒想到一來這裡就被李術那廝砍了，我早就看他不順眼了，就讓我替嚴刺史報仇吧！」

於是孫權親自率領孫氏親族大舉圍城，李術走投無路，向曹操求援。曹操既沒興趣也沒餘力去救他，結果皖城被攻破，李術被梟首，結束了他不太光彩的一生。

李術從就任廬江太守到敗亡大約半年，橫跨建安四年和建安五年。時間雖短，卻還算比較平靜，沒有戰亂，沒有屠城，沒有遷徙，算是廬江百姓最後的安寧時光。

從心理角度來說，李術是個桀驁不馴的人，雖然在孫策麾下他不敢造次，但野心這種東西是無法壓制的。當他被任命為廬江太守，第一次擁有自己的武裝和地盤時，心中必然大喜。帶著這種昂揚情緒給兒子娶親，借機大操大辦，也是可以理解的。

於是，太守的身分問題就算是初步解決了。如此看來，焦仲卿和劉蘭芝的悲劇，不過是被提前了半年而已。就算他們沒有被拆散，繼續相依為命，很快也會遭遇孫權的屠城；就算逃過屠城這一劫，也會隨著其他十幾萬戶被曹操強迫遷徙到北方。如果運氣不好的話，夫妻兩人，一個在魏屬廬江，一個在吳屬廬江，不能交通來往，更是悲慘。亂世下的小人物命運，真是叫人唏噓。

我在滿足之餘，卻還帶著淡淡的遺憾，有一個疑問始終在心中揮之不去——難道《孔雀》真的只是一曲小人物的悲歌嗎？焦仲卿和劉蘭芝，真的只是亂世之中的一粒不為人知的沙子嗎？

再一次重讀《孔雀》，我發現自己忽略了一個小小的細節。

這個細節對《孔雀》本身來說，無關宏旨。但當《孔雀》與外部世界的聯繫被確定的時候，這個細節連綴起來的，是一個令我們後世之人為之一驚的歷史可能性。

《孔雀東南飛》中，焦仲卿跟母親訴說自己對劉蘭芝的深情，他母親這樣說：「何乃太區區！此婦無禮節，舉動自專由。吾意久懷忿，汝豈得自由！東家有賢女，自名秦羅敷。可憐體無比，阿母為汝求。便可速遣之，遣去慎莫留！」

他母親覺得鄰居家有個叫秦羅敷的大姑娘比劉蘭芝好得多，勸兒子去娶那個新歡。

這個女孩的名字是否有些耳熟？

秦羅敷？

那不就是另外一首樂府《陌上桑》裡的女主角嗎？

在《陌上桑》中，羅敷是一位充滿智慧的堅貞女子，當輕佻的「使君」調戲她的時候，她利用巧妙的言辭拒絕了對方的請求。

有一種說法認為「秦羅敷」是漢代美女的通稱，所以在兩首樂府裡都出現了這個名字，這當然是一種可能性。

但還有一種可能性——如果這兩個秦羅敷就是同一個人呢？

也就是說，假定秦羅敷真的也生活在建安年間的廬江，並和焦仲卿做鄰居呢？

在《陌上桑》裡，秦羅敷曾經如此誇耀過自己的夫君：「東方千餘騎，夫婿居上頭。何用識夫婿？白馬從驪駒，青絲繫馬尾……十五府小吏，二十朝大夫，三十侍中郎，四十專城居。」

其中「十五府小吏，二十朝大夫，三十侍中郎，四十專城居」不能當成一份真實履歷。漢末「大夫」是宮內官，屬於君主宿衛人員，但多為閒職榮銜，二十歲斷不可能獲此官位；「侍中郎」按漢無此官職，或為侍中，侍中為省內官，比大夫離君主又近了一層。

所以從小吏到大夫，再到侍中郎云云，只是虛指和比附，暗示她夫婿年富位顯、官職高遠。樂府裡很多詩句提到「侍中郎」，都是作為誇飾自家官位高的代稱。「專城居」有兩種解釋，一種是有專城居住，暗喻太守、刺史、州牧等地方大員；還有一種是表示他有資格在京城居住，是京官。

所以這一段話，意思應是自己的夫婿平步青雲，位高而權重。《後漢書．輿服志．諸馬之文》載：「卿以下有騑者，緹扇汗，青翅尾，當盧文髦……」「青翅尾」即詩中所云「白馬從驪駒，青絲繫馬尾」，足見顯貴。

真正要留意的，是前兩句：「東方千餘騎，夫婿居上頭。」東方就是東都洛陽，進一步引申為天子所在的都城，從這一點來看，「專城居」顯然該用第二種解釋，即京官。

秦羅敷的丈夫能統領一千多名騎兵，又是京官，這究竟會是什麼職位呢？

查《漢官儀》，可知長水校尉統烏桓騎兵七百三十六人，員吏百五十七人，加起來恰好近一千之數。查遍漢代官職，同時符合「千騎」「京城」與「近官」的，唯有秩比兩千石的長水校尉。

長水校尉屬北軍諸校，掌屯於長水與宣曲的烏桓人和胡人騎兵。漢末雖然這個職位早已不統兵，但編制仍舊是存在的。

既然秦羅敷和焦仲卿同為建安人物，那麼她的夫婿也該是建安時人。而建安一朝裡，擔任長水校尉的、可以查到的只有一人——种輯。

這一下子把我們從廬江遠遠地拋到了北方的許都。

長水校尉种輯和車騎將軍國舅董承、昭信將軍吳子蘭、議郎吳碩等人都是獻帝身邊的忠臣。他們在建安四年接了漢獻帝的衣帶詔，密謀反曹，結果在建安五年正月被悉數誅殺。秦羅敷在廬江採桑，她的夫婿卻在許都因為反對曹操而死。這本身已經充滿了傳奇的色彩，而种輯被殺三個月後，發生了一件在三國歷史上舉足輕重的大事，陡然讓這一層關係變得更不尋常。

建安五年元月，董承、种輯等伏誅；四月，孫策在丹徒遇刺身亡。

表面上看，這兩件事並沒有任何聯繫。

但如果仔細分析這兩件事的性質，就會發現其意味深長。

孫策生前一直「陰欲襲許，迎漢帝」，以他的實力，這計劃如果真的實現，只怕曹操會有大麻煩；而董承的計劃如果實現，漢帝自立，習慣了「奉天子以令不臣」的曹操也會有大麻煩。

這兩件反曹大事一內一外，目的驚人地一致，發動的時間如此接近，而失敗的時間也近乎一致，這實在不能不讓人深思兩者之間是否有什麼必然的聯繫。

回過頭重新檢視孫策在江東的聲望。他「誅其名豪，威行鄰國」，收人無數，也得罪人無數。破陳瑀，殺嚴白虎，殺高岱，殺許貢，殺于吉，殺周昕，孫策每殺一個名人就多樹了許多敵人。陳登曾經偷偷發給嚴白虎餘黨印綬，讓他們對付孫策，好為陳瑀報仇，可見就算許貢門客刺殺失敗，後面等著對付孫策的人，還排著長長的隊呢。

而盧江郡，恰好也是這麼一個對孫策孕育著仇恨的地方。

建安前，盧江太守陸康深孚人望，與孫堅原來關係還不錯，孫堅還曾經救過陸康的從子。可當袁術派遣孫策攻打盧江的時候，急於獲得地盤的孫策採取了激進的手段。「圍城數重。康固守……受敵二年，城陷。月餘，發病卒，年七十。宗族百餘人，遭離饑厄，死者將半。」（《後漢書》）

東吳的中流砥柱陸遜陸伯言當時也在城裡，在圍城前被送到了吳中，才得以倖免。

陸康被孫策逼死之後，陸氏宗族也大受波及。盧江變成了孫策扎在江東大族心頭上的一根刺。後來孫策、孫權兩代極力拉攏陸康的兒子陸績、從孫陸遜，也是存了舒緩撫慰之心。

值得注意的是，盧江被圍的時候，「吏士有先受休假者，皆遁伏還赴，暮夜緣城而入」，這可以與臧洪被殺時「洪遣司馬二人出，求救於呂布；比還，城已陷，皆赴敵死」相比較。可見陸康麾下對陸康的愛戴與忠誠，不遜於「烈士」臧洪。

如此忠誠之士，看到自己的主人因孫策而死，主家殘破，會有什麼舉動，不言而喻。

《孔雀》詩裡，焦仲卿描述與劉蘭芝新婚宴爾，「共事二三年，始爾未為久」，而那時候他早已經是府吏。也就是說，在陸康為太守時，焦仲卿就在太守府供職，可以稱得上深蒙陸康知遇的「盧江故吏」。

於是建安五年的兩件大事——刺曹與襲曹——在看似毫無關聯的廬江郡產生了交集。其中的兩個關鍵人物，一個是與反曹先鋒种輯有姻親關係的秦羅敷，另一個則是主人憤死的「廬江故吏」焦仲卿。

仔細讀《孔雀》一詩可以發現，焦仲卿是很忙碌的。劉蘭芝就曾經抱怨說：「君既為府吏，守節情不移。賤妾留空房，相見常日稀。」

這幾句抱怨提供了兩個重要線索。第一，焦仲卿非常忙碌，很少回家；第二，他是個「守節情不移」的人。作為府吏，工作忙碌是可以理解的，可這是他的本職工作，為何劉蘭芝要用「守節」這個詞呢？

陳壽在評價呂凱的時候，用了同樣意思的一個詞——守節不回，表彰其面對雍闓等人的威脅，仍舊忠誠於劉備、劉禪的行為。可見「守節」是指忠誠故主，堅定不移。廬江是袁術授意孫策攻下來的，又派來了麾下大將劉勳做太守，焦仲卿與他談不上什麼故主之情，那麼劉蘭芝說的「守節」，只能解釋成焦仲卿為陸康守節情不移。

可陸康當時已死，為死去的故主守節，唯有自盡與報仇兩種方式。比如臧洪的兩位司馬，就是選擇了第一種方式，而焦仲卿，可能選擇的是第二種。

恐怕他平日在家裡經常長吁短歎，也向妻子透露過內心的志向，所以劉蘭芝知道丈夫的心思，才會說他「守節情不移」。

焦仲卿整天忙碌而不回家，那麼他到底在做些什麼呢？

讓我們暫時把視線放回到許都。

當孫策打算襲擊許都的消息傳到曹操耳中的時候，許多人都很驚慌，唯有一位幕僚笑著說：「策新併江東，所誅皆英豪雄傑，能得人死力者也。然策輕而無備，雖有百萬之眾，無異於獨行中原也。若刺客伏起，一人之敵耳。以吾觀之，必死於匹夫之手。」（《三國志》）短短數天之後，孫策就遇刺身亡。這段話顯示出了驚人的預見性，和後面事態的發展極其一致。如果說前半段評價孫策在江東樹敵太多，容易招致報復，還算是分析到位的話，後半段說孫策一定會死於刺客之手，就近乎神仙一樣的預言了。

這位幕僚，就是曹操手下最可怕的謀士郭嘉。

郭嘉這一段話，作為戰略分析來看非常不靠譜，沒有人會把重大戰略建築在「仇人太多，早晚會被暗殺」這個不確定性極高的薄弱基礎之上——除非他能洞見未來。

郭嘉雖然聰明，但他不是神仙。所以，與其說「孫策被刺」是郭嘉的推測，倒不如說是他成竹在胸的一個計劃，一個他早就在策劃和部署的暗殺計劃。

只有在這個計劃是郭嘉全盤掌握的時候，他才會十分篤定地勸曹操不必擔心南方之事。

孫策的被刺，是郭嘉策劃的。問題就在這裡出現了，從建安四年開始，郭嘉一直身在許都，隨後還跟隨曹操去了官渡，沒有記錄表明他曾經外出過。

而刺殺孫策這等大事，必須有一個人在江東居中調度、主持。

因此，郭嘉需要一個當地的代理人，才能執行暗殺孫策的計劃。這個代理人必須熟悉江東環境，有一定人脈，最好與孫策有仇怨，而且身分還不能引人注意。

於是，完全符合這些條件的焦仲卿進入了郭嘉的視線。而聯絡的時機，應該就是在建安四年下半年，當時曹操正極力安撫孫策，「乃以弟女配策小弟匡，又為子章取賁女，皆禮辟策弟權、翊」（《三國志・吳書・孫策傳》），聘使不絕於道，郭嘉很容易就能安插人進去，以使節身分去聯絡焦仲卿。

為什麼郭嘉不找許貢門客，反而大費周章地去找廬江的焦仲卿呢？

原因有三。

第一，建安四年，廬江太守已經換成了孫策的大將李術，所以焦仲卿可以利用自己的府吏身分從李術那裡得到孫策的情報，然後指示刺客埋伏到預定地點，實施刺殺。他掌握情報的優勢，是許貢門客所不具備的。

第二，江東當時普遍對北方來人有不信任感，而焦仲卿是本地人。廬江與吳郡相距不遠，廬江太守陸康和吳郡太守許貢一向關係良好，兩人又都是為孫策所殺。派焦仲卿居中主持，拉攏許貢門客和其他刺客，容易產生共鳴，得其死力。

第三，從政治上來說，曹操不可以公開針對孫策，那只會引起其他諸侯的疑忌，繼而群起攻之。所以暗殺行動必須低調、保密，讓所有人都以為是一場私人仇殺。對孫策動手的是許貢門客，主持者是焦仲卿，兩者動機都十分充分。萬一暗殺行動不成反遭洩底，孫策最多也只能追查到焦仲卿這一層，聯想不到隱藏在幕後的許都黑手。許貢門人、焦仲卿就是郭嘉佈置下的兩層保護性帷幕。

有了這層關係，焦仲卿「守節」的忙碌，就不難理解了。

《孔雀》詩中提到，劉蘭芝在三月二十七日接受了與李術兒子的親事，三十日舉辦婚禮。而焦仲卿一直到了三十日，才匆匆趕了回去，「府吏聞此變，因求假暫歸」。

焦仲卿在太守府工作，太守兒子結婚，他肯定會第一時間知道。可自己老婆要和別人結婚了，他當時沒有採取任何行動，一直到結婚當天才抽身返回。

到底什麼事情讓他忙到連老婆都不顧了呢？

三月三十日李術兒子婚禮，轉月孫策就遭到了暗殺，前後相隔才數日。可見劉蘭芝答應親事的時候，正是暗殺行動的最後關頭。可以想像，焦仲卿給許貢門人佈置完了最後的計劃，讓他們趕往丹徒，自己這才心急火燎地趕回廬江。

郭嘉遠在許都，完美地遙控了這一起暗殺事件，消弭了南方的威脅。焦仲卿安排完了刺殺計劃，對故主陸康已盡忠，生無可戀，於是和劉蘭芝一起自殺。

這聽起來很合理，卻並不能解釋全部的事實。

關鍵的矛盾，還在於孫策的計劃。

史書說孫策籌劃襲擊許都、迎接皇帝，但仔細想想，這個計劃是不那麼牢靠的。孫盛就曾經直言不諱地評價道：「孫策雖威行江外，略有六郡，然黃祖乘其上流，陳登間其心腹，且深險強宗，未盡歸復，曹、袁虎爭，勢傾山海，策豈暇遠師汝、潁，而遷帝於吳、越哉？」

簡單來說，如果孫策在丹徒發動突擊，要一路打到許都，周圍要顧忌的勢力太多了。到了許都，短時間內也不可能破城。整個計劃執行起來難度太大，變數太多——除非孫策在許都已經有了內應，可以在他到達許都的時候控制住漢獻帝，開城配合。

我們今天都知道了，這些內應，顯然就是接了衣帶詔的董承、王服、吳碩和种輯他們。有了他們的配合，孫策便可以針對許都實施一次手術刀般精準的斬首行動，迎回漢帝。

史書上把這兩件事分開記錄，我們單獨審視它們的時候，會覺得這兩個計劃破綻百出。可如果「孫策襲許」和「董承誅曹」本來就是一個計劃的兩個層面，一內一外彼此配合，一切疑問便迎刃而解了。

這個計劃破壞力極其巨大，同時也需要極精密的籌劃。許都和江東要配合密切，兩者行動時間必須同時。如果孫策晚來，董承很可能會招致曹操勢力的瘋狂報復，無法送出漢帝；如果董承發動誅曹時機過晚，孫策便只能屯兵許都城下。

就像郭嘉在江東找了一位代理人一樣，為了完成這個計劃，董承和孫策也需要一位中間的聯絡人。可是董承等人在江東毫無根基，孫策在北方也面臨同樣的窘境。兩者都能夠接受的連絡人，只有長水校尉种輯的夫人——秦羅敷。

於是焦點又落回到廬江。

仔細想想，意圖刺殺孫策的焦仲卿，和意圖聯絡孫策北上勤王的秦羅敷，這兩個人居然還是鄰居，真是多麼巧妙的巧合。

可是，在陰謀論的世界裡，沒有巧合。究竟焦仲卿和秦羅敷之間有無聯繫呢？解開關鍵的鑰匙，在於《陌上桑》與《孔雀東南飛》裡的矛盾。

《陌上桑》裡，羅敷明確指出「使君自有婦，羅敷自有夫」。《孔雀》裡，焦母卻還在說「東家有賢女，自名秦羅敷。可憐體無比，阿母為汝求」。

焦母是普通老百姓，她熟悉的只是家長里短。她想為兒子求親，說明至少秦羅敷的公開身分是單身。而秦羅敷已經婚配的消息，事實上只對一個人說過，那個人就是《陌上桑》裡的男主角「使君」。

「使君」一詞在漢末是對政府官員的尊稱。秦羅敷在皖城採桑，那麼整個皖城最有資格被稱為使君的，只有現任太守李術。

但《陌上桑》裡，對李術與秦羅敷的初次接觸，是這樣描述的：「使君從南來，五馬立踟躕。使君遣吏往，問是誰家姝。」可見李術並非親自去與秦羅敷調情，而是遣了一個小吏去探詢。

調情這種事，一向以隱祕為要。李術不親力親為，反而要派個外人前往探詢，這怎麼看都不合理。

除非他們不是在調情，而是在交換什麼祕密資訊，李術才會「五馬立踟躕」，不讓過多隨從參與，只派遣了一個信得過的小吏前往。

不要忘記了秦羅敷的身分，她肩負著為許都聯絡孫策的使命。可她畢竟是個女性，許多事情不方便做。而李術是孫策的大將，搭上李術，就等於建立起與孫策的穩妥管道。

而這個「吏」，很有可能就是《孔雀東南飛》裡反覆強調的「府吏」焦仲卿。

他作為太守府的辦事員，代表李術前往接洽，再正常不過。而且焦仲卿與秦羅敷是鄰居，很可能之前已經接觸過，這才安排李術與秦羅敷做一次戲劇性的會面。

於是，《陌上桑》裡秦羅敷對「小吏」焦仲卿的那一段誇耀就意味深長了。讓我們來回顧一下當「使君」向秦羅敷說出接頭暗號「寧可共載不」之後，秦羅敷是怎麼傳遞情報的：「東方千餘騎，夫婿居上頭。」這是暗示許都那邊即將有事發生，有人派我聯繫你，這個人是長水校尉。

「白馬從驪駒，青絲繫馬尾，黃金絡馬頭，腰中鹿盧劍，可值千萬餘。」

這五句是暗示除了長水校尉以外，還有許多朝廷高層參與。「鹿盧劍」代表決斷，「可值千萬餘」代表著珍貴，意即皇帝。

「十五府小吏，二十朝大夫，三十侍中郎，四十專城居。」這四句通過描述升遷履歷，來強調每一個衣帶詔陰謀的參與者都是一步步升遷而來的漢室忠臣，他們無不感念漢室的拔擢之恩。

「為人潔白皙，鬑鬑頗有鬚。」這兩句是描述种輯的外貌，因為許都必然會派人來與盧江聯絡，便於互相辨認。

「盈盈公府步，冉冉府中趨。坐中數千人，皆言夫婿殊。」這四句是詳細交代董承誅殺曹操的計劃。計劃將在曹操日常辦公的司空府內發動，趁曹操「冉冉府中趨」，跟隨的衛士比較少的時候驟然發難。然後，秦羅敷還為焦仲卿壯膽，說參與政變者多達數千人。

通過《陌上桑》中的交談，秦羅敷通過焦仲卿初步與李術接上了頭。從孫策後來的舉動來看，這根線確確實實地搭上了，形成了董承—种輯—秦羅敷—焦仲卿—李術—孫策這麼一條複雜的情報鏈條。

秦羅敷失算的是，她少算了焦仲卿對孫策的仇恨。

焦仲卿為盧江故吏，對孫策的仇恨是相當深重的。秦羅敷則是為了確保孫策成功襲許，兩人的目的完全是背道而馳。

而在兩人接頭時，焦仲卿完全看不出任何異常，他奔走於李術和秦羅敷之間，勤勞地傳遞著資訊，似乎全然忘記了故主陸康的遭遇。

唯一的解釋是，焦仲卿是在隱忍，是在偽裝。他意識到，與秦羅敷搭上線，會更好地完成郭嘉交給他的任務。他扮演了一個雙面間諜，一方面在秦羅敷的協助下傳遞情報，為董承、孫策籌謀計劃，一方面把計劃原原本本地通知給郭嘉。

有了如此情報不對稱的優勢，郭嘉便可以輕易破壞董承的衣帶詔政變，然後精確定位孫策，實施暗殺，讓對手完全沒有任何反擊餘地——這都要歸功於焦仲卿的存在。

董承在內，肘腋之變最為危險，因此郭嘉或者曹操率先出手，在正月誅殺董承。至於遠在江東的孫策，一直要到四月，才落入許貢門客的弓箭射程之內。

這一前一後的時差，讓史書和後世治史者產生了錯覺，認為兩者是彼此孤立的事件。我們只有將兩者聯繫起來看，才能覺察到其中的矛盾，進而推斷出隱藏在幕後的神祕推手焦仲卿。

至此，這個陰謀的藍圖已經被勾勒得很完美了。可我重新審視整個推論的因果鏈時猛然發現，這一串推理看似合理，但始終缺少一個關鍵環節。這個環節的缺失，讓整個推論都陷入岌岌可危的境地。

整個事件中，無論是焦仲卿、孫策、种輯，還是郭嘉，他們都擁有鮮明的動機、明確的立場和清晰的身分，可是還有一位關鍵人物面目模糊。

這個關鍵人物就是秦羅敷。我們既不知道她在廬江的來歷，也不知道她幫助种輯、聯絡孫策的動機何在，她曾經宣稱种輯是她的夫君，這多半也只是託詞。她就像是橫空出世一般，在歷史夾縫裡驚鴻一現，然後徹底消失。

就像是員警不找出殺人犯的真實動機，就不能算破案一樣，不找出秦羅敷這個人的真實身分和動機，我們就無法宣稱發現了《孔雀東南飛》的真相。

為了彌補這一個缺失，我遍查史書，最後在《三國志．吳書．周瑜傳》裡發現了這樣一條記載：「（周瑜）從（孫策）攻皖，拔之。時得橋公兩女，皆國色也。策自納大橋，瑜納小橋（史書寫為二橋，後世衍文遂成二喬）。」

這裡的「攻皖」，指的是建安四年孫策攻擊劉勳所在的皖城。在那一次戰役中，孫策攻下廬江，並委任李術為廬江太守。然後他發現了居住在皖城內的大橋與小橋（即後世的大喬和小喬），並和周瑜各娶了一個。

有趣的是，以孫策娶大橋為起點，歷史陡然加快了速度。以廬江為中心，事件發生的密度間不容髮，秦羅敷面拒使君、焦仲卿休妻、董承遇害、李術兒子婚禮、焦劉殉情等一系列事件旋即發生，直到孫策遇刺為止，讓人眼花繚亂。

孫策與大橋的婚禮，就像是一個開關，開關一啟動，整個事件便開始飛速地發展起來，並在短短半年時間內成熟。

這是巧合嗎？也許是。但如果不是的話，該如何解釋呢？

假如我們大膽地猜測，大橋、小橋其中一個人——甚至兩個人都參與了——化名為秦羅敷並留在廬江，那麼一切疑問便迎刃而解。

秦羅敷身上最大的謎團，是她幫助孫策的動機。而如果秦羅敷就是大小橋的化名，那麼她們協助孫策也就毫不奇怪了。幫自己夫婿，豈不是一件天經地義的事情？

二橋名義上跟隨著孫策和周瑜離開，實際上卻化名秦羅敷隱藏在廬江，伺機為自己的夫君聯絡舊都故臣。作為雙胞胎姐妹，兩人的相貌十分相似，共用一個「秦羅敷」的未婚女性身分，其中一個人便可以奔走於許都與廬江之間，與种輯、焦仲卿交涉。

於是，我們不難理解，不明真相的焦母為何希望為兒子娶鄰居家的「秦羅敷」，那可是國色流離、姿貌絕倫的二橋；更不難理解焦仲卿為何一口拒絕這門婚事，因為他恐怕早就猜中了「秦羅敷」的真實身分，他怎麼可能會去娶仇人孫策的老婆。

那麼她們最初又是如何與董承、种輯等產生聯繫的呢？

最大的可能，就在於被李術殺掉的揚州刺史嚴象。

嚴象是荀彧推薦給曹操的，膽智雙全。建安四年，嚴象以督軍御史中丞詣揚州討袁術，恰好袁術敗死，於是嚴象就接任了揚州刺史。作為揚州刺史，他的使命是宣撫江東各處，結果這使命未及完成，便被李術殺死。

荀或是個堅定的保皇派，他所推薦的嚴象，未必不是心懷漢室。他宣撫江東，很難說是否身負著獻帝的密詔或者董承的囑託，尋找可以與曹操對抗的外部勢力。孫策勢力下的廬江，當是他的第一站。很可能，嚴象就是在這裡與秦羅敷（二橋）見了面，並初步建立起了與朝中董承勢力的關係。

嚴象在廬江意外地被李術殺死，种輯接替了他的位置，這條線仍舊維持著運作。

曹操對於嚴象的被殺，態度很是曖昧，證明他對於嚴象的效忠程度心存懷疑。這也從一個反面證明了嚴象效忠的對象究竟是誰這個問題。

經過嚴象的聯絡，二橋遊走於許都與廬江之間，按照夫君（可能是周瑜）定下的策略，積極籌劃與北方保皇勢力的聯繫，最終促成了襲許與刺曹的終極計劃。

問題來了，二橋與孫策關係如此親密，為何還要尋求焦仲卿和李術的協助呢？

二橋留在廬江這件事，對孫策來說，應該是絕對的機密，不能輕易洩露。於是二橋在聯絡時便隱瞞了自己的身分，种輯也罷，董承也罷，嚴象也罷，他們只知道居住在廬江的「秦羅敷」，而不是孫策、周瑜的妻子「二橋」。

如果「秦羅敷」親自為許都聯繫孫策，無異於自曝身分。為了不暴露真實底細，如我前面推測的那樣，「秦羅敷」只能大費周章地通過焦仲卿、李術，來為許都與孫策牽線。

這是二橋自我保護的措施，同時也為最後的失敗埋下了禍根。

當孫策被刺之後，計劃徹底夭折，二橋便徹底從人們的視野裡消失了。無論是《魏書》還是《吳書》，對這一對姐妹的下落都諱莫如深，只留下了極少的資料，這恐怕是當權者要掩蓋她們身後的祕密的緣故吧。

最後很堪玩味的，是當時的太守李術的態度。

焦仲卿同時為兩條線奔走，忙得一定腳不沾地。他是個有公職在身的人，長久不履行職責，居然沒有遭到任何責罰。我們可以大膽地推測，李術本人也參與了針對孫策的刺殺，並默許了焦仲卿在私底下的一系列活動。這從李術在孫策死後立刻擁兵自立的舉動來看，不無可能。他盼望自立太急切了，急切到已經無法等待。

而李術殺嚴象，也變得順理成章。

嚴象忠於漢室，來到廬江的真實目的是希望能與孫策聯手，這是李術所不願意見到的。而最妙的是，嚴象本人的官方身分是曹操委任的揚州太守，於是李術便可以毫無顧忌地殺死嚴象，對外則可以解釋說是防止曹操勢力在江東擴張，不必招致懷疑。

由此來看，李術替自己的兒子向劉蘭芝求親，不過是控制焦仲卿的一個手段罷了。他用這種方式告訴焦仲卿：「你的老婆在我手裡，可不許出去亂講話。」這實在是有些以小人之心度君子之腹，李術以自己的心思去揣摩焦仲卿，卻永遠理解不了這些「為主守節」的義士的決心。

等到三月三十日，焦仲卿安排完刺殺，趕回廬江，滿心以為大仇得報，可以安心過日子了。等待他的，卻是李術的屠刀。李術將二人滅口，又把現場偽裝成自殺，對外宣佈兩人是殉情自殺。

而這時候，周瑜已經把二橋及時轉移出了皖城，否則孫權將極其被動。

老百姓們不知道其中險惡的內幕，一般更傾向於相信一個感人至深的愛情故事。

於是，通過對《孔雀東南飛》和《陌上桑》兩首詩，以及結合歷史上若干疑點與矛盾的分析，我們大概可以得出這樣一個真相。

建安前，孫策攻破廬江，太守陸康因此病死。忠心耿耿的府吏焦仲卿決意為陸康報仇，卻一直有心無力，只得隱忍不發。在這期間，他娶到了新婚妻子劉蘭芝，兩人相敬如賓。只是焦仲卿偶爾會向妻子透露自己的心願，感歎不能酬志。

建安四年，孫策二度攻破廬江，任命李術為廬江太守。這時候，孫策或者周瑜見到了橋家的兩個女兒，大張旗鼓地娶走了她們，然後又偷偷送回到廬江，以「秦羅敷」的身分隱居下來，兩人共飾一角，以便可以隨時外出聯絡。

在許都，曹操的勢力和漢獻帝的勢力都對江東突然崛起的孫策感到驚訝。

漢獻帝陣營認為這是制衡曹操的好機會，曹操以郭嘉為首的幕僚們則認為孫策將會是個潛在的巨大威脅。在這兩方面的努力下，揚州太守嚴象前往廬江，而為兩家結親的報聘使者也絡繹不絕。

很快嚴象來到廬江，他表面屬曹黨，卻忠心漢室。他與「秦羅敷」建立了聯繫，並商定出了襲許刺曹的計劃雛形。很快李術發現嚴象的真實企圖，頗有野心的他將嚴象殺掉，「秦羅敷」則幸運地逃脫了，並與長水校尉种輯重新設立了管道。

與此同時，曹操派來江東報聘的使者團也路過廬江。其中一個人是郭嘉暗藏的密使，他成功地聯絡上了一心想為陸康報仇的焦仲卿。

「秦羅敷」應种輯的要求，以採桑為名，與李術做了第一次接觸。李術身分敏感，沒有親自前往，而是派出了焦仲卿與之聯絡。「秦羅敷」向焦仲卿和盤托出了董承、种輯的計劃，希望他能聯繫孫策，與董承配合反曹。

可她（們）沒想到的是，焦仲卿一聽到孫策這個名字，復仇的火焰熊熊地燃燒起來。在李術的默許下，焦仲卿一面對「秦羅敷」虛與委蛇，為孫策和董承的配合穿針引線，一面與許都聯繫，向郭嘉彙報了這件事。郭嘉將計就計，委託焦仲卿聯絡江東豪族，準備刺殺孫策。焦仲卿還從「秦羅敷」那裡得到許都密謀的詳細情報，他把這些都傳給了郭嘉。

到了建安五年初，曹操根據郭嘉的情報，先發制人，董承等人被殺，刺曹計劃夭折。這個消息傳到江東，讓太守李術有些驚慌，他唯恐孫策知道自己暗中的勾當，就故意唆使焦仲卿的母親挑撥焦仲卿和愛妻劉蘭芝的關係。

不明真相的焦母這時還想為「秦羅敷」和焦仲卿說親，反被焦仲卿一口拒絕。「秦羅敷」意識到，形勢已經惡化到了一定程度。可她們還沒意識到焦仲卿的異心已經對孫策產生了威脅。

李術故意為自己的第五個兒子求親，並定了婚禮的日期，三月三十日。

李術通過這種方式，暗示焦仲卿要儘快殺掉孫策，否則妻子難保。

李術並不瞭解，即使他不脅迫劉蘭芝，焦仲卿要為故主報仇，也會全力以赴。

到了三月三十日，焦仲卿獲得了孫策前往丹徒的確切情報，他讓許貢門客埋伏在指定地點，然後心急如焚地趕回廬江，希望能趕上婚禮，向李術討回愛妻劉蘭芝。

李術見暗殺計劃已經發動，焦仲卿再無用處，便先偽造了劉蘭芝的自殺現場，然後讓焦仲卿「自掛東南枝」，以此掩蓋自己在這起謀殺中的作用。

他甚至有意識地在皖城開始傳播焦、劉二人堅貞的愛情故事。

皖城百姓，聽到這故事無不潸然淚下。而深悉內情的「秦羅敷」聽到這個故事時，立刻意識到敗局已定。此時無論她（們）做什麼，都無法解除孫策被刺的危機了。

建安五年四月初，孫策在丹徒遇刺身亡，至此江東威脅曹操的計劃徹底破產。李術則借孫策之死舉兵自立，「秦羅敷」或憑藉自己的才智，或由於周瑜的接應，順利地逃出了皖城。

皖城旋即為孫權所攻破，城內軍民或屠或徙，星流雲散，再沒有人注意到「秦羅敷」的消失，也沒有人能夠回想起焦仲卿這幾年的異常舉動。

「秦羅敷」回到江東，恢復了大橋、小橋的身分。可她們的經歷實在太過敏感，孫權消滅了幾乎全部的證據，大橋被安置在不為人知的隱祕角落，不見於任何史書，而隨周瑜的小橋也被警告要三緘其口。

等到周瑜病死之後，小橋攜遺孤回到廬江這個傷心地，並安靜地死在了故鄉。至今廬江縣城西郊尚有小橋墓，舊稱喬夫人墓，俗名瑜婆墩，與城東周瑜墓遙遙相望。

而《孔雀東南飛》與《陌上桑》，未嘗不是這兩（三）位才貌雙全的女子在被人遺忘前所創作的詩篇，試圖通過這種隱晦的方式，向後世之人傳達著自己曾經存在的證據。

誰能想到這一個偽造的愛情故事背後，還隱藏著如此波譎雲詭的政治紛爭呢？

認真你就輸了！

風雨《洛神賦》

我們的演員們終於紛紛退場，只剩下《洛神賦》流傳至今，叫人嗟歎不已，回味不休。千載之下，那些兵戈煙塵俱都散去，只剩下《洛神賦》和賦中那明眸善睞的傳奇女子。世人驚羨於洛神的美貌與曹植的才氣，只是不復有人瞭解這篇賦後所隱藏的那些故事與人性……

西元222年，魏黃初三年。曹植在從鄴城返回封地鄄城的途中，寫下了一篇文章。

在這篇文章裡，曹植說自己在途經洛水時邂逅了傳說中的伏羲之女洛神，極盡描摹這位佳人的風姿神采，字裡行間充斥著強烈的傾慕之情。他就像是一位陷入瘋狂熱戀的年輕詩人，把所能想像到的最美好的詞彙，都毫不吝惜地加在這位女子身上。

這就是中國文學史上赫赫有名的《洛神賦》。其中「翩若驚鴻，婉若游龍」「凌波微步，羅襪生塵」之類的描繪，已成為千古名句。

很多人都知道，在《洛神賦》的背後，還隱藏著一段眾所周知的曹魏宮闈的公案。據說曹植對曹丕的妻子甄妃懷有仰慕之情，《洛神賦》裡的洛神，其實就是暗指甄妃，曹植藉著對洛神的描寫，來釋放自己內心深處最為熾熱卻被壓抑已久的情感。

唐代李善在《昭明文選》後的注解中講了這麼一個故事：最初想娶甄妃的是曹植，結果卻被曹丕搶了先，曹植一直念念不忘。在甄妃死後，曹植入朝去覲見曹丕，曹丕拿出甄妃曾用過的金縷玉帶枕給他看，曹植睹物思人，大哭一場。到了晚上，甄妃之子曹叡擺宴請自己的叔叔，乾脆把這個枕頭送給他。曹植揣著枕頭返回封城，途經洛水時夢見甄妃前來與之幽會，有感而發，寫成此篇。

從文學角度，這是一個感人的故事，可惜的是，它終究無法取代真實的歷史。

這個故事破綻很多。歷史上的曹丕，是個出了名的小心眼，對自己的弟弟向來欲除之而後快，七步成詩的故事人人皆知。曹植被他死死囚禁在封地大半輩子，最後鬱鬱而亡。其他兄弟如曹彰、曹袞、曹彪等人，處境也是一樣淒慘。

曹丕這種防兄弟如防賊的態度，就連陳壽都有點看不下去，著史時評論說：「待藩國既自峻迫，寮屬皆賈豎下才，兵人給其殘老，大數不過二百人。又植以前過，事事復減半，十一年中而三徙都，常汲汲無歡，遂發疾薨。」

這樣一個男人，如果知道弟弟覬覦自己的老婆，不怒而殺之已屬難得，怎麼可能會把老婆的遺物拿出來送人呢？——何況送的還不是尋常之物，而是曖昧至極的枕頭。後世李商隱揶揄這段典故，寫了一句詩，「宓妃留枕魏王才」，可見枕頭這東西是很容易讓人產生不良聯想的。曹丕再缺心眼，也不會這麼主動把一頂綠帽子戴在自己頭上。

由此可見，李善這個故事，有太多他自己想當然的發揮。

不過，這個故事也並非空穴來風。讀過《洛神賦》的人都知道，賦中有著情真意切的心緒和細緻描摹，讓人很難相信曹植只是一時興起去歌頌一位虛無縹緲的仙子，而不是在寄情隱喻。

曹植對甄妃的感情，不是譫妄之言。這份感情，雖然史無明載，卻可以被史料間接證實。而這個證實的契機，就是《洛神賦》的原名。

根據史料記載，《洛神賦》的原名叫作《感鄄賦》。歷代許多研究者認為，曹植在黃初二年被封鄄城侯，次年升為鄄城王，因此賦成此篇，以茲紀念。

這看起來言之成理，可惜卻是不正確的。漢賦之中，以地名為篇名的並不少見，如《二京賦》《兩都賦》《上林賦》等，卻從來沒有任何一篇是以「感＋地名＋賦」的格式命名的。

更深一步分析，鄄城在今山東西南，曹魏時屬兗州濟陰郡，洛水則是在陝西洛川，兩處相隔十分遙遠。曹植在一篇名字叫《感鄄賦》的文章裡隻字不提鄄城，反而大談特談渡過洛水時的經歷，這就像在《北京遊記》裡只談黃浦江一樣荒謬。

除非《感鄄賦》醉翁之意不在酒，別有所感，這個鄄字另有含義。

心細的人可能會發現，在《三國志》裡，這個地名一律直書「鄄城」，如《程昱傳》載：「張邈等叛迎呂布，郡縣回應，唯鄄城、范、東阿不動。」

可到了范曄寫《後漢書》的時候，每提到鄄城，都寫成了「甄城」，其下還特意標明注解「縣名，屬濟陰郡，今濮州縣也。『甄』今作『鄄』，音絹」。

「鄄」字與「甄」字形幾乎一樣，從垔（ㄧㄣ）。「鄄」字讀成絹，而「甄」字在當時並不讀「真」，按照許慎《說文解字》的記錄，甄字居延切，與「鄄」的發音基本一樣。《史記》裡，既寫道「晉伐阿、甄」（《司馬穰苴傳》），又寫道「臏生阿、鄄之間」（《孫臏傳》）。可與《後漢書》同為例證，證明甄、鄄二字從兩漢到魏晉南北朝時期是可以通用的。

曹植既然志不在鄄城，「鄄」又和「甄」通用，那麼《感鄄賦》其實等於《感甄賦》。

而這個「甄」字究竟指的是什麼，指的又會是誰呢？

建安十六年，曹植莫名其妙地寫了一篇《出婦賦》，其中有「痛一旦而見棄，心忉忉以悲驚……恨無愆而見棄，悼君施之不終」之句，句句暗扣。其時曹植本人沒遭遇什麼變故，突然發此感慨，又是意有何指？

黃初二年，甄妃在淒慘中去世；就在同一年，曹植的監國謁者灌均給曹丕上了一份奏摺，密告「植醉酒悖慢，劫脅使者」。於是曹植被貶為安鄉侯，後又被遠遠地攆到了鄄城。到底是什麼事情能讓曹植心神大亂，以致醉酒鬧事到「劫脅使者」這麼失態？

如果這些證據都還是捕風捉影的話，那麼接下來的事實就是板上釘釘了：曹丕與甄妃的兒子曹叡即位之後，下詔改《感鄄賦》為《洛神賦》。若不是怕有瓜田李下之譏，對自己母親的名節有損，我想曹叡也不會特意去關注一篇文章的名字。

可見曹植寫賦借洛神之名緬懷甄妃一事，基本可以定案，只是沒有李善說得那麼誇張罷了。他利用自己的才華玩了個鄄、甄互換的文字遊戲。也許這時候會有人問，你繞了一大圈，除了論證出曹植確實對甄妃懷有感情以外，豈不是一無所得嗎？

並不是這樣，這只是一個開始。

證實《洛神賦》中的洛神為甄妃後，另外一個巨大的矛盾便緩緩浮出水面。

曹丕是識字的，文章寫得極好，與曹操、曹植在文學史上並稱三曹。曹植在甄、鄄二字上玩的這麼一個淺顯的文字遊戲，曹叡尚且看得出來，何況曹丕。前面說了，曹魏對藩王的限制是極其嚴苛的，稍有舉動就會被無情打擊。面對這麼一個小心眼的哥哥，曹植還敢寫這種東西，莫非他不要腦袋了嗎？

事實比猜測更為離奇。《感鄄賦》面世之後，史書上沒有記載曹丕對此有任何反應。要知道，在前一年，曹植只是喝醉酒，監國謁者都要打小報告給曹丕，曹植這次公然調戲到了自己媳婦頭上，曹丕居然無動於衷，實在太不符合邏輯了。

當兩段史料產生矛盾時，要麼其中一段史料是錯誤的，要麼兩者之間缺乏一個合理的解釋。

《三國志》的記載是可信的，而《感鄄賦》也是真實的。既然兩者都沒問題，那麼只能是解釋方法的錯誤。也就是說，圍繞著《感鄄賦》，甄妃和曹丕、曹植之間的關係，並不是夫妻二人加一個精神第三者這麼簡單。

簡單介紹一下甄妃的生平。她是中山無極人，名字不詳，後人因為《洛神賦》裡洛神別名宓妃的緣故，把她叫作甄宓。嚴格來說，這是不對的，不過為了行文方便，下文姑且如此稱之。

甄宓生得極為漂亮，十幾歲就嫁給了中原霸主袁紹的兒子袁熙。袁紹失敗後，曹軍占領鄴城，曹丕闖進袁氏宅邸，一眼就看中了甄宓，欣然納入房中。甄宓為曹丕生下一兒一女，即曹叡和東鄉公主。後來曹丕稱帝，寵幸郭，甄宓年老色衰備受冷落，屢生怨謗，竟被賜死，死時「被髮覆面，以糠塞口」。

再後來曹叡即位，殺郭氏以報母仇。

表面看來，甄宓與曹植之間沒什麼糾葛，兩人年紀相差十歲，最多是後者對一個成熟女性的青春期憧憬罷了。

好在曹植是個文人，文人總喜歡發言議論，所謂言多必失。在反覆查閱中，我終於在曹植寫給曹叡的一封書信中，發現了一條微弱的線索。這條線索非常晦澀，可當我們把它從歷史塵埃中拎起來時，它所牽連出來的，卻是一連串令人瞠目結舌的真相。

曹植是一個有雄心的人，他對自己被軟禁而無所作為的境況感到非常鬱悶。史書上說他「常自憤怨，抱利器而無所施，上疏求自試」，意思是曹植覺得自己的才幹沒有得到發揮，上書希望能為朝廷做點事。

曹丕是指望不上了，侄子曹叡也許還有的商量。於是，在曹叡即位後的第二年，曹植給曹叡上了一道疏。在他的這份疏裡，曹植揮斥方遒，慷慨激昂，嚷嚷著要殺身靖難，以功報主，實在是一篇文采斐然的好文章。其中有這麼一句：「臣聞明主使臣，不廢有罪。故奔北敗軍之將用，秦、魯以成其功；絕纓盜馬之臣赦，楚、趙以濟其難。」

這句話不太好理解，裡面一共用了四個典故。「故奔北敗軍之將用，秦、魯以成其功」，典出秦將孟明視和魯將曹子，這兩個人屢次打了敗仗，卻始終受到主君信賴，後來發憤圖強，一戰雪恥。「絕纓盜馬之臣赦，楚、趙以濟其難」中，盜馬典出秦穆公。秦穆公的一匹馬被山賊偷走，他非但沒生氣，反而說吃馬肉不喝酒容易傷身體，於是送了罈酒給這些偷馬人。山賊們很受感動，在秦、晉交戰中救了秦穆公一命。因為前句已經用了秦，而秦君為趙姓，所以這裡用了趙字互文。

以上三個典故，都是古籍裡常見的。真正有意思的，是第四個典故：絕纓。

絕纓這個典故出自楚莊王。據《說苑》記載，楚莊王有一次宴請眾將，日落不及掌燈，席間漆黑一片。有人趁機對楚莊王的姬妾動手動腳，姬妾情急之下扯下他的冠纓，告訴楚莊王說，只要點起燈來，看哪個頭上無纓的，就是騷擾者。楚莊王卻吩咐眾將把冠纓都扯下來，然後再點起火把。數年後，楚莊王表彰一位殺敵極其勇敢的將軍，將軍坦承自己就是當年絕纓之人，為了報答主君寬厚之恩，方捨身殺敵。

臣子給主君上書的時候，典故是不能隨便亂用的，否則就是諸葛亮所說的「引喻失義」，讓人懷疑你對主君老婆起了不良念頭。曹植對甄宓的感情，性質上與絕纓一樣，都是對自己主君的老婆心懷不軌。對此曹叡心知肚明，還親自改過《感鄄賦》的名字以避閒話。現在曹植突然不避嫌疑，堂而皇之地甩出了這個典故，頗有點向曹叡示威的意思。

緊接著這個典故，曹植又寫道：「臣竊感先帝早崩，威王棄世，臣獨何人，以堪長久！」這句話就近乎赤裸裸的威脅了，我兄弟曹丕已經死了，曹彰也掛了，我算什麼人，居然能苟活到現在！重點就在於「臣獨何人」四個字的正話反說，這明明是在向曹叡強調：我是有特殊原因才能活到現在的。而這個原因，曹叡應該是十分清楚的。

曹植怕自己的這份奏章不被通過（原文「植雖上此表，猶疑不見用」），不忘最後補了一句：「嗚呼！言之未用，欲使後之君子知吾意者也。」這句話表面上是遞進關係，其實是一個偽裝了的虛擬語態。不是「就算我的奏章沒被採用，也好歹能讓後世之人知道我的心意」，而是「如果我的奏章未被採用，那麼後世之人可就會知道我的心意了」。

在這封信裡，曹植用「絕纓」這個典故明裡暗裡地提醒曹叡：我和甄宓之間發生過類似「絕纓」的事情。對照接下來那兩句的威脅口吻，所謂的「絕纓」事件恐怕不是什麼兒女私情，而是不能宣之於口的極祕之事，這件事不僅牽扯曹丕、曹彰之死，還是曹植這麼多年來的保命符，是足以掀動曹魏朝野的大炸彈。

所以曹植才在最後向曹叡開出條件：如果「言之未用」，那麼我可就要「使後之君子知吾意者也」。

曹植不愧是一代文豪，這封信是一個相當有技巧性的隱晦暗示。在其他任何人眼中，它不過是篇言辭懇切、辭藻雅馴的文章，唯獨曹叡能讀懂其中的微言大義。

而曹叡是如何回答的呢？曹叡的回信沒有記載，不過他很快就下詔，把曹植從雍丘徙封到了東阿。用曹植自己著作裡的描述，雍丘是「下濕少桑」，東阿則是「田則一州之膏腴，桑則天下之甲第」。可見這一次的徙封，是破格優待。

面對一位藩王的威脅，皇帝非但沒有採取報復手段，反而下詔優容待之。如果曹叡不是聖人的話，那只能說明他是心虛了。這樣一來，也就能夠解釋為何曹植寫成《感甄賦》之後，曹丕明知其情，卻毫無反應了，他是不敢反應，因為他和自己的兒子一樣心虛。

曹植一提甄宓的名字，這兩位帝王就諱莫如深。可見曹植和甄宓之間絕非毫無交集，而這個交集，就是奏章裡所謂的「絕纓」之事。

史書上沒有曹植和甄宓接觸的記載，不過可以通過兩人的履歷來加以印證。

建安二十一年（216年）年底，曹操東征孫權，當時隨他去的有卞夫人、曹丕，還有甄妃的兩個孩子曹叡與東鄉公主。甄妃卻因為生病，留在了鄴城。

而同時留在鄴城的，還有曹植。

本來這也沒什麼，你住你的太子府，我住我的藩王邸，兩不相涉。可曹操在出征之前，對曹植說了一番奇怪的話：「吾昔為頓邱令，年二十三。思此時所行，無悔於今。今汝年亦二十三矣，可不勉與！」（我當年做頓邱令的時候，是二十三歲，回想起當時的所作所為，至今仍然無愧於心。你今年也二十三了，可要自己加油啊。）

曹操二十三歲做了什麼事情呢？他大造五色棒，巡遊街道，看到有犯禁之人，無論有無背景，一律活活打死。顯然，曹操是希望曹植也這麼做。

這就奇怪了。曹操當時所處的環境，是漢末混亂時期，豪強橫行，有此一舉理所當然。可建安二十一年的鄴城，治安相當良好，能出什麼事？

除非曹操囑咐曹植留神的，不是什麼治安事件，而是政治事件甚至叛亂。

所以曹操拿自己在頓丘令任上的所作所為做例子，勉勵曹植拿出狠勁來，該出手時就出手。曹植在此時所扮演的角色，相當於內務部或者安全局的最高領導，在曹操和曹丕遠征期間確保大後方許都、鄴城等幾個重鎮的安全。

而這時候甄宓在做什麼呢？《魏略》記下了這樣一件小事。曹操在這一次東征時，不光帶著老婆卞夫人，還帶走了甄宓的一兒一女。一直到次年的九月，大軍才返回鄴城。卞夫人回來以後看到甄宓光彩照人，覺得很奇怪，問她說你跟你兒女離別這麼久，應該很掛念才對啊，怎麼反而容光煥發更勝從前呢？甄宓回答說：「自隨夫人，我當何憂！」（有您照顧他們，我還擔憂什麼呢？）

這個心態是很可疑的。兒行千里母擔憂，兒女隨軍出征，就算是有可靠的人照顧，當母親的頂多是「不擔心」罷了。可史書上描述此時甄宓的狀態，用的詞是「顏色更盛」。注意這個「更」字，說明甄宓的面色，比與兒女離別時更加光彩照人。換句話說，自從建安二十一年她公公、婆婆、丈夫、兒女離開以後，甄宓非但毫不擔憂，反而一直很高興。人逢喜事精神爽，人的心理狀態會如實地反映在生理狀況上。本該「不擔心」的甄宓，卻變得「很高興」，說明甄宓高興的，並不是兒女出征一事。

那麼她到底在高興些什麼呢？

在這之前，有一次卞夫人隨軍出征得了小病，甄宓聽說後徹夜哭泣，別人告訴她只是小病，已經痊癒了，甄宓繼續哭，不相信，說這是卞夫人在安慰自己。一直到卞夫人返回鄴城，甄宓望著她的座位哇哇大哭，說這回我可放心了，把卞夫人感動壞了，連連稱讚她是孝婦。

這兩件事都是相當高明的馬屁，高明到有些肉麻和做作，很有些王莽式的謙恭。就連裴松之都質疑說：「甄諸後言行之善，皆難以實論。」因此這些行為說明不了甄宓是孝婦，只能證明她有智慧，工於心計。她越是處心積慮地討好卞夫人，越證明她是在掩飾些什麼、圖謀些什麼。

建安二十三年（218年）春正月，京兆金禕、太醫令吉本、少府耿紀、司直韋晃等人在許都發動叛亂。曹操的心腹王必身死。一個帝國的政治中樞居然發生了近臣叛亂，而且還是發生在劉備與曹操在漢中大戰之時，關乎曹魏的生死存亡，這已經不能用警衛疏失來解釋了。

這種叛亂，必然是經過了長期醞釀、籌備和組織的。所以它雖然爆發在建安二十三年，策劃卻應該是在更早的時候。

比如建安二十二年（217年）。

在那一年，鄴城的太子妃恰好正因為一些說不清道不明的事情即將完成而變得特別高興。這兩者之間，很難說沒有什麼因果聯繫。

那麼一個大致結論便可以得出來了：甄宓，正是這一起叛亂的幕後推手。

她在建安二十二年安排好了一切，親手播下這些叛亂的種子，然後興致昂揚地看著它們發芽、結果。

這等規模的叛亂發生在肘腋之間而高層全無察覺，內務安全的最高負責人曹植難辭其咎。曹植雖然貪杯，卻並非庸碌之徒，手底下還有楊修和丁儀、丁廙兄弟這樣的幹才，可為什麼還是讓這起叛亂發生了？

回想起曹植在給曹叡的奏章裡說的「絕纓」事件，這個事件恰好可以把這一切疑問都穿起來。

甄宓很清楚曹植對自己的感情，並且敏銳地覺察到這種感情是可以利用的——還有什麼比控制安全事務最高負責人更有效的叛亂策略呢？

當時的鄴城，曹操、卞夫人和曹丕都不在，為甄宓提供了絕好的環境。

她只需要略施手段，曹植這個多情種子就會不顧一切地鑽入彀中。於是「絕纓」事件發生了，誰絕誰的纓，這很難講，我們也無從揣測中間到底發生了什麼，我們看到的只是結果。結果就是曹植怠忽職守，鄴城與許都的治安變得漏洞百出。讓吉本、魏諷等人從容地鑽了空子，以致釀成大禍。

這個貫穿整個建安二十二年的陰謀，就是絕纓事件的真實面貌。

我們現在知道的只是一些發生過的事實，而這些事實背後隱藏的東西，始終還遮蓋著重重的迷霧。每一個陰謀，都會有它的動機和目的。

甄宓不是瘋子，她如此處心積慮，究竟意欲何為呢？

要理清這個問題，我們得從「絕纓」事件的後果開始說起。

曹丕和曹植對於太子之位的爭奪相當激烈，原本曹操更傾向於曹植，好幾次差點就定了他當太子，可曹植的不修行檢始終讓他心存猶豫。在建安二十一年，曹操出征前對叛亂有所預感，所以有意把鎮守後方的重任交給了曹植，算是對他的最後一次考驗。如果曹植順利通過，那麼太子之位幾無懸念。

但吉本和魏諷的叛亂，徹底斷送了曹植的太子之路。

仔細考察這場叛亂，我們可以發現兩個特點：第一，規模非常小，參與者不過吉本、韋晃及雜役、家僕千人；第二，政治影響非常大，吉本叛亂後，曹操把漢獻帝身旁的漢臣屠戮了一半。

叛亂規模越小，對國家影響越微弱；政治影響越大，責任人的壓力就越大。這種程度的叛亂，就像是一捆精心設置好爆炸當量和爆破方向的炸藥，不足以動搖國本，但足以引發對某些特定人物的致命批評。曹植作為內務安全最高負責人，經此一役，徹底一蹶不振。

然後一直隱藏在幕後的身影慢慢浮現出來。

甄宓的丈夫——曹丕。他在建安二十二年那個極其敏感的時刻，被曹操立為了太子。他似乎一直都置身事外，但又無處不在。如果說是甄宓一手策劃的這起叛亂，那麼最大的受害者就是曹植，而最大的獲利者，正是曹丕。這讓人忍不住聯想，這一起叛亂，莫非是曹丕故意派甄宓策動以打擊曹植的？

這本該是個猜想，不過，在建安二十四年（219 年）發生的一件小事，讓這個猜想變成了事實。

當時曹操對於曹植仍舊抱有一點點希望，所以當曹仁被關羽包圍，他給了曹植又一次機會，任命其為南中郎將，行征虜將軍，去救援曹仁。可誰知道曹植這個不知長進的東西，竟喝了個酩酊大醉，醉到連將令都無法接。從此，曹操對這個不肖子徹底失望。

以上是出自《三國志》的記載，讀者看了會覺得曹植可真是糊塗蛋。可《魏氏春秋》給了另外一個不同的說法：「植將行，太子飲焉，偪而醉之。王召植，植不能受王命，故王怒也。」

「偪」是「逼」的舊體寫法。可見曹植的失態，並非出於本意，而是為太子曹丕所陷害。曹丕故意讓弟弟喝醉，以錯過出征。這次醉酒，並非一次孤立事件，而證明了曹丕一直在緊緊盯著曹植，從來沒有放鬆過警惕，也不放過任何一個使壞的機會——這當然也包括指使甄宓策動的那一次叛亂。

曹丕很清楚，對付曹植，最有效的人選就是甄宓。對他這種權勢熏心的人來說，只要能夠毀掉曹植，犧牲個把老婆也並非不可接受。他不會讓自己戴綠帽子，除非對上位有好處。

曹植是個至情至性之人，就算他發現了真相，也絕不會去告發甄宓，因為那會將他所愛之人置於死地。曹丕算準了自己的弟弟這種幼稚的性格，才會肆無忌憚地利用甄宓一次又一次傷害他——甚至我有一個更大膽的猜想，在那次臨出征前的對飲中，曹丕在席間只需輕輕透露說，甄宓是在利用你，曹植就會心緒大亂，借酒澆愁，沒有什麼比自己愛的人傷害自己更痛苦的事了。

而曹丕對於甄宓給自己戴綠帽子這件事，恐怕也並非毫無心結。這個心結在他登基之後逐漸膨脹，最後導致了曹丕與甄宓的爭執、甄宓的失寵及死亡。

自私的男人，始終是自私的。

事情很清楚了，曹丕是這一切的根源，他為了獲得太子位，不惜派甄宓去誘惑曹植，藉此打擊競爭對手。證據確鑿，板上釘釘。

但他不是唯一的獲利者。

其實獲利者還有一個。

這個人是曹丕身旁的智囊，姓郭，沒有名字，卻有一個有趣的字，叫女王。

我們不妨把她叫作郭女王。她不是什麼謀士，而是曹丕的一個妃子，迎娶於建安二十一年。

又是建安二十一年！

建安二十一年真是個奇妙的年份，幾乎所有的演員都在這一年紛紛登上舞臺熱身，然後在建安二十二年開始了正式的演出。

郭女王與別的女人大不相同，一進門，就顯示出了卓越的天分。她對於曹丕的意義，不是女人這麼簡單，用史書上的一句話描述已經足夠：「后有智數，時時有所獻納。文帝定為嗣，后有謀焉。」短短兩句話，一個女中諸葛的形象躍然而出。

讓我們仔細咀嚼一下這兩句話。「文帝定為嗣，后有謀焉」，意思是曹丕奪太子位，郭女王參與了謀劃，而且起了很重要的作用。

奪太子位的過程中，最重要的事情，就是打擊曹植。而打擊曹植最狠的，就是絕纓事件。因此，很有可能，絕纓事件就是這位「有智數」的郭后「時時有所獻納」給曹丕的計策。

仔細品味這起事件，就會發現這個計劃陰毒而細膩，它的成功完全建築在對人心的掌握上：曹植對甄宓的傾慕心、吉本等人對漢帝的忠誠心，以及曹丕對太子位的野心。每一種心態，都有它獨特的功能，利益鏈一環接一環，環環相扣，每一環都吃定上一家。曹植被甄宓吃定，甄宓被曹丕吃定，曹丕卻被郭女王吃定。

於是，在揭開政治陰謀的蓋頭時，我們發現裡面另外裹著一層宮闈鬥爭的面紗。如此綿密細膩的謀劃，大概只有天生對感情敏銳的女性才能有如此手筆吧！

作為進門還不足一年的郭女王，若要扳倒與曹丕相濡以沫這麼多年的甄宓，獲得寵幸，只有行非常之策，才能達到目的。

於是，在建安二十一年的某一個時間，郭女王向曹丕獻了這個絕纓之策，然後曹丕給甄宓下達了指示。當曹丕帶著郭女王離開鄴城之後，曹植驚喜地發現，自己朝思暮想的甄宓出現在自己面前。我甚至能想像出，郭女王離開鄴城時，唇邊帶著的那一絲得意的笑容。

「甄宓啊甄宓，這一次無論你成功與否，都將不再受君王寵愛。」

這是一個無解的計謀。通過這個計策，不光曹丕成功地打擊了曹植，郭女王也成功地打擊了甄宓。這是一石三鳥之計：郭女王鞏固了自己在曹丕心目中的地位，讓曹丕贏得了太子寶座，還讓最大的競爭對手甄宓給曹丕戴上了綠帽子。以郭女王對曹丕的瞭解，這個男人即使是主動拿綠帽子戴，也會把罪過歸咎到別人身上。

事實也正如她所預料的那樣，曹丕登基之後，立刻冷落了甄宓，專寵她一個人。甄宓為郭女王的讒言所害，死時被髮覆面，以糠塞口，極為淒慘。

而郭女王在曹丕力排眾議的支持下，登上了皇后的寶座。

現在整個事件的輪廓似乎清楚了，可我們的探索仍未結束，因為還有一個疑點尚待澄清。

一個妻子也許會替丈夫去誘惑另外一個男人，但不會心甘情願這麼做，更不會有什麼好心情。尤其是這個讓自己自薦枕席的人，還是夫君的另一位姬妾。

這無法解釋她在建安二十二年做這些事情時的快樂心情——我相信她當時的那種興奮，是發自內心的。

難道說，甄宓在與曹植的交往中愛上了他？這有可能，但沒有任何證據能證明這一點。

難道說，甄宓愛曹丕愛到太深，所以你快樂，我也快樂？這也有可能，但也沒有任何證據能夠證明。

曹植也罷，曹丕也罷，史書裡甄宓對他們都沒有什麼特別的感情。

在那個時代生存的女性，當她對愛情失去興趣的時候，真正能讓她開心的，只剩一件事。

她的孩子。

甄宓只有一個兒子，叫曹叡，就是後來的魏明帝。

建安二十一年的時候，曹叡只是一個小童。而且他不在鄴城，而是跟著爺爺、奶奶、爸爸、妹妹東征去了。他在鄴城的這些驚心動魄的鬥爭中，扮演的是什麼角色呢？

我一開始猜測，也許是曹丕故意帶走了曹叡，以迫使甄宓完成他的計劃。

但這還是解釋不了甄宓的開心，沒人會在自己的孩子被挾持走以後還高興成這樣。後來一位友人提醒我，去看一看曹叡的履歷。我去查了一下，不由得大吃一驚。

這個發現太重要了，它就像是一道閃電，驅散開了所有的疑慮。我錯了，曹叡不是鄴城佈局中的一枚小小棋子，事實上他才是真正的核心關鍵！

曹叡死於景初三年（239年）正月，時年三十六歲。古人以出生為一歲，以此倒推回去，那麼曹叡應該是生於建安九年（204年）。

建安九年到底發生了什麼事呢？

《魏略》曰：「熙出在幽州，（甄）后留侍姑。及鄴城破……文帝入紹舍……姑乃捧（甄）后令仰，文帝就視，見其顏色非凡，稱歎之。太祖聞其意，遂為迎取。」

《世說新語》曰：「太祖下鄴，文帝先入袁尚府，有婦人被髮垢面，垂涕立紹妻劉後，文帝問之，劉答『是熙妻』，顧攬髮髻，以巾拭面，姿貌絕倫。既過，劉謂后『不憂死矣』！遂見納，有寵。」

《三國志》曰：「及冀州平，文帝納后於鄴……」

三段史料都確鑿無疑地記載著同一件事：鄴城被曹軍攻破之後，曹丕在袁紹府中看中甄宓，並娶回了家。

讓我們再來看看《三國志．魏書．曹操傳》裡的記載：「八月，審配兄子榮夜開所守城東門內兵。配逆戰，敗，生禽配，斬之，鄴定。」

曹軍在建安九年的八月攻克了鄴城，曹丕在同一月裡迎娶了本是袁熙妻子的甄宓，曹叡也在這一年出生。當這三段材料擱在一起的時候，一個一直被忽略卻極重要的真相出現在我們面前。

曹丕在鄴城第一次見到甄宓的時候，她至少帶著六個月的身孕。也就是說，曹叡不是曹丕的親生兒子，他的父親是袁熙。

這個事實有點令人難以接受，但史料給出的答案是板上釘釘。

甄宓早有身孕這件事，曹丕肯定是知道的。不過大概甄宓實在是太漂亮了，曹丕捨不得，於是就姑且當一回便宜老爸。這在三國時代，也不算什麼新鮮事，當初曹操打敗呂布後，就納了呂布部將秦宜祿的老婆為妾，秦氏當時已經懷孕了，後來生下一子，被曹操養為義子，名字叫秦朗，後來位至驍騎將軍。

這件事曹操肯定是不知道的，打完鄴城之後，他忙著征討袁譚，然後遠征烏丸，回頭還要征討高幹、管承，等到忙完這些事情回到鄴城，他所看到的，就是新娶的兒媳婦給他生了一個大胖孫子。

這是曹操的第一個孫子，他十分喜歡。《三國志．魏書．明帝紀》裡說：「明皇帝諱睿，字元仲，文帝太子也。生而太祖愛之，常令在左右。」

而曹丕呢，也就裝糊塗沒有點破這個誤解。

明成祖朱棣曾經猶豫是否立兒子朱高熾為太子，就去問解縉。解縉回了三個字——好聖孫，意思是朱高熾有個好兒子朱瞻基，於是朱棣才下定決心。

可見長孫是立嗣中很關鍵的一個因素，可以拿到不少加分。曹丕既然志在帝位，當然不會說破這個長孫的真實身分。

曹丕的打算是，反正自己還年輕，等到有了親生兒子，把曹叡再替掉就是了。可惜的是，在隨後的十幾年裡，曹丕就像是中了詛咒一樣，生下的兒子幾乎全部夭折。唯一健康活著的，就是這個有袁氏血脈的小孩子。

曹操對曹叡的喜愛，日復一日地增多，甚至感慨說：「我基於爾三世矣。」（曹家要流傳三代就要靠你了。）

為了掩飾謊言，必須說更多的謊言，當謊言的數量積累到一定程度時，曹丕便無法回頭。他已經不敢向父親解釋，這孩子不是曹家的，而是袁家的，也沒法解釋為什麼拖到現在才說出來。

更麻煩的是，曹植那時候也有了自己的兒子曹志。如果曹操知道了曹叡的身世，那麼他在曹植和曹丕之間如何選擇，沒有任何懸念。

於是，就這麼陰錯陽差，曹叡以長孫的身分被撫養長大。知道他身世的人，都三緘其口。知道這個真相之後，我們回過頭來查閱資料，就會發現許多有趣的細節。

比如曹丕一輩子生了九個兒子（包括名義上的曹叡），除了曹叡以外，其他八個兒子裡三個早夭，剩下個個體質孱弱不堪，除了曹霖就沒有能活過二十歲的，而曹霖和曹叡歲數相差十五到二十歲。在奪嫡的鬥爭中，曹叡差不多可以說沒有敵手。可就在形勢如此明朗的情況下，曹丕對立嗣是什麼態度呢？《魏略》載：「文帝……有意欲以他姬子京兆王為嗣，故久不拜太子。」

唯一的解釋是曹丕知道曹叡不是自己的種，所以才百般拖延，期待著自己的孩子快快長大。可惜天不遂人願，還未能等其他子嗣長大，曹丕先撒手人寰。一直到臨終前，他還對曹霖念念不忘，最後選無可選，才勉強讓曹叡上位。

史書將其歸因於甄宓被殺，現在我們知道了，曹丕只是不願讓鳩占鵲巢。

回到最初的話題來。在建安九年，甄宓帶著袁熙的骨肉被曹丕娶走了，她的信念只剩下一個，那就是保護好這個孩子，好好撫養他長大。我們不知道她當時的心意是出於對袁氏家族的責任，還是出於對袁熙個人的感情，也許單純是一個母親出於本能要保護自己的孩子吧。

無論怎麼樣，曹叡是甄宓最重要的擁有，是她的生命。

幸運的是，陰錯陽差之間，曹叡被當成曹家骨肉而受到寵愛。甄宓知道曹操非常喜歡曹叡，同時她也知道曹丕很不喜歡曹叡。曹操在世時，這一點無須擔心；倘若曹操一死、曹丕即位，這個孩子的處境可就危險了。

所以當曹丕受了郭女王的蠱惑，要求甄宓去實行「絕纓」計劃的時候，甄宓應該是提出了一個條件的。

這個條件很簡單，就是給曹叡封爵。只要給曹叡封了爵，詔告天下，就等於從法理上確保了他曹氏長孫的地位，也就堵死了曹丕以後不認帳的可能。

曹丕急於扳倒曹植，便答應了甄宓的這個要求。於是從史書裡我們可以看到，在吉本叛亂塵埃落定後的建安二十三年，十五歲的曹叡被封為武德侯，正式被納入繼承人序列，位列第一。

這樣一來，我們就不難理解甄宓在建安二十二年的興奮了，那是源自母親對兒子的深沉的愛。當甄宓做完曹丕交給她的任務以後，她知道，自己終於為流著袁氏之血的兒子在曹家的家系中保住了位置。她容光煥發，她意氣昂揚，她就像史書裡記載的那樣，「顏色豐盈」，更勝從前。

甄宓對著卞夫人脫口而出「自隨夫人，我當何憂」，前半句是馬屁，後半句卻正是她內心的真實寫照。是啊，我還有什麼好擔憂的呢？

歷史的車輪在向前轉動著。曹操於建安二十五年（220年）去世。曹丕迫不及待地接過劉協的禪讓，開創了曹魏一朝。當曹丕坐上龍椅，意氣風發地朝下俯瞰時，他看到曹叡恭敬地站在群臣最前列。

這時候，他發現天子也是沒辦法隨心所欲的，比如廢掉武德侯，詔告天下說這孩子是袁家的種，這會讓皇室淪為天下的笑柄。曹丕這人極好面子，斷然不肯這麼幹。

曹丕拿曹叡沒轍，只能遷怒於始作俑者甄宓。他拒絕將甄宓封為皇后，並且開始冷落她。而郭女王也不失時機地開始進讒言，現在的她不再懼怕甄宓，甄宓已經不再是威脅，但她現在是嫉恨甄宓，因為甄宓有個兒子，雖無太子之名，卻有太子之實，郭女王自己卻始終未給曹丕生下一男半女。

甄宓生命中的最後兩年是淒涼的。《三國志．魏書．文昭甄皇后傳》裡記載說：「后愈失意，有怨言。帝大怒，二年六月，遣使賜死，葬於鄴。」

《漢晉春秋》裡的記載則更為驚心動魄：「初，甄后之誅，由郭后之寵，及殯，令被髮覆面，以糠塞口……」

一代佳人，就這麼死去了。她一死，曹丕立刻力排眾議，把郭女王立為皇后。而除了曹叡之外，為甄宓痛哭流涕，以至於挾持使者要上京抗議的，只有在鄄城的曹植。

曹丕看到密報，心不自安，就把曹植貶為安鄉侯，又轉為鄄城侯。曹植這一次沒有忍氣吞聲，而是做出了文人式的反擊。

他寫出了《感鄄賦》。

在《感鄄賦》裡，曹植把那一次「絕纓」的經歷，詩化成了他與洛水女神的邂逅，把與甄宓在建安二十一年底到建安二十二年初在鄴城的那段交往，全部濃縮在了洛水那一夜中。甄宓的容貌，甄宓的體態，甄宓的幽香，甄宓的一顰一笑，還有甄宓的辭別，都被細緻入微地描摹了出來。他不恨甄宓，始終愛著她，儘管她欺騙了他，如賦中所言：「恨人神之道殊兮，怨盛年之莫當。抗羅袂以掩涕兮，淚流襟之浪浪。」他恨的，是那個幕後的主使者，也就是他的哥哥。

曹植寫完這一篇《感鄄賦》後，沒有刻意隱藏，他相信很快就會有人偷偷抄錄給曹丕，而且曹丕肯定會識破他在「鄄」和「甄」上玩的小花樣。這就是他的目的。

果然，曹丕很快就從監國謁者那裡拿到了抄稿，看完之後卻沒有憤怒，只有恐慌。他領會到了賦中的暗示，曹植已經猜到了建安二十二年「絕纓」事件與那一次叛亂的真相。

這一篇《感鄄賦》，是宣戰書，也是告白書。曹植不是為自己，而是要為甄宓討回公道，他也可以藉此痛快地抒發一次對甄宓的情懷——當著曹丕的面。

曹丕有點慌，如果曹植把那件密謀之事公之於眾，對自己將是一個致命的打擊。他退縮了，就像《魏書》裡說的那樣，他連忙開始「哀痛咨嗟，策贈皇后璽綬」，把死去的甄宓追封為皇后，還把曹叡交給郭后撫養，以示無私心。

對於曹植，他也大加安撫，原地升為鄄城王，以免他多嘴。所以我們讀《三國志·魏書·曹植傳》的時候，看到的是「貶爵安鄉侯。其年改封鄄城侯。三年，立為鄄城王，邑二千五百戶」。對於曹植為何從侯復升為王，史書裡沒有任何交代，誰能想到這麼一條簡單的記錄後隱藏著兄弟為了一個女人的交鋒？

這就回答了我們在文章開頭就提出的疑問：為何曹丕看到調戲自己老婆的《感鄄賦》後，非但不怒，反而升了曹植的爵位呢？因為他害怕真相被揭穿。

終文帝一朝，曹植得以保全性命，未像曹彰一樣莫名暴卒，全賴這枚護身符。

曹丕在黃初七年（226年）去世，一直到去世前夕才把曹叡立為太子。

關於這次立嗣的經過，《魏末傳》記下了一個精彩的故事：「帝常從文帝獵，見子母鹿。文帝射殺鹿母，使帝射鹿子，帝不從，曰：『陛下已殺其母，臣不忍復殺其子。』因涕泣。文帝即放弓箭，以此深奇之，而樹立之意定。」

表面看來，這是一個父慈子孝、其樂融融的故事。但當我們瞭解到這對「父子」之間發生過什麼之後，再來審視這個故事，就會發現其中所隱藏的凜凜寒意。

「陛下已殺其母，臣不忍復殺其子。」這短短的一句話，隱藏著多少鋒芒和怨憤。

「陛下已殺其母」，殺誰的母？殺的是鹿母嗎？不是，是人母！陛下你已經殺了我的母親！

「臣不忍復殺其子」，不忍殺誰的兒子？不是鹿子，而是人子，是陛下的兒子！

不得不佩服曹叡的睿智，他借著獵鹿所言的這一句隱喻，清楚地表明了自己的立場：陛下你殺了我的母親，我卻不忍殺陛下的兒子——注意，是不忍殺，不是不能殺，也不是不願殺，而是有條件的。

曹叡這一句貌似仁慈的話，徹底讓曹丕亂了方寸。他「即放弓箭」不是因為感動，而是因為過於震驚而雙手無法控弦。

從這句話裡，曹丕已經猜到，甄宓在臨終前，把建安二十二年的祕密和曹叡的真正身世都告訴了自己的兒子。而此時此刻，甄宓的兒子藉著獵鹿的話題，朝著自己發起了攻擊。

曹丕當然可以殺掉曹叡，扶他真正的兒子曹霖即位，但曹叡一定會把自己的身世公之於眾。屆時且不說蜀漢和東吳會如何嘲笑，單是向曹氏宗族解釋為什麼會把袁家的兒子養這麼多年，就足以讓曹丕皇位的正統性垮臺。曹家適合當皇帝的子嗣還有很多，何必再用這個撒謊精呢？

曹叡同歸於盡的姿態，嚇住了曹丕。

最終曹丕屈服了。他唯一活下來而且備受寵愛的兒子曹霖年紀尚小，如果曹叡抱定魚死網破，那麼毀滅的不只是曹叡自己，還有曹丕乃至整個魏國。

於是，這一對「父子」就在獵場裡彼此交換了籌碼：我給你大魏皇位，而你給我曹氏家族的安全。

我們在史書裡可以看到，這一次獵鹿之後，曹叡終於被立為太子。而據《曹氏家系》記載：「明帝即位，以先帝遺意，愛寵霖異於諸國。」曹叡兌現了他對曹丕的承諾，善待其唯一的後代。

曹叡甚至還有可能向曹丕承諾，等到他死後，會把帝位交還給曹氏。這也解釋了為何曹叡之後，即皇帝位的，是曹彰的孫子曹芳。

曹丕死了，可曹叡的復仇才剛剛開始。曹叡登基之後，屢次向已經榮任太后的郭女王追問母親死亡的真相，郭女王被逼急了，來了一句：「先帝自殺，何以責問我？且汝為人子，可追讎死父，為前母枉殺後母邪！」（是你爹要殺的，不關我的事。你當兒子的，該去追究你那死爹，不能為了親媽就殺後媽啊！）曹叡大怒，逼殺郭女王，而且還把她的死狀弄得和甄宓一樣。

關於建安二十二年的真相，想必曹叡也從郭女王口中得到了確認。為了母親的名節考慮，尤其還涉及自己的身世，曹叡最後選擇了繼續隱瞞下去。

至於叔叔的那篇《感鄄賦》，曹叡怕被有心人讀出端倪，遂下詔改為《洛神賦》。他本以為這麼一改，將會無人知曉，卻反而欲蓋彌彰，讓後世之人順藤摸瓜推演出真相全貌。

太和二年，曹植上書曹叡，如前文所分析的那樣，他在奏章裡隱晦地提及了當年的那些事情，隱隱有了要脅之意。曹叡和曹丕的反應一樣，有些驚慌，連忙下詔把他從雍丘改封到東阿。

不過在這一份奏章裡，曹叡發現了一件事，他發現曹植知道的真相僅限於甄宓在建安二十二年和之後的那些陰謀，而自己是袁熙的兒子的事情，曹植從沒覺察過。對於那一年的真相，曹植只知其然而不知其所以然。

曹叡至此方如釋重負。絕纓之事，揭破之後只是丟臉，何況這麼多年都過去了，曹氏已經坐牢了天下，沒人會去認真追究；反倒是袁氏血統若被揭破，就會引起天崩地裂的大亂。曹植不知道後者，那是最好不過。

過了幾年，羽翼豐滿的曹叡不再對這位叔叔客氣，一紙詔書把他又發配到了鳥不拉屎的陳地。曹植已沒了要脅曹叡的把柄，就這麼死在了封地，得號陳思王。

又過了幾年，曹叡去世，無子，即位的是曹彰的孫子曹芳，魏國終於回到曹氏血統中來；又過了幾年，曹芳被廢，即位的是曹霖的兒子曹髦，皇位總算回到了曹丕這一脈下。可惜這個時候，司馬氏已然權勢熏天，曹髦堂堂一代君王，竟被殺死在大道之中。到了曹奐這裡，終於為司馬氏所篡……

我們的演員們終於紛紛退場，只剩下《洛神賦》流傳至今，叫人嗟歎不已，回味不休。千載之下，那些兵戈煙塵俱都散去，只剩下《洛神賦》和賦中那明眸善睞的傳奇女子。世人驚羨於洛神的美貌與曹植的才氣，只是不復有人瞭解這篇賦後所隱藏的那些故事與人性……

三國新語

曹操大宴於許都，天子在席。宴酣之時，操持酒樽趣帝前，醉聲曰：「陛下可知，設若無孤，天下不知幾人稱王，幾人稱帝？」天子亦大醉，對曰：「袁本初、孫仲謀、劉玄德，與朕而將四矣！」二人大笑，暢飲竟夜。次日醒覺，皆醺醺然，盡忘前事。左右無敢告之者，君臣親善如初。

之一

十七年，塞北送酥一盒至。太祖自寫「一合酥」三字於盒上，置之案頭。楊修入見之，竟取匙與眾分食。眾問其故，修答曰：「盒上明書一人一口酥，豈敢違丞相之命乎？」眾大喜，一掃而淨。適荀彧有疾遲至，見盒，疑而問修：「此何物？」修對曰：「丞相所饋也，卿可自取。」彧發之乃空器。或不自安，遂飲藥而卒。時年五十。謚曰敬侯。

之二

後主敬哀皇后，車騎將軍張飛長女也。初，建安五年，時夏侯淵有女年十三四，在本郡，出行樵采，為張飛所得。飛知其良家女，遂以為妻，產息女，是敬哀也。

建興元年，時後主未立皇后，亮與群臣上言曰：「故車騎將軍張飛之女甚賢，年十七歲，宜納為正宮。」後主即納之。後亮初亡，言事者或以為可聽立廟於成都者，不從，野有後主懷怨於葛公之議。

裴注引《敬哀別傳》云：「飛之儀容，身長八尺，豹頭環眼，燕頷虎鬚；淵之儀容，虎體猿臂，彪腹狼腰，俱一時悍勇之士。」

之三

操與馬超戰於潼關。西兵悍勇，縱騎攻之，操軍不敵，遂大潰而走。操雜於亂軍之中，馬超策騎疾追，乃大呼：「長髯者，曹操也。」操聞之大驚，割鬚棄袍，以旗角掩面，方亡歸本營。眾來問安，操撫膝大哭：「倘使雲長在側，孤必不致此。」眾將問曰：「關君侯武姿卓然，丞相頗思否？」操對曰：「吾思雲長美髯也。」

之四

明嘉靖朝間，兵部右侍郎范欽始建天一閣，置古善、孤本於其內，良加眷護，卷冊至七萬餘。

時有僕役舉燭不慎，閣中走水。護院不得以，遽以水潑澆。火既熄，范欽點檢古本，有《三國志》與《范文正公集》兩下交疊，頁濡粘連，字多互篡。

范欽揭卷讀之，見《諸葛亮傳》上猶有洇跡。其上曰：「臣亮言：先帝創業未半而中道崩殂。越明年，政通人和，百廢俱興。」

之五

關羽鎮荊州，有女二人，一名嫣，一名容。孫權遣使求親。關羽甚喜，然未知二女取捨，踟躕未決。使者再三催之，關羽召二女於前，曰：「漢吳聯姻，國之大事，汝誰可任之？」嫣時十四，有乃父之風，慨然出步應承。羽大喜，遂語於使者曰：「吾女嫣，能嫁權子。」使者驚而未發，回轉江東，具告孫權：「關將軍辱之太甚，傲之太甚，竟言虎女焉能嫁犬子。」孫權怒，遂北降曹魏，合兵襲荊。

關羽，字雲長，河東解縣人也。時燕趙之地，與江南方言異。北滯於沉濁，南失在浮淺，互不能通，多有聽謬而錯悖者。

之六

曹操多疑，恐死後墓陵為人所掘，須遺令曰：「天下尚未安定，未得遵古也。葬畢，不置陵寢，以百馬踏平，上植青稗。至次年，無人知吾所棲也。」丕泣拜：「兒敢不從父命也。」遂從操令，不加磚石，不圍墓穴，唯立石駝兩對、石人一雙於上，四時享祭。

之七

備住荊州數年，一日席間在劉表之側，忽慨然流涕。表怪問備，備曰：「吾常身不離鞍，髀肉皆消。今不復騎，髀裡肉生。日月若馳，老將至矣，而功業不建，是以悲耳。」表宴然自若，解曰：「玄德毋憂，汝撫之者，是吾髀也。」

之八

操與紹相拒於官渡。紹謀士許攸投曹，夜入營帳，問彼糧穀。操偽曰：「計一年之度。」攸曰：「明公欺我。」操又曰：「半歲尚濟。」攸不言，袖手冷笑。操離席長謝：「止月餘矣。然先生何以知之？」攸徐曰：「僕本不知，然觀明公左右，便知糧蹙之狀矣。」

《三國志．魏書．許褚傳》曰：「許褚字仲康，譙國譙人也。長八尺餘，腰大十圍，容貌雄毅，勇力絕人……從（曹操）討袁紹於官渡……常侍左右。」

之九

二十四年，關羽率眾攻曹仁於樊。于禁、龐德等救，皆沒。曹公遣徐晃往救仁，又遣將軍徐商、呂建詣晃。兩軍會於四塚。羽軍勢大，晃與之遙共語，但說平生，不及軍事。須臾，徐商、呂建軍至，晃乃下馬宣令：「得關雲長頭，賞金千斤。」羽驚怖，謂晃曰：「大兄，是何言邪！」晃曰：「此國之事耳。」

之十

袁紹本妾生，常自介懷。適馬超造紹，紹與之語：「恨不得嫡出，為公路諸小所嘲。孟起亦是庶出，必知吾心。」超從容對曰：「僕不為嫡出，不勝慶幸。」

《白虎通義．姓名》曰：「嫡長為伯，庶長為孟。」

之十一

魏延在蜀中，每隨亮出，欲請兵萬人，與亮異道會於潼關，而亮為萬全策，不許。延志不得伸，心積憤懣。而又與楊儀交惡，深怨諸葛氏偏袒太甚。

凡數年，腹部輒絞痛，發時汗如雨下，鞍馬不扶。醫者斷曰：「將軍情志所傷，憂思惱怒，而致橫犯胃腑。此吞酸之症也。」延請其方，醫者曰：「名姓或有礙。」

《魏延別傳》云：「魏延，字饋陽，義陽人也。少時慷慨，於鄉里樂善好施，多行義舉，曾放言曰：『但有寸金，必饋吾鄉。』」故表字「饋陽」。後，人謂不祥，遂改之。

之十二

孟德刺董不成，為陳宮所獲。宮感其志，親釋之，隨其行。中道宿呂伯奢之邸。陳宮早寐，獨在一屋。而操與伯奢聯床抵足，共論夜話。伯奢曰：「竊聞黃土以其仁厚，能負載萬物。是故軒轅主后土之養氣，而庇佑下人。卿欲效軒轅而甘負天下之興亡乎？」操慨然對曰：「操自當砥礪心志，荷負天下重責。寧使我負天下人，不教天下人負我。」適宮起夜，只聞操對句後半，心不自安，遂棄操而去。

之十三

曹操大宴於許都，天子在席。宴酣之時，操持酒樽趣帝前，醉聲曰：「陛下可知，設若無孤，天下不知幾人稱王，幾人稱帝？」天子亦大醉，對曰：「袁本初、孫仲謀、劉玄德，與朕而將四矣！」二人大笑，暢飲竟夜。次日醒覺，皆醺醺然，盡忘前事。左右無敢告之者，君臣親善如初。

之十四

咸豐間，川中有說書者名房正，尤擅說三分，書場因得名「三國草堂」。

一日正自書場返家，驚覺其妻與鄰人私通，遂縛至衙門。妻辯抗曰：「吾夫名房正，鄰家名方政，名同音類。實是妾耳聽差，乃被乘事，不是媾和。」

時人聞之，作聯一副張於書場左右，聯曰：

何分文長雲長，皆為護蜀將

無論孟德玄德，都是偷漢賊

之十五

吳主嫁妹於劉豫州，又多贈美人玩好，金玉錦綺，極聲色犬馬之能事，意以軟困挫其志也。劉豫州留吳中凡三月，無不愜意。一日出遊，適見江邊青石一塊，遂祝曰：「倘使吾能離脫東吳，勾返荊州，當一劍裂石。」言訖手起劍落，火光迸濺，青石兩斷，眾皆稱奇。豫州觀之再三，乃曰：「或誤中，何妨再試之。」

《古今名物通考．石篇》載：金陵有十字紋「恨石」，其上劍痕兩條，傳為三國時蜀先主所斷。

之十六

芒碭山中產異蛇，尖頭扁腹，通體鱗青，土人皆呼之為陳思王。世有未解，有熟知風土者曰：「此蛇毒甚，每噬人，七步即斃，倒伏成屍，是以子建名之。」

之十七

建安中，西域有力士，黑面虬髯，勇戾敢鬥，三十六國無能敵之者。遂隨賈人入中國，遍訪猛士。時人皆稱蜀中有張飛者，有萬夫不當之勇，冠傑中原。力士輾轉至成都，先主使車騎將軍迎之，不敵。先主驚曰：「不意此胡兒，竟賽吾弟！」力士驕甚，返西域，每自誇矜曰：「以中土人物之盛，猶未吾匹也。當銘記之，以勵子孫。」即更名「賽翼德」。後子孫繁衍，遂化大食俗名。

之十八

馬超降劉備，舊非故人，而奉職甚尊。諸葛亮恐備舊部有不平之議，乃修書解曰：「孟起兼資文武，雄烈過人，一世之傑，黥、彭之徒，未及髯之絕倫逸群也。」書既畢，令書佐抄錄數份，分致關羽、張飛、黃忠處。

之十九

涼州多駿足，皆麒驥之屬。中平三年，董卓得涼種一匹，喜其雄駿，乃豢於營中，號曰赤菟。永漢元年，董卓進京，贈赤菟於呂布，使殺丁原。布得之甚喜，馳城飛塹，每隨驅乘。至建安三年，曹操誅布於徐，遂饋赤菟，以邀關羽，羽欣然納之，不離左右。建安二十四年，呂蒙襲荊，羽敗走麥城，行不及半日，為追兵所戮。赤菟數日不食草料而死，世以「忠義」譽之。

《伯樂相馬經》云：「馬種如人，貴齔貴韶。壽逾三十、齒白者，縱麒驥騂騮，亦歸羸駑，殆不堪用。」

之二十

明人《玉堂漫筆》載，正德朝有學子，儀姿雄正，貌頗堂皇，儼然文曲之相。及鄉試，主考望之甚奇，遽取其卷讀之，笑而批曰：「真河北名將也。」生不明其意，有同窗以詩解曰：「可憐白馬死，難免延津亡，河北真名將，到此夢黃粱。」

之二十一

荀諶問學於許，曹公設席宴之，矜誇曰：「孤雖戎不解鞍，亦重經學，麾下武人，無不精熟典籍。」荀諶試問曰：「仲尼誅少正卯事，眾卿其意為何？」曹洪驚曰：「許下盜匪，非某所轄，請諮夏侯將軍。」又問元讓，夏侯惇獨目圓瞪，拔刀喝叱：「仲尼何人，竟擅行戕殺！宜速付有司名正典刑。」

荀諶略疑，又轉問許褚，許褚少贛，默然許久，方答：「不知，或是董卓遺黨。」

荀諶語於曹公，曹公怒，曰：「此必青州兵所為，彼黃巾舊部，軍紀甚憊。」急召于禁責。于禁惶然不敢言，口稱萬死。

後荀諶遊學至南皮，謁袁紹，盡言其事。適紹討曹，聞之大喜，遂傳檄四方，中有文辭：「閹曹無德，兇暴放橫，所過無不殘破，前戮徐、泗之地，又使仲尼誅少正卯，天下壯士，寧不懷恨歟？」

《兩晉學案》載：「漢季經黃巾之亂，千里荒殫，人物喪盡，學多不彰。」

之二十二

蜀漢伐魏，軍在五丈原，久不得進。諸葛遣使約戰，司馬宣王問丞相起居，而後歎曰：「食少事煩，安能久乎？」又問軍中士氣，司馬宣王又歎：「事少食煩，安能久乎？」旬日，諸葛病薨，蜀軍糧斷，乃退。

之二十三

國朝既興，有夷人擅蹴鞠名貝利者訪華，至成都，入武侯祠，獨拜恒侯。眾不解，貝利泣曰：「此故長官也，雖遠必拜。」

《三國志．蜀書．張飛傳》載：「益州既平……以飛領巴西太守。」

之二十四

晉永寧元年，有氐族李特者，與兄弟李庠、李流作亂於蜀，與益州刺史羅尚戰於廣漢。李特使人大張旗纛，兄弟三人，皆稱「賽諸葛」。晉軍聞之，無不膽寒，自顧相謂曰：「葛公鎮撫蜀中多年，魏吳不敢側覷，一人而已！況今三葛乎？」遂漏夜遁走。

軍入廣漢城，有白首老吏，當街斥特：「諸葛丞相天縱之才，爾有何恃，大言若是？」特停轀，笑答曰：「吾擅弓矢，百步可散馬蹄；大弟庠擅搏撲，可鬥健兒五人；二弟流，長於騎，入險峻如履平地。此三者勝諸葛遠矣。」

之二十五

三年，太祖既破張繡，東擒呂布，遂與袁紹相拒。時議紹軍勢大，唯彧曰：「紹兵雖多而法不整，田豐剛而犯上，許攸貪而不治，審配專而無謀，逢紀果而自用。皆不足畏。」

《三國志．魏書．袁紹傳》云，袁紹在河北，軍中謀主以六子為佳：田豐，鉅鹿人也；許攸、逢紀，南陽人也；審配，陰安人也；辛評、郭圖，潁川人也。

《三國志．魏書．荀彧傳》載：「荀彧，字文若，潁川潁陰人也。」

之二十六

明永曆年間，閩中有書生擅寫志怪。建陽坊主余象斗愛其才，唯恐稿成不速，乃問：「書約二十萬言，卿每日可完字幾何？」書生對曰：「可比三國時飛將軍夏侯妙才。」象斗大喜，遂不問。月餘，索其稿，竟未成。《魏書》載：「淵為將，赴急疾……故軍中為之語曰：『典軍校尉夏侯淵，三日五百，六日一千。』」

之二十七

初，紹欲伐曹，田豐阻諫，紹不從。豐懇諫，紹怒甚，械繫之。紹軍既有官渡之敗，紹謂逢紀曰：「田別駕前諫止吾，吾慚見之。」紀曰：「豐聞將軍之退，拊手大笑，言『袁公若勝，吾姓顛倒寫』。」紹於是有害豐之意。

之二十八

有常山趙雲者，性勇烈。先主既有新野之敗，分兵潛行，異道會於江夏，約以飛鴿傳書。軍發數日，先主接雲信曰：「江夏何在？」先主使孫乾標於輿圖，回送雲軍中。越數日，又得信曰：「江夏知矣，臣何在？」先主回書曰：「江夏之西。」又數日，雲信曰：「臣見日自前出，莫非東乎？」先主大慰，俄而鴿又至：「面向既東，背向必北！已催軍疾行，不誤約期。」先主驚，止之不及。

《雲別傳》載：「雲既陷亂軍，七進七出，奮烈無加，曹軍皆不敢近。」

之二十九

十八年五月丙申，曹公進魏公，受九錫，曰：「大輅玄牡、衮冕赤舄、樂則、朱門、納陛、鈇鉞、弓矢、秬鬯，並虎賁之士三百人常侍左右。」

虎賁為漢帝所授，操頗有戒懼，恐謀害己身，常吩咐曰：「吾夢中好殺人；凡吾睡著，切勿近前。」一日，晝寢帳中，落被於地，一虎賁慌取覆蓋。操躍起拔戟斬之，復上床睡；半晌方起，佯驚問：「何人殺吾虎賁？」眾以實對，痛哭，命厚葬之，取戟名之「格虎大戟」，以示警懼意。自此無敢近者。

及薨，曹丕造「魏武王常所用格虎大戟」，置之墓穴，至今尚在。

之三十

陳壽撰《三國志》，帝紀、妃傳前後相連。《魏書》次序為武帝紀、文帝紀、明帝紀、三少帝紀，再接后妃傳。《蜀書》亦然，先有劉二牧傳、先主傳、後主傳，再接二主妃子傳。唯《吳書》次序迴異，先有孫破虜討逆傳、吳主傳、三嗣主傳，中插劉繇太史慈士燮傳，再次方為妃嬪傳。其可怪也歟。

之三十一

一十八路諸侯討董，會於虎牢關。呂布橫戟陣前，諸將震惶不敢前。唯張飛躍馬搦戰，矛指喝曰：「本著呂氏，又投丁原、董卓，真三姓家奴也！」

呂布巋然不動，劉備上前，喝曰：「本著呂氏，又投丁原、董卓，真三家姓奴也。」

西涼軍俱大疑，以目瞋布，布為之氣奪。董卓遂棄洛陽。

之三十二

諸葛亮初治蜀，以漢德地險，命楊儀督工鑿石架空，修造閣道，以通行旅，又倚崖砌石為門，號曰劍閣。適魏延統軍出關，觀此形勝，讚曰：「此隘可為雄壯矣。」左右曰：「此楊長史所築。」魏延又讚：「果然人如關名。」

之三十三

關羽鎮荊州，適北上討曹，臨征問馬良吉凶。良擅卜乩，即批曰：「天下三分，各有其一。」羽笑曰：「此吾兄命數，非某也，先生謬矣。」後羽敗亡於臨沮，權葬其軀，函首於曹公，以諸侯禮葬洛，劉備又立衣冠塚於成都。大眾始悟馬良之靈機。

之三十四

劉備伐吳，軍有十數萬，皆屯於猇亭。吳主拜陸遜都督，臨發密囑：蜀道艱險，轉運不宜。卿此去可覘其糧草，便宜擊之。月餘，遜有書信致：「彼火燒連營，我軍宜守。」吳主惑，還書曰：「都督謬矣，火燒連營，豈不宜攻乎？」遜書又致：「彼營之中，無不滿屯火燒，接連數十里。糧草優足，實不能攻。」

《三國志．蜀書．先主傳》：「先主姓劉，諱備，字玄德，涿郡涿縣人……」

（涿郡，今涿州也，屬河北。）

之三十五

劉備伐吳，軍有十數萬，皆屯於猇亭。陸遜當之。月餘，遜有書信致：「彼火燒連營，我軍宜守。」吳主惑，還書曰：「都督謬矣，火燒連營，豈不宜攻乎？」遜書又致：「彼營之中，無不滿屯火燒，接連數十里。糧草優足，實不能攻。」吳主甚憂，問計於群臣：「孤欲求和，卿等誰可任之？」又環顧諸人臉色，笑曰：「非子瑜不能當此任。」

諸葛瑾，字子瑜。瑾面長似驢，常為孫權所嘲。

之三十六

孔明隱於草廬，先主枉駕顧之。一顧不在，曰雲遊未歸；二顧不在，曰訪友未回。先主頗悵然，乃留書云：「僕有重耳志，君是介子推。」三顧乃見，相談甚歡。

之三十七

曹軍與賊相持數月，糧草無餘，士卒饑餒。操乃使倉官王垕以小斛散之，軍中多怨。操召垕曰：「借汝頭一用，以安軍心。」王垕淡然對曰：「何日奉還？」

操既驚且疑，遂罷此念。

之三十八

曹操苦頭風，召華佗診之。佗曰：「先飲麻沸散，刀開頭顱，取出風涎，可癒。」曹操疑懼，仍使華佗施術。術既畢，華佗自矜曰：「吾先為關君侯刮骨去毒，又為曹丞相開顱去涎，可謂完滿矣！」操大驚：「刀可洗過？」華佗默然，遂下獄死。操不日亦亡。

三國志・步幸傳

十二年，太祖欲征北郡烏丸，問計於郭嘉。嘉深通有算略，勸公出，又密召幸，摒退左右，曰：「曹公即往北征，公宜早行，偽投烏丸，則我軍勝矣。」幸踟躕不決，嘉再三逼之，乃從。嘉甚喜，攜幸北上，軍至柳城，嘉病篤。

步幸字吉利，冀州鄴城人也，良家子。中平初，黃巾大起，幸隨大方首領馬元義，為籌劃事。元義聚眾數萬於鄴，期三月五日舉兵。未發，元義弟子唐周密報於朝廷，事敗，元義伏誅。幸亡歸張角。

三十六方黃巾俱起，天下響震。張角以四方有事，遣幸往援南陽張曼成。

幸甫至，適南陽太守秦頡進剿，曼成尋敗死。眾推曼成副將趙弘為督，據宛以自保。幸說弘曰：「固守不佳，久必成困，未若乘夜以勇士衝之，敵必驚潰。」弘從其計，輕軍襲營，為流矢所傷，半旬而亡。弘副將韓忠繼執帥印，以幸為謀主。十月，忠沒於軍中，宛城乃陷。

幸往歸張角，及至河北，角病死，乃復投張梁。時梁與皇甫嵩戰於廣宗，幸懲宛城之事，料敵必不敢輕進，梁遂不以為備。嵩潛夜勒兵，乘暮急攻之，陣斬梁並黃巾軍三萬餘級。幸僅以身免，入下曲陽張寶營下。十一月，嵩破下曲陽，寶即就戮。黃巾十數萬人一時俱死，哀聲遍野。幸立於敗軍之地，面色如舊，談笑如常。嵩見之頗奇，收為幕僚。

明年春，詔嵩回鎮長安，以衛園陵。幸隨入洛陽，嵩被收左車騎將軍印綬，削戶六千。靈帝崩，少帝即位。何進謀誅閹官，廣選人才，嵩進幸，進授以軍司馬職。

未幾，黃門常侍段珪殺進，俘幸等僚屬百餘人為質，縛於掖庭。幸急曰：「吾，黃巾舊部也，非大將軍嫡屬。」珪等久居內闈，不通治戎，遂著幸執掌宮門宿衛。是夜，袁術虎賁鼓噪於外，袁紹勒兵大進，宮內大亂。珪等挾帝並陳留王走小平津，幸隨駕左右。後珪等窘頓無路，投水而死，幸扶幼帝、陳留王欲回宮，暗暝，逐螢火而行。行至北芒，董卓軍至。

及歸殿，帝恐董卓強橫，密遣幸召執金吾丁原入京，以為制衡。幸攜密詔至丁原軍中，卓已殺原。幸歸見帝，具敘其情，帝泣曰：「此天欲亡朕耶？」

幸長跪謂帝：「臣願為陛下羽翼，必不使太阿倒持，神鼎旁落也！」帝引為親信。

俄董卓廢帝，殺之，又欲殺幸。陳留王時已踐祚，念幸有北芒扶持之功，因勸卓曰：「朕初登大寶，見殺不祥。」遂赦幸，看守東宮。

董卓暴虐，京城多為其病，百官敢怒而不敢言。有城門校尉伍瓊，夜來說幸：「董卓亂國僭尊，敗德蔑禮，雖古之王莽比之亦蔑如。公既為二帝親隨，當共我誅戮奸賊，使帝室重光也。」幸從其言。越明日，瓊著小鎧，暗佩利刃，欲伺刺卓；幸恰有疾，未能同往，瓊遂不敵卓，終為其所殺。

幸本雅士，好音律，素與蔡邕相善。三年三月，邕薦幸於卓，卓大喜，擢幸府內署事。三年四月，王允、士孫瑞、呂布等殺卓。邕見卓死，有嗟歎之語，允不善其言，欲誅之。幸等上書諍諫，力勸不可，允遂殺邕。幸收其骸骨，立牌謹祀之。允見幸行止端方，重義守禮，又熟於戎事，即補入呂布軍中，為前部司馬李肅主簿。

肅與卓婿牛輔戰於陝，肅大敗，見誅。布知幸短於謀略，然慮其為王允所薦，責之不宜，遂令其退歸長安，不復領兵，專司安撫京民。

李傕、郭汜等用賈詡計，逆攻長安，布不能守，敗逃河內，允死。關西將縱兵大略，京民悉為殘殺，萬無餘一。幸求計於賈詡，詡曰：「傕、汜，匹夫耳，不能長久；帝雖幼弱，終是尊上。」幸乃悟，轉投尚書令士孫瑞。

侍中馬宇與諫議大夫种邵、左中郎將劉範等謀，欲使馬騰襲長安，已為內應，以誅傕等。瑞使幸密會騰，適後樊稠敗騰於長平觀。宇、幸等奔槐里，稠又急攻，宇等皆死。幸自言為彼等裹挾，非出本意。稠信之，釋其歸京。

興平二年，傕、汜相攻，帝攜百官出新豐，幸並士孫瑞隨駕。楊奉來迎，大敗，瑞死於亂軍。幸感時事艱辛，又聞劉備賢名，頗思奔徐州。

及至徐州，幸謁劉備，喜曰：「真吾主也。」劉備授幸別部司馬，張飛守下邳。數日之間，呂布亦至。劉備征袁術，布乘虛襲下邳，虜劉備妻子與幸。

布素惡幸，遂放歸劉備。劉備還駐小沛，使幸糾合軍卒，復合萬餘人。布疑而攻之，卒嘩亂四潰，劉備敗投太祖。

太祖遣夏侯惇助劉備，劉備以幸為先導。道遇布將高順，惇敗，右目為流矢所傷，順復擄劉備妻、子與幸。太祖將大眾親征，布震恐，幸曰：「吾與袁公路有舊，往去說，必救。」布賫千金，幸攜之出。

幸迷途於道，輾轉於徐、揚之間近一歲，終遇袁術於灊山，術病死。會劉備奔南皮，幸聞之，欣然詣袁紹。及至，幸問左右：「袁公麾下，何者最賢？」對曰：「田元皓。」幸訪田豐，相談甚歡，抵足竟夜。次日，豐聞紹欲之南，懇諫再三，紹不聽，械繫之。

紹軍大出，幸先至白馬，顏良身死；又轉延津南濟軍，文醜尋亡。或說紹曰：「幸其人也，命主克將，不宜置陳前。」紹深感其然，使幸歸守烏巢，為輜重事。印綬未解，太祖襲烏巢，紹眾大敗。幸糾合殘卒，登高曰：「勢已至此，歸亦九死，不若早降曹公，必蒙厚遇。」眾皆信服，俱南向降曹。

太祖疑有偽，盡坑之。

臨刑之際，幸大呼：「幸不降也，為軍所執耳！」太祖憐其忠義，赦之。後沮授為人所執，亦大呼：「授不降也，為軍所執耳！」太祖歎曰：「君出言類於步幸，其不為讖乎？」放歸袁紹，見殺。

幸歸許縣，帝見故人，揮袖流涕，曰：「朕有今日，卿功大焉。」太祖仍以幸為太子舍人，侍帝左右。數年間無事，唯漢室日蹙。

十二年，太祖欲征北郡烏丸，問計於郭嘉。嘉深通有算略，勸公出，又密召幸，摒退左右，曰：「曹公即往北征，公宜早行，偽投烏丸，則我軍勝矣。」

幸踟躕不決，嘉再三逼之，乃從。嘉甚喜，攜幸北上，軍至柳城，嘉病篤。

幸素知太祖惜郭嘉，恐其遷怒於己，南逃劉表。十三年，幸終至荊州，而劉表病死。

時劉備在新野，幸因往附。曹純督虎豹騎猛進，大獲其輜重，劉備遁漢津，幸又被俘。眾進言太祖：「留幸不祥，不若殺之，以杜後患。」

太祖從其言，斬幸於赤壁北營，祭旗出征。

疫病大起，北軍多死，太祖燒船自退。數年間，孫、劉遂有二州。

臣壽言：「數奇，不敢多言。」

TITLE

三國配角演義

STAFF

出版　瑞昇文化事業股份有限公司
作者　馬伯庸

創辦人 / 董事長　駱東墻
CEO / 行銷　陳冠偉
總編輯　郭湘齡
文字編輯　張聿雯　徐承義
美術編輯　謝彥如
國際版權　駱念德　張聿雯

封面設計　朱哲宏
排版　朱哲宏
製版　明宏彩色照相製版有限公司
印刷　桂林彩色印刷股份有限公司
　　　紘億彩色印刷有限公司

法律顧問　立勤國際法律事務所　黃沛聲律師
戶名　瑞昇文化事業股份有限公司
劃撥帳號　19598343
地址　新北市中和區景平路464巷2弄1-4號
電話　(02)2945-3191
傳真　(02)2945-3190
網址　www.rising-books.com.tw
Mail　deepblue@rising-books.com.tw

初版日期　2023年9月
定價　450元

國家圖書館出版品預行編目資料

三國配角演義/馬伯庸著. -- 初版. -- 新北市
: 瑞昇文化事業股份有限公司, 2023.09
400面 ; 14.8x21公分

ISBN 978-986-401-659-4(平裝)

857.63　112012473

讀小說
Reading Novel